苏沧桑 著
SU CANGSANG ZHU

SHUIXIA LIUMI DE NINGWANG
水下六米的凝望

山西出版传媒集团
山西人民出版社

图书在版编目（CIP）数据

水下六米的凝望 / 苏沧桑著 .—太原：山西人民出版社，2017.6
（2017.9重印）
（全国中考热点作家美文典藏书系）
ISBN 978-7-203-09969-7

Ⅰ.①水… Ⅱ.①苏… Ⅲ.①散文集—中国—当代
Ⅳ.①I267

中国版本图书馆 CIP 数据核字（2017）第 101794 号

水下六米的凝望

著　者：	苏沧桑
责任编辑：	员荣亮
复　审：	贺　权
终　审：	孔庆萍
装帧设计：	张慧兵

出版者：	山西出版传媒集团·山西人民出版社
地　址：	太原市建设南路 21 号
邮　编：	030012
发行营销：	0351-4922220　4955996　4956039　4922127（传真）
天猫官网：	http://sxrmcbs.tmall.com　电话：0351-4922159
E - mail：	sxskcb@163.com　发行部
	sxskcb@126.com　总编室
	jfjb-lx2007@163.com　主编
网　址：	www.sxskcb.com
经销者：	山西出版传媒集团·山西人民出版社
承印厂：	山西出版传媒集团·山西人民印刷有限责任公司
开　本：	890mm×1240mm　1/32
印　张：	10.5
字　数：	210 千字
印　数：	5001—8000 册
版　次：	2017 年 6 月　第 1 版
印　次：	2017 年 9 月　第 2 次印刷
书　号：	ISBN 978-7-203-09969-7
定　价：	39.80 元

如有印装质量问题请与本社联系调换

目 录

第一辑 等一碗乡愁

春　分　003
小　满　005
鱼　眼　008
淡　竹　012
天　堂　016
抵　达　019
蒹　葭　023
地　气　026
脉　动　030
遇见树　034
自由心　039
水知道　042

049　树知道

052　敦煌痛

058　水在滴

064　与雾同行

067　珍珠梅瓶

071　等一碗乡愁

077　海上千春住玉环

第二辑　时光的气味

085　姐姐，今夜我在千岛湖想你

090　我愿是你的朗读者——致盲童读者

092　你静默的样子

098　时光的气味

103　有一张纸

108　与海成说

114　古道密码

122　仰望风

128　水凝香

131　风信子

放学路　134
米的香　137
半碗饭　141
狗屎路　144
自多情　148
碗莲花　152
忙　神　158
熬　叶　161
地　痛　164
蛛　网　168
面　天　171
天　泪　175
冷　爱　179
细　雪　183

第三辑　水下六米的凝望

水下六米的凝望　189
一钩新月天如水　195
种满庄稼的花园　202

208	所有的安如磐石
224	夜渡莲岛心染香
228	一只叫西溪的眼
233	没有月色的丽江
238	灵魂私奔的地方
242	德清是一个人
247	把油灯点亮
253	秋窗风雨夕
260	居然隐者风
266	神仙的日常
273	远去的书香
279	水上的洞箫
283	去山里看海
289	采菊东篱下
291	孤山不孤
312	人间烟火
316	两只蝴蝶
319	青山在
324	渡心船

第一辑 等一碗乡愁

我在城市人愈来愈陌生的春分、谷雨、七夕、月半、冬至、霜降、填仓等古老节日里,饮酒,祈祷,庆祝,或祭奠……我偏执,不是真的要回去,像祖先一样讨海种田为生,而是,在人生无数个"回不去"里,死守着一个慰藉,试图浇灭那团越烧越旺的乡愁。

春 分

暮光消失后,夜雨将山后浦村裹进怀里。隔墙的老庙突然传来"咚"的一记鼓声。

父亲走在前面,领我穿过院墙与老庙之间的小弄,看见一场春雨的足迹在石板路上闪闪发亮。这是2016年的春分,燕子回巢,我回乡看望父母。在越来越密的鼓声和雨声里,我听见故乡万物生长,雨传送过来一阵阵隐秘的香气,大地沉入了夜的深呼吸……我还听见时间深处传来人们踏青赏景的欢声笑语,听见纸鸢在天空呼啸,上面写着希望天上的神能看到的一个个祝福。

一座很小的庙,一盏瓦数很低的电灯,一张旧桌,四五张矮凳,3个七八十岁的老人,一个剃着平头、面相端庄的中年鼓词人,生、旦、净、末、丑的悲欢均由他一人承担。故乡的春分之夜,仿佛来自古代。

父亲说,自古春分时节也是祭祀的时节。山后浦村每逢神佛寿诞、婚丧嫁娶、乔迁新居等等,村里人就凑份子请唱词人来唱。唱前,先击鼓"打头通",邀请四面八方的神都来听,有的一本唱一夜,有的唱两三夜。

老人们坐在昏暗的灯影里,似睡非睡。唱词人古老的腔调,在夜色中盛放、枯萎。我忽然想,他不是唱给人听,而是唱给神听。

父亲说,"记得吗?我们家从镇上搬过来时,也请唱词人到小庙唱过词,那时候多热闹啊。"父亲说,"你大概忘记了。"

不是大概,是完全、彻底。如同我每次回家,在小镇边缘鳞次栉比的新建楼群间,怎么都找不到山后浦村的入口,那个曾经青翠欲滴的入口。此时,一座老庙,一段唱词,成了那个青翠欲滴的入口,将我带进了一些记忆,复活了一些似曾相识的雨夜、一些特别具体的春天,以及故乡如泉水般隐忍的各种美好。而今夜过后,夜行的火车将又一次将我带离,带离小院的桂花树和母亲的目光,带离高山之上祖辈坟头刚刚发芽的青草。老家春夜的鼓词声,将又一次与我背道而驰。交通的便利,让我们误以为故乡近在咫尺,其实,它正以前所未有的速度远去。终有一天,父辈们只在梦中出现,那个青翠欲滴的入口,会成为一个伤口,一念及,舌尖便沾上涩涩的泪滴。

"遥思故园陌,桃李正酣酣。"多年后,当我再一次穿过春分的夜晚,穿过院墙与老庙之间的小弄,还会有一段鼓词在等我吗?不知道会是谁陪我,一起用目光捡起满地的雨水,或月光。

小　满

多年前，小满时节。穿过荒草的时候，九岁的中华和双胞胎弟弟中民同时瞄见了三颗鲜红欲滴的覆盆子躲在一棵毛竹的根部。覆盆子的鲜甜同时抵达两个男孩的舌尖时，他们听到了父亲的第一声砍竹声。

当当当当当……

一共十五刀。

刷啦啦刷啦啦……

一棵毛竹慢慢倾斜、倒下，投胎到大地上做了一张纸。

"京都状元富阳纸，十件元书考进士"，富阳人几乎家家户户世代造纸。竹纸纤维密实，薄如蝉翼，柔如纺绸，千年不腐，有"纸中君子"的美誉。据《天工开物》记载，从一根竹子到一张纸,要经过砍竹、断青、刮皮、断料、发酵、烧煮、打浆、捞纸、晒纸、切纸等72道工序,耗时整整十个月,像孕育一个胎儿。

小满前三天,中华兄弟俩跟着父亲上山砍竹。父亲穿着蓑衣戴着斗笠,脚上是草鞋,绑腿的布袜是母亲用厚实的布条子细细缝制的,防止荆棘和蛇虫。

砍竹是有诀窍的,不光是体力活。砍竹前要提前看山势,为毛竹快速顺势下山找好一条路,用几根老毛竹铺在坡上,方便竹子滑动。要找竹梢刚冒出笋头的嫩竹,如果青叶都长出来了,竹子就老了。砍时每一刀都要均匀,竹根要砍平整,否则会伤手,刮竹皮的人要骂的。要让竹子往一个方向倒,方便集堆打件。打件时要仔细,否则竹子滑到中途就散掉了。

从小满到夏至一个月左右,无论阴晴,朱家门村的后山上一直会回荡着当当当当的砍竹声。渴了,用手掬几口溪水,饿了,等着女人们做好饭送到山上。一个月里,砍竹人身上没有一天是干的,或被雨水淋湿,或被汗水浸透。旧时家里穷,只有两套衣服,夜里等炭火烘干,第二天接着穿。

覆盆子的酸甜里,中华兄弟年年跟在父亲身后做小帮手,但父亲当当当当的砍竹声在他们12岁那年戛然而止——在一场农事中,父亲不幸触电,留下妻子和两儿一女撒手人寰。

15岁,兄弟俩师从二伯做纸。19岁,兄弟俩一人砍了一万斤竹子,自己刮皮,自己做纸,借用别人家的纸槽、铁弄,做出了属于他们自己的第一批纸。

多年后，已是富阳元书纸古法造纸第13代传人的中华陪同中国科技大学专家考察浙江民间手工造纸时，在温州泰顺一个很深的山坳里，突然看到了年轻时的自己——那个和他同龄的造纸人，一个人砍竹，一个人刮皮，一个人捞纸，一个人烘纸，所有的工序都只有他一个人在做。空山寂静，中华站在远处，看着夕阳下那个弯腰捞纸的剪影，就像看到了自己，眼眶渐渐湿了。

2017年小满前三天，朱家门村后的山里，又会响起砍竹子的当当声，又有一些竹子，将带着一种使命滑向山脚。一个月后，山谷会安静下来，新鲜的断竹根和它们不远处枯黄的断竹根一样，在竹节里盛上一场雨，映入整个天空和竹林，像一只只深情凝望的眼睛。

在一个个深情凝望里，一棵竹，经过整整十个月的孕育，将以一张元书纸的生命形态重新启程。洁白的纸上，会长出一轮一轮的年轮，在许多生命无法抵达的时空里，继续延绵，一千年，一千零一年，更多年。

鱼 眼

这是地球上的公历2011年3月,初春,宇宙无涯光年中无限短的一瞬。

坐在阳台上晒太阳,听新闻。我,鱼缸里的三条金鱼,脚旁的两只小狗,宇宙众生中无限小的一两粒。

新闻说——十天前的日本9级地震,已造成近一万人死亡,两万人失踪,核泄漏事故连续升级。近日,国人传染了核辐射恐慌,抢了两天盐,现在又在排队退盐,一市民抢购了1万多斤,堪称"壮"举,欲退无门。近日,多国部队对利比亚实行轰炸,造成大量平民伤亡⋯⋯

鱼缸在午后的阳光下,自成一曲绿与光的绝美交响,仿佛离世界无限远——水清澈通透,水底白沙细洁,水草碧嫩柔顺。三条黑色金鱼，游弋其间，静谧，绝尘。

两只小狗窝在我脚下，打盹，或翻起眼，看鱼，看我，或互相舔舔，又接着懒。

突然，我想起，好几天没有给鱼喂食了——仿佛上帝想到了什么，一切因此而改变——

几十粒红色鱼食，均匀地撒在水面上。

第一条游在最上面的鱼发现了，急剧扭动了一下尾巴，张开嘴浮到了水面上。

第二条鱼也发现了头顶上的鱼食，从水底冲了上来，它的尾巴甩到了第一条鱼。

第三条鱼感觉到水波震动，发现了情况，猛地一转身，冲了上去。

一缸水，瞬间被搅浑了，三条鱼的抢食，搅起了沉淀在沙砾里的鱼粪便，鱼缸瞬间浑浊不堪，脏乱得让鱼窒息。

我惊诧地看着这一切。仅仅一个简单的食欲，世界便从天堂到了地狱，被搅起的粪便，像人类世界被搅起的无数欲望，浑浊的空气让人窒息。

有一条显然聪明得多，吞了很多进去，可是吃太多了，又吐了出来。又去抢。另两条比较笨，在同一个地方转来转去，徒劳地抢食着水和空气。其实，它们三个拼命往同一个方向争抢时，水面的另一边，漂浮着很多鱼食。

这时候，两只小狗已然嗅到了鱼食的味道，却又没有发现真正可以吃的，于是，其中一只以为我给另一只吃了独食，突然就对它翻脸了。另一只不甘示弱，冲它吼起来。两只狗扑打了一会儿，发现了鱼缸里的秘密，一齐凑上去闻，未果。然后，它俩再也没有了闲暇和亲昵，一齐眼巴巴地盯着我，做好了时刻扑上来抢食的准备。

这时候，一只苍蝇飞了进来，忽然发现自己飞错了地方，拼命想飞出去，可是撞来撞去都是玻璃窗。其实，敞开着的出口，仅仅离它一尺之遥。

太阳西斜，阳台上黯淡了下来，鱼食早被吃光了，鱼缸又恢复了澄净，一切都往平和里走。

短信来了，我查看时，又看到了前几天的那一条：

"世上最痛苦的是什么？辐射来了，盐没了；世上最最痛苦的是什么？辐射来了，盐不好使；世上最最最痛苦的是什么？辐射没来，盐买太多了；世上最最最最痛苦的是什么？人都死了，盐没用完。"

我一个人大笑，歪倒，整个脸贴上了玻璃缸，突然我发现，我的眼和一只硕大的金鱼眼仅一玻璃之隔。

鱼眼很大，没有眼睑，永远不会闭合，永远无法放松。

我知道，鱼眼看东西，靠晶状体前后移动，而不是改变晶状体的凸度，因此，鱼眼是极端近视的。有一种"鱼眼镜头"，有180多度的超大视角，然而，焦距越短，视角越大，因光学原理产生的变形越强烈。因此，鱼眼镜头里的世界极端变形。

这鱼眼，真像人类——近视，变形，不会放松。人类的一切努力，原本都为追求幸福。而当努力等同于算计、争抢、掠夺，当努力不是为了生存而为领先，当人祸烈于天灾，幸福早已不再是真正的幸福了。

刚才，我看鱼、看狗、看苍蝇时，觉得它们无比的愚蠢可笑。可是哪一个人，真正有资格笑它们呢？也许在它们眼里，人类更可笑，抑或可悲。苍蝇已然告诉我们，人类的出路，其实离自己仅仅一寸之遥，一念之间。

我起身离开，发现鱼眼仍盯着我，外星人般诡异。

淡　竹

初秋，我和他相遇在江南一个叫"百草原"的山林中。

他是竹——植物中的另类。

他看上去清瘦且憔悴，相对于百草原其他植物，像一个混得不太好的中年人。

稻子，正是扬花灌浆的妙龄，名牌大学新生般踌躇满腹。

银杏终于褪去一身浓艳，和蓝天的高洁媲美。

松树很满足，即使干瘪的果子永远得不到更饱满的收获。

法国梧桐是老实人，沉浸在年代久远的优越感里，并不知道，有一种鹅掌梧桐，要悄然代替它无敌的位置。

兰花三七，像极薰衣草，却更美，所有的花都虔诚地朝往一个方向，像被一种崇高使命蛊惑。据说气味能抵挡蛇对游人的侵袭。

浮萍无根,却有心有肺,挣脱着随波逐流的命运。

被践踏的草,总是第一时间奋力挺直腰杆,挂着最底层最灿烂的笑。

贪婪的蔓,不知羞耻地攀爬在高大的冷杉上,一边噬血,一边甜言蜜语……

几乎所有的植物,都攒足劲儿,在喊——我要生存!我要开花!我要结果!

甚至动物。三只人工繁殖的小老虎,眼睛都未睁开,拼命争抢着狗奶妈的乳头。

甚至那口奇异的朱家千年古井,都像藏着无穷的欲望。日夜暗涌不息的水,居然漫过高出地面一米的井沿。如果将井沿继续垒高,水会怎样?

他是竹,是植物中的另类。其实,名利、金钱、权势,如同阳光雨露的垂爱,蜜蜂花蝶的青睐,他不是不想要,可是,要弯下腰,要费心机——要将每一条根都变成利爪,团结土壤,虚伪地赞美越来越污浊的空气,要与昆虫讲和,与风霜妥协,对苍蝇漠视,对强加在身上的种种不公委曲求全,才能安身立命,才有飞黄腾达的可能。

可是,他的节生来就是直的,他不能弯腰。他的心生来就是空的,他不愿费尽心机。

真是空的吗?

不。那一节节空里,早已成就一个美妙的小宇宙——有与生俱来的一些坚持,有人生一世草木一秋的豁达智慧,有对土地的感恩,有和另一棵竹的爱,与笋的亲,与周围无数青光绿影的促膝长谈、开怀畅饮,有鸟儿偶尔驻足的呢喃,有清风明月的和唱……笑忘功名利禄、荒芜繁杂的每一秒时光都格外静谧而美好。

那一节节空里,是永远的满盈。

更让我惊异的,他不仅直,空,而且淡。

他是"淡竹"——全球原始淡竹林最大群落中的一员。从外表到骨子,都是竹子中的最淡——淡紫、淡红、淡褐、淡绿,淡泊。所以,他与世无争到看淡生死。

他可以很入世。生可以防风,成荫,美化环境,死可以做篾,成为最土最实用的晒竿、瓜架、凉席,竹桌竹椅竹篮。

他也可以很出世。他是箫与笛的前世,不死的魂魄随天籁之音往来天地之间,优雅散淡而隽永。

当然,这并不表示他逆来顺受,他会和压在头顶上的积雪抗争,他不允许荒草占领脚下的领地,他摇曳着枝竿向毒蛇示威,他告诉所有的竹要独善其身兼爱天下。

他是李白,"安能摧眉折腰事权贵,使我不得开心颜"。

他是陶渊明,"采菊东篱下,悠然见南山"。

他是郑板桥,"盖竹之体,瘦劲孤高,枝枝傲雪,节节干霄,有君子之豪气凌云,不为俗屈"。

他是文天祥,"人生自古谁无死,留取丹心照汗青"。

他是苏轼,"宁可食无肉,不可居无竹"。

他是疯疯癫癫的释道济公,"数枝淡竹翠生光,一点无尘自有香"。

他是岳飞,辛弃疾,他是中国儒家,"山南之竹,不操自直,斩而为箭,射而则达"……

他是我们身边那些还坚守着什么的人。他们懂得,浓墨重彩是一辈子,云淡风轻也是一辈子。奴颜婢膝是一辈子,坦荡潇洒也是一辈子。他们选择了后者,等于选择了物质上的清瘦,心灵的丰衣足食。

于是,这些自由快乐的心灵,站在一个孤寂的阵营里,成为人世间越来越弥足珍贵的另类,风雨过处,仰天长笑。

天　堂

仰望苍穹，常看见一朵云，在阳光下轻轻飘着，美丽高洁、自由自在。

假如，所有的生命都能以这样的形式存在，人间和天堂一定没有什么区别。

二十多年前的星空下，我坐在黑沙滩上，听姨婆给我讲七仙女的故事。

听完后，我问："姨婆，天堂是什么？"

姨婆说："是一个能使我们觉得特别幸福的地方吧。"

我又问："天堂远吗？"

她想了想，说："很近，你就是刚从那儿来到人世的。也很远，很久以后，你还会回去的。"

我懂了，原来生命是一个以天堂为起点和终点的圆圈。在这个漫长的圆圈里，我们永远够不着天堂，也就是说，在我们的有生之年，永远无法体会到天堂的滋味，那种无与伦比的幸福的滋味。

所以，对我们而言，天堂是不存在的。

只好将充满希冀的目光转向滚滚红尘。地上走着的一个凡人，对应着天上的一朵云。人和云一样，最初来自大地和海洋，最后重归大地和海洋。不同的是，云无心，云优哉游哉，人有心，人便被无所不在、永无止境的种种欲望挑逗着，步履匆匆，铿锵坚定，却从不知道自己真正要什么。在漫漫长路上，人与人争斗着，人向自然掠夺着，人跟命运抗争着，人在欲望的沟壑里挣扎着……在画完一个个大大小小的圆圈时，人带着满身的尘垢血腥回首往事，却再也找不到最初的自己，才知快乐总是稍纵即逝，荣华富贵如过眼云烟，心灵的空虚成了最后的、永远的痛。

那么，生有何欢？

于是，在黑夜与白昼的轮回里，我无着无落的目光在苍凉大地和茫茫苍穹间徘徊了很久很久。终于有一天，我孤独的心忽然被一缕圣洁的阳光照得通亮，高高的天际传来一个声音！一个未知之神的召唤！它说——

坚持，再坚持，你一定能保留一个独立的精神世界，一个永不被红尘沾染的角落。

从此，我在心里为它树起了一个神圣的祭坛，在任何时空里，我便可以顺着星光，或者风的衣角，走进一个无比平和安宁的世界——

　　那一刻，我坐在夜色的深处，空气的怀里，只要一种简简单单的形式——看书，写作，或者冥想，我便成了另一个自己，一个真正的自己。那一刻，仿佛有无数只温柔的眼睛在字里行间注视着我，如无数双天使的羽翼呵护着我。那一刻，我可以自由地往来于远古和未来，可以任爱恨悲欢汹涌而来，可以关注人类命运，也可以只倾情于一片落叶，一只蚂蚁……

　　当我将所有的感动，所有的真，所有的善，所有的美，用文字编织起来，我发现，那与生俱来、弥足珍贵的一切从未离开过我，那常被人们遗忘却又被人们追寻的一切从未离开过我。

　　一个人，拥有了如此富有而瑰丽的精神世界，她便拥有了整个天堂。

　　这个人无意兜售自己，却愿意展览一颗赤诚的心。就像一朵云变成一滴雨的执著，哪怕仅仅只有一颗尘土被它荡涤，只有一棵草为它感动，只有一朵花为它开放，只有一条河流记住它的名字。

　　我无怨无悔，因为我爱我所爱。

抵 达

雨夜,船潜入东河,像一束静静的光,潜入幽暗的历史深处。

从千年之前的五代开始,东河就像一曲丝竹,在杭州城最繁华地带辗转吟唱,一直往南,最后汇入浩瀚的钱塘江。

船,必定会惊扰到时光,以及安睡在时光里的人们。我们每穿过一座桥,桥洞浮雕里的千年市井百图,便在灯影里,一一活了过来。四季河景,花街,花灯,百行百工,百姓……都有了颜色,声音。

"你好啊。"

"你好。"

"再会啊。"

"再会。"

这些人，这些声音，一次次轻轻簇拥着我们靠近，又簇拥着我们离开。

雨还在下，树影婆娑，灯影朦胧。一个水边亭台里，传来现代舞曲，两对中年男女，在雨夜里忘我地跳着交谊舞，如古老昆曲里美丽的幻影——仿佛，我们顺着河水，已经抵达清代，元代，南宋，五代十国，或是，更从前。

雨声里，船一次次挣扎着回到现实，而从历史深处被拽回来的我们，突然变得沉静。

其中一座桥，叫万安桥，是古代夜航船的停泊处。

船过万安桥的时候，我跟同船的朋友们说："看，我妈妈家。"

母亲住在上城区的最北边，我住在上城区的最南边。十年前，我搬到凤凰山脚、钱塘江畔时，深感清代李渔举家迁居吴山后所题："湖山招我，全家移入画图中。"

记得暮春时节，陪刚出院的父亲在东河边散步，过来一条挂着灯笼的小船，母亲说，从我家门口的万安桥上船，只要三元钱，一直坐到梅花碑，上河坊街，沿南宋御街走，就是你家门口了。

我愕然，原来，繁华喧嚣里，我们母女，竟然有这样一条静静的东河可以相互直达。

于是，那个暮春的傍晚，父母执意陪我一起坐船，去体验一下母亲说的话。游客极少，两岸灯光次第开放，微风很慢很慢地吹过，小船在静谧的空气里很慢很慢地走。我想，这时候，岸上车水马龙中的人们看过来,我们多么像古代的人,慢慢地顺水而过,去生计,去赴约,去出嫁,去悲欢离合。这么慢,这么静,他们会羡慕吗?

"真幸福。"母亲说。她常常这么说。她这么一说,我心里就会真的幸福很多。

此时,母亲又回老家小住去了,我的思绪抵达母亲后,又随她抵达了故乡。故乡也有这样一条南门河,也是一座城镇的血脉,静静的,慢慢地。当我想着故乡的河水时,我的心是安宁的,因为,无论我在城市里走得多快,我的血脉仍是慢而静的。我想,无论以后走到哪里,只要有这么一条河,我的心便永远是安宁的。

雨继续下,夜继续深。然后,我像一个戴着听筒的医生,摸着东河的脉动,抵达了这个城市的心。

如果说杭城是一个巨人,那么,我家所在的这个杭城最有古老历史文化韵味的区域,应是巨人的心脏。

南宋皇城、御街遗址在此。

八卦田在此。

凤凰山、吴山在此。

城隍阁在此。

清河坊在此。

胡庆余堂在此。

万松书院在此。

历史与传奇在此……

下船后，我以伞为帆，让自己成为一条船，在一条又一条深夜的大街小巷里，游走，触摸，探究，感受。

我想起，每个清晨，我在此醒来，出发，一路向北奔波，一路目睹这个城市新鲜、时尚、生机勃勃的早晨。每个黄昏，我又匆匆向南，回到此地，蜗居，休养，生息。却从不知道，原来，当我枕着这颗城市的心入梦，它，正一头枕着钱江潮的怒涛，一头枕着东河静静的涟漪。所以，它的身手如此敏捷神速，它的脉动却如此从容不迫。

午夜，终于在熟悉的家门前靠岸，仿佛又听见母亲说："真幸福。"

是啊，我们总在路上奔突前行，焦灼疲惫。我们总在寻找，有什么方式，可以抵达安宁？原来这么简单，一个雨夜，一条船，一条河，就可以。

蒹 葭

静夜，突然停电了。睡下早了点，出去走走又太晚了，只好呆呆坐在桌前。无边的静谧中，不知是月色还是微风悄悄穿过窗纱，掀开了闲置案头的那本《诗经》——

"蒹葭苍苍，白露为霜，所谓伊人，在水一方……"

在幽幽浮动着的墨香里，我看见，远古时代一个白雾迷蒙的清晨，在水天相连的地方，出现了一只洁白的飞鸟。沉重的翅膀、眼睫上异域的冰霜，证明了它从很远很远的地方飞来。当它终于看到一条流动在苍茫大地上的玉带时，像找到了魂牵梦绕的故土，突然间热泪盈眶。就在它奋力张开双翅投入母亲的怀抱时，一粒圆润饱满的种子从它颤动的羽翼间掉下来，轻轻坠入了温暖的水里。

不知沉睡了多久，种子醒了，它在碧绿的水里照见了自己的同样碧绿的影子。但它不知道自己的来历，不知道自己将被人们叫作蒹葭或芦苇，不知道每年冬天来临、候鸟南迁的时候，飞鸟们要去的地方就是它的故乡。它更不知道，命运让它在这里落地生根，是要赋予它的生命以崭新的意义：一个女人将因它而美丽，一个男人将因它而遗憾千年，一首诗将因它而成为千古绝唱，芬芳着几千年漫漫的岁月长河。

太阳、月亮和星星轮流照看着那片古老的土地。如初生婴儿般的蒹葭无拘无束地舒展开双臂，毫无心机地贴近着身边的一切——清香的风、明亮的雨、从容的流水和无声的鱼儿……在轮回的一个个季节里，它渐渐从浅浅的嫩绿变成深浓的墨绿，然后褪尽铅华，在河两岸站成一道雪白、飘逸而又苍凉的风景。没有笑容，它却是快乐的。没有泪，它却显得格外凄美。

在一个霜凝露结的晨间，它一觉醒来，穿过迷蒙的白雾，它惊喜地发现仿佛仙境被偷来人间——在碧水和蓝天相接的地方，在茫茫苇花的呵拥下，出现了一位美丽绝伦的女子。她安静地伫立着，款款地低着头，只有黑色的长发和雾一般雪白轻柔的衣裙在风里说话。当远处传来一个沉稳的足音时，她终于嫣然而笑，如月下绽放的水花。

万籁俱寂，凝神倾听着一个爱情故事的序曲。

可是，空灵的足音戛然而止，代替它的是一阵若隐若现的歌声——

"在水一方的佳人，你的美好令我朝思暮想，我多么渴望涉水与你携手,完完全全拥有你。

"但一路上的人都说,美的魅力在于若即若离,爱的魅力在于一水之隔。我怕路远水长、道阻滩险,我更怕一旦梦想成真,所有的诗情画意便不复存在。

"在水一方的佳人,请原谅这颗怯懦的心吧。我会一直守在与你隔水相望的地方,直到化成一枝芦苇、一只飞鸟……"

没有人看见,一滴泪从她的眼角慢慢流下来,滴碎了平静的河心,荡起了绵绵不绝的涟漪,如她心头千百年来的痛。

电突然又来了,两千年前的叹息刹那间随着黑暗消失得无影无踪。通明的灯下,满眼现实。

忽然想,美好的事物总是令人心仪。关键是,我选择与它隔水相望,还是抓住它、拥有它、珍惜它?两千年前那个没有发生的爱情故事已成千古遗恨,不知道两千年后的秋水旁,在满眼都是诱惑、选择的时代,是否仍有人在低吟"溯游从之,道阻且长,溯洄从之,宛在水中央"?

轻轻合上《诗经》,像合上一幅山水,一种宿命。梦里仍有月色拂动蒹葭的声音。

地　气

　　晚饭后，光脚走在客厅里，觉得很"隔"——脚下每一寸地面，木头不是原来的木头，石头不是原来的石头。

　　"出去？"我蹲下身，故意张大嘴，用嘴型不出声地问我的吉娃娃，如我所料，它愣了半秒，触电般弹起来，疯狂转圈，奔向大门，举起前爪拼命扒拉门缝。

　　"走！"我们出发——向同一个"不可告人"的目的地。

　　出了家门，还不是"出去"。先是电梯，再是一楼大厅，下台阶，走出浓树荫，到了天下——头上无遮无拦，天空又高又远，如同艰难地穿越一个巨大透明的肥皂泡，我们举轻若重，终于，到了"外面"。

　　娃娃撒开腿，蹿进草丛，抬腿，撒尿——它的目的地到了。

但不是我的。我不能和它一样，离开路面，蹿进草丛，撒尿，尽管那一定很快活。

此刻，我脚下踩的，还不是土地，所有的路，都铺着地砖、石英、鹅卵石，或草坪，如化了浓妆的脸，看不到一丝丝原来的皮肤。

小区花园是一个高仿真的湿地，可是溪水泄露了人工的秘密——面色凝重、心事重重的样子。无意间，我趴在木椅上歪着头看，发现，从上面看很清的水，从侧面看漂着一层油光。

人不知道的危险，狗知道。溪流上一段长长的曲桥，棕色的原木，古朴的风格，很美，但娃娃每次到这儿，总是死活不肯走。我估计，它异常灵敏的耳朵一定听到了曲桥的隐隐震动，它的鼻子闻到了油漆和防水防腐不明物质。它一定想，这桥不真，不牢，有毒，危险。我拉它，哄它，它才逃也似的缩着腰一路狂跑，跃到岸上。

湿地公园的中心，鹅卵石路和草坪的连接处，一小块不太引人注意的地方，我停下来——这里比别的地面略高，嵌着一个水喷头，经常有园丁使用，走过，踩过，所以，草长得稀稀拉拉，袒露着一块湿润的泥土地。

娃娃也停下来，望着我，唯有它知道，我的目的地到了——我的目的地，只是一小块真正的泥土地，让我光着脚，站一站。

一丝凉意钻进脚心，瞬间蔓延到每根经络，慢慢输送到每个毛孔，一种因为粗糙而温暖、因为温暖而馨香的错觉，真真实实从脚到头，如醍醐灌顶！

……儿时学自行车摔倒在农田里，那沁人心脾的泥腥味……翘檐的老屋……后山的小溪、映山红和一座座老坟……外塘姨婆家海泥鳅的无比鲜美，沙子炒蚕豆让人心碎的香，刚出锅的小葱炒土豆，鸡鸭狗打架……黑白照片里母亲的纯美……上学路边一丛比太阳还艳的野菊花……毛竹搭的戏台……母亲亲手做的嫁衣……异乡街头飘来的家乡海鲜汤年糕的味道……泛黄的手写书稿……黑板上熠熠生辉的词语——淳朴、诚信、正直、坦荡、理想、快乐……

我站在原地，闭着眼，一动不动，任脑海里万水千山。被所谓的知性、成熟、麻木、习惯所覆盖的最本真、最简单、最美好的一切，在这一刻，全部由这一缕地气来唤醒。

假如四周无人，我会在草地上躺下，四周的高楼一下子就不见了，眼前只有天，看一颗星在渐渐发暗的空中慢慢亮起来，心也跟着悠远广阔起来。

有时和女儿一起出来，我让她也躺下，化解一下那些白天没有解开的结：孩子累学业，大人累所谓事业，这就是"文明"的代价。

最后，总是娃娃拽着狗绳，拉我离开我的目的地，去往它的目的地，它的目的地比我的简单，是不停留，是奔跑，是外面的任何地方。它是一条迷路了被我们捡来的狗，它一定也有过千山万水，曾为"外面"付出找不回家的沉痛代价，但它依然喜欢"外面"。

这时候，一些窗户里传出新闻联播的音乐了。我开始惦记没看完的书，没改完的文章，或电视电脑，或电话，脑子里都是没办完的事，没理清的纠结。如果天热天冷，会开始惦记被空调处理过的空气，被冰箱处理过的饮料，被纯净过的纯净水——我矫情地追寻着那些"简单的远去"，骨子里却离不开眼前"复杂的文明"。

夜里，躺在十一楼离地几十米的床上，听见池塘里蛙声轰鸣，城市里的青蛙居然也能叫得如此肆无忌惮、沸反盈天？我把窗留条缝，让蛙声进来，让自己在错觉里进入梦乡：我是最初的人类，我和大地一起呼吸，一起睡，一起醒。

脉 动

一切静止后,地上的那摊血还在尖叫。

这是一个十七岁男孩的血。刚才,它还在他的身体里,和他一起,站在七楼的阳台上。

是的,高三了,怎么还可以悄悄溜出去玩,怎么还可以玩得那么晚,作业呢,试卷呢,高考呢?前途呢?都不要了吗?是不是早恋了?是不是不想读了?怎么讲了那么多遍都不听?我们为了你,都操碎了心了。

一个耳光,随着父亲的咆哮,打在他脸上。感觉不到疼痛,就是觉得好累,好累,怎么会那么累?

窗台离天空很近。这个城市一定也累了,整天蓬头垢面的,童年记忆里的星星,伸手可以摘到的星星,早已忘了是什么样子。高考，读书，作业，考试，面试……于他，是一道道刑罚，没完没了，不知什么时候是尽头。

脚下，是一片黑暗。他知道，柔软的树叶下面，就是坚硬的水泥地，按物理学课上说的，如果有什么落下，会比它本身重量多很多倍，会有东西陷进地里，也会有东西弹起来。假如，他坠入漆黑，他的肉体会陷进去，他的灵魂会弹起来，能弹多高？会一直升？升到天堂吗？

母亲呢？睡了吗？睡了吧。那么，我也睡吧。

他抬起一只脚，再抬起一只脚，他带着十七岁奔涌的血一跃而下，然后，抛弃了它。

一切静止后，血的主人已经被搬离。初升的阳光挣脱了树叶的束缚，用手抚上了那摊鲜血。它曾经多么热，流淌在一个少年的梦想里，它曾经不仅仅属于他，也属于他的父母，一对曾经年轻的恩爱夫妻。而此时，他们因他的离去，瞬间痛到白头。

无数人惋惜，至今想起，眼前仍然是他小时候无比漂亮的眉眼，楼道里遇见，会轻轻地叫一声"叔叔阿姨好"。

那滴血从手指涌出来的时候，她看到了自己心脏的搏动。

这是同一个楼道里另一个十七岁的女孩。削铅笔的时候，她不小心把手指割破了。

她瞪大眼，紧紧盯着那一小滴越来越大滴的鲜血，指尖传来一种奇异的温暖，温暖里，有一跳一跳的脉动。

她一动不动，享受着一份突如其来的奇妙。爱的护翼下，这居然是她的身体第一次受伤。她想，反正手指已经破了，不要浪费,好好体会吧,这从未有过的人生经验。

两年前,也是第一次,她体会到了初恋的滋味。他们一起用黑色胶片做眼镜,去楼顶上看日食。食甚时,太阳只剩下一圈光环,人们在欢呼,世界一片漆黑,夜灯轰然绽放。他们手拉着手,屏住了呼吸。突然,天空冒出一颗灿烂夺目的钻石,无比的美好。

后来,她的初恋,像那颗钻石般转瞬即逝,无疾而终。

她想,如同脉动,如同日食,如同初恋,生命,就是无数无数的可遇不可求。既然遇到了,无论美好,或是痛楚,受着吧,这就是生命的过程。否则,人来世间一趟,尝到的全是甜,或全是苦,都是亏的。

血仍在涌,仿佛是,她头顶上那座高考的大山在无形中施压。作业,试卷,唠叨,拼搏,劳累,茫然,重复。

妈妈睡了吗?睡了吧?我也好累,好想睡啊。如果这血一直流下去,我会永远睡过去吗?那就不会这么累了吧?可是,妈妈说,人活着,不是为自己,是为了爱你和你爱的人。所以,再难,都要挨过去。

是啊,有什么大不了的?就像,这一个伤口,不要把它当作一个伤口,不要当作一次受伤,当作是上帝随意丢给你的一粒咖啡糖吧。

她找了个创可贴贴上,止住了血,开始写作业。然后,她挨过了高三最黑暗的那段日子,如愿上了大学。

无数人羡慕,至今想起,眼前仍然是她小时候无比漂亮的眉眼,楼道里遇见,也会轻轻地叫一声"叔叔阿姨好"。

夜深人静时,小心啊,有无数孩子,一脚在阳台内,一脚在阳台外。

遇见树

盛夏七点钟的阳光照在雕花旧木床上,照见尘埃在光线里浮沉,水母般忽明忽暗,也照见一个女婴的落生。如同一颗种子,被飞鸟衔来,又随意丢弃,我落生在一个叫楚门的江南小镇,在阳光、灰尘与血水奶水混合的气息里,发芽。

我相信,江南的每一个婴儿,第一次睁开眼睛时,一定会看到树,至少,也闻到过树。树就在屋外,从老屋的每一个缝隙里,渗进来暗绿色的呼吸,提前让一个婴儿感受泥土的味道,雨水的味道,星辰的味道,早晨和黄昏不同的味道——万物生命之初的清纯味道。

我看到过树,也如同,我一定看到过祖先们,虽然我的记忆里并没有他们。祖先,就是墙上黑白照片里英俊的外太公,和墙下佛龛前日夜诵经的外太婆，简单而神秘的构成。每一个人的生命，都起源于祖先们的爱恨情仇，而我们对他们几乎一无所知。就像一棵树，它一定是有来历的，但它并不知道自己来自何处。

其实，我想说的是，那时，树还是树，我还是我，同为平凡的生命体，离祖先一步之遥，离大地一步之遥。

然后，一棵棕榈树，成为记忆里第一棵具象的树。它孤零零地站在祖母家老屋后一个很大的菜园子里。菜地匍匐着矮矮密密的一丛丛碧绿肥厚，只有一棵棕榈树，鹤立鸡群。剑一样的树叶，总在午后晴朗的太阳风里奋力挥舞，而一阵雨后便垂头丧气，像一个永远对当下心不在焉而执著眺望远处的诗人。关键是，它结满了硕大的海珍珠般的累累果实，金黄色的，极其紧实。可是，果实不能吃，白长了。我问树：树，你结的果子不能吃，为什么还要结果子？树当然没有回答。

于是我猜想，世界上有些东西，其实是没用的，比如棕榈树的果实，还比如一棵棕榈树，它长在那儿，和没有长在那儿，有什么区别呢？还有，学校里有两棵枇杷树，会结可以吃的枇杷，可是，更多的时候，它身上爬满了棕色的毛毛虫，让人毛骨悚然。我想，身上每天被毛毛虫爬着，活着有什么意思？还有一棵老桂花树，我跟母亲说，那棵桂花树闻着很臭。母亲说，怎么会臭的呢？你的鼻子有问题吧？其实是太香了。我又想，它那么香，却被冤枉成臭的，那它活着，也没什么意思。小镇边的山上，也有很多树。但是，它们长在那儿干什么呢？又不会吃东西，也不会玩，更不会说好听的话，大多也不会结好吃的果子。

如果世界上没有树，也没关系的吧。那么，如果世界上没有我，也没关系的吧？那么，整个地球，整个宇宙，没有人，又有什么关系呢？对于地球和宇宙，人会不会就是一群恶心的毛毛虫？

于是，我想，我和一棵树一棵草，其实是一样的。怎么长大，怎么活，怎么玩，也都是一样的，自己心里舒服就行了吧。这样一想，顿时如释重负。那时我不知道，世界上有"无忧无虑"、"闲云野鹤"这些词，说的就是当时我像一棵树一棵草那么没心没肺的状态。

几年后，与一棵树的遇见和别离，生命的味道开始变得不一样。一棵与我同龄的桂花树，在一个下着大雨的春日的午后，被连根挖起，从乡下运到了我家，栽在刚刚造好的院子里。

一个孤僻的女孩和一棵孤独的树，开始精神上的相依为命。树干、叶子，都特别干净，花香很淡，我喜欢。坐在树下读书写字，有好的句子就念给它听，有想说的话，就在心里说给它听。风吹过来，树叶发出沙沙的响声，世界离我们十万八千里。常常，我会呆呆站在树下好半天。有一次，做错什么事被母亲责怪，我在树下站了很久。夜深了，树像一个人，被黑暗笼罩，我被它笼罩。雪从它身上纷纷落下来，我听见一个声音说："你长大了，你应该……"

生命里出现了"应该"这个词——你应该这样，你不应该那样……十八岁，当我离开它去杭州读书，发现，整个杭州城都是桂花，仿佛我走了三百六十公里，桂花树跟了我三百六十公里！

隔着三百六十公里，我问树：树，我想和你一样，和所有的植物一样，不离开土地，不张扬，不索取，不争夺，一生都保持植物般的优雅，可以吗？我只要一点阳光，一点泥土，静静站着，简单活着，可以吗？可是，在动物的世界里，为什么不争不抢，就会失去尊严，甚至存活的机会呢？就会被说"没用"呢？为什么我不喜欢被人说"没用"呢？人和万物，本来不就是没用的吗？

树没有回答。我忽然意识到，从那一刻起，所有的树已与我分道扬镳。

很多年后，又来了一棵树。

是一棵幸福树。搬新办公室时，朋友送的。它真的是一棵树，而不是花草。它被两个花店的工人很费力地搬到十七楼。它长在一个很大的花缸里。花缸是粉紫色的，柔弱得似乎难以承受这么高一棵树。

我"应该"了几十年，终于达到了人生的某种"高度"：我干活的地方，我睡觉的地方，都离地百尺。像城市里无数人一样，离地越来越远。但我没想到树也搬到了楼上。

办公室朝北，整天没有一丝阳光。曾经有一天，我被一缕阳光晃了眼，百思不得其解，最后发现，是阳光被对面大楼的玻璃反射过来。这可怜的一丝阳光，细微得如蝴蝶的吻，在树叶上缓缓移动，叶子幸福得微微颤抖。树会怎么想呢？它的一生，估计要和我一起，永远禁锢在此，灯光，自来水，是它的阳光雨露，就像，方便面、快餐，经常是我的午餐。多么可怜。

奇怪的是，以灯光为生的幸福树，居然枝繁叶茂得不可思议。时时有缎子般的新叶，从树冠处一丛丛地钻出来。有时，出差回来，见它蔫蔫的，浇点水，又舒展了。它怎么这么逆来顺受呢？怎么这么像我呢？

终于，叶子的方向出卖了树的心。过一段时间，所有的枝叶都朝着窗口倾斜过去，像无数只伸向救命粥的手。绸缎一般的嫩叶，像婴儿的嘴唇，贪婪地找寻着乳汁的方向。树什么都没有说，却什么都说了——我渴望！我渴望阳光泥土的味道，雨水的味道，星辰的味道，早晨和黄昏的味道，蝴蝶和鸟的味道！

这棵树，永远也不会有鸟来筑巢。

十七楼的窗外，一阵乌云路过，雨水随后滴落，落不到树上。一阵风从窗口路过，试图摇动窗内的树枝，树一动不动。

风想，树不是这样子的，这是一棵假树。

风会不会想，树边上那个女人，也是一个假人？

自由心

一颗心，在一个平常的午后，忽然改变了它吟唱已久的音律。仅仅因为，我与一个水池相遇。

一直深爱着大海。十七岁，第一次真正认识海，颤颤地伸出脚，翻卷的浪花和稚嫩的指尖同时受惊似的往回缩。第二次，就忘乎所以，好像已认识了千年万年。夜来了，黑蓝的天，无人的沙滩，黑色的礁石，我们如朝圣者，默默无语地凝望着月亮升起。月亮很远，月光很近，像童谣，向我、向海、向整个旷宇传递着爱的力量。风送来大海时深时浅的呼吸，使我觉得与海同在，一切都是这样美好，心这样的无所畏惧，包括死亡。那一刻，我许下了第一个关于死的心愿，愿大海是我最后的归宿。就像，度过草木一秋，我仍能回到母亲的怀抱。

也深爱那些时时闪耀在生命旅程中的小溪，清清的涓流，是大自然的第一个孩子，一个永远长不大的小天使，有什么比它更纯洁？更能点燃我们的爱心？

也深爱每一条江河，每一个湖泊，那柔柔的坚韧，沁人心脾，是让人无法释怀的情人的眼泪。

也深爱每一口简单而深邃的井，一心一意，在心底深处默默忠诚于你，在你最渴望时，伸给你双手的朋友。

……

而此刻，我无意中遭遇了这个早已被人们忘却的水池。没有丝毫的预兆，也从未有所期待，是什么呢，只能是缘。

花港的深处，高高的石壁下。可能原先是一眼泉，后来砌成了一个放生池。池子呈长方形，二十平方米左右，青石栏杆和石阶长满了青苔，一直延伸到水的深处。已是秋季的尾声，枝枝蔓蔓从崖上低垂着，褐红的，金黄的，墨绿的，淡紫的，还有说不清色彩的落叶随着风舞起来，蝴蝶般，却没有生命，在空中作一瞬定格，飘下来。偶尔有残存的水上飞虫，无声地、飞快地从水面上滑过，终究也没留下痕迹，平添一份落寞。

这是水上的景致。让我惊艳的，是那水里的情景。一定是太静了，所以池塘一方水晶似的清澈见底。陈旧而华丽的色彩铺满了池底，多年前的残枝落叶，隐隐约约的彩石，发亮的硬币，云天山林的倒影……从树间穿过的些微的光，照进池底，又被池底那些莫名的东西反照着，使整个池子晶莹透亮，却又五彩斑斓，影影绰绰，让人觉得水的深处一定还藏着什么神秘而美好的事物。像一幅年代久远的画卷，像半首婉约的词，像泉边刚将水罐提起的少女，像轮回的四季，宁静得经得起你一生一世的凝视。

然后，在这个池里，我看到了鱼。

是哪年哪月的鱼呢？普通得如菜场里任何一条鱼，只是放在这样美而宁静的所在，凭空滋生了永恒的况味。它自由自在地游弋着，仿佛游在无始无终的时间里。没有喧嚣，没有诱惑，没有爱，没有恨，没有谁在乎它的生死……也许它来自海，来自湖或溪，可在我眼里，它正游在最适合它的水里。

这时，天上有一只飞鸟掠过，影子投进了池心。

忽然想，我在看一条鱼，一条鱼也许正在看天上的飞鸟，一只飞鸟也许正在看一片白云，一片白云也许正在看风。

人羡慕着鱼的自由，鱼羡慕着飞鸟的自由，飞鸟羡慕着白云的自由，白云却羡慕着风的自由。

风羡慕谁呢？风说，真正自由的还是我们的心。

落叶飘上我的额，树刚才是否也在羡慕我的自由？上天是多么仁爱啊，它给了万物两种不同的存在方式，虽然我们的肉体受着种种羁绊，但我们的灵魂永远自由飞翔。

水知道

人体百分之七十是水。

一个人,其实就是一滴水。人生,就是以一滴水的形式,走在世间。

雨。

暗夜被一道霹雳撕开产门,亿万个婴儿破云而出,"劈里啪啦"坠向黑色大地。每一滴雨,都浑圆晶莹,全部的身体和心,闪烁着绝世的圣洁光亮。

这时候,他翅膀透明,纤尘未染。

这时候,一切都还纯洁,公平,美好。

这时候,没有谁怀疑,这滴雨,是不是干净?他的前世是湛蓝的海水,污浊的阴沟水,还是吞噬生命的洪水?即使人们相信生死轮回,也没有人怀疑,一个美好的婴儿,他的前世是否有罪。

所有的灰尘,全部宣布臣服,自动从半空降到土里。

所有的生灵——野猫,夜行人的掌心,叶脉,草尖,花蕊,虫,鱼眼,牛睫毛,风,魂……都在仰视,用直觉去直觉一场雨即将带来的悲喜,只一瞬,便低下头,便已忘记,更不会想,这些和他们一样,莫名其妙从天而降的生命,此时究竟是悲是喜?

就像,从来没有人去尝尝,婴儿的第一滴泪,是苦是甜?也不会去想,这滴泪预示着的一生是幸或不幸?

谁都知道,是泪,就一定是涩的——不容易的一生——开始了。

这时候,快乐是件简单的事,还不知道,从此,简单是件快乐的事。

泉。。

不愿继续坠落的雨,仿佛先天的智者,想尽办法夭折,用尽最后力气,挂在叶尖上,任身体被阳光蒸发,灵魂被蜂蝶鸟的翅膀重新带回天上。

绝大多数雨,听天由命地渗进地里,落进水里,开始了漫漫长路。

他是一滴落在高山的雨。落在最高的山顶上,最高的那棵落叶松上,最高的那枝树梢上,最高的那枚松针上,停留了短短一瞬,便继续坠落,砸向地面。霎时,尘土飞迸,只一瞬,他,便被一种巨大的吸力,吸进了温暖、坚硬、黑暗。

土壤温暖、坚硬而黑暗，散发着清新而又陈腐的味道，他懵懂的童年，汇入土壤下的亿万水滴大军，浩浩荡荡，日夜兼程，奔向唯一的归宿——长大。

长大是什么？不知道。

树根，他绕过去。

腐泥，他钻过去。

爬虫，他躲过去。

他是无知无畏的孩子，孤独，新奇，隐秘，快乐，忧伤，全都是无敌的力量，终于有一天，这力量将他们从岩缝间逼了出去——他重新来到了世界——以泉的形式。

天哪，这么明亮！

天哪，这么自由！

天哪，这么精彩！彩虹，游鱼，花香，蛙鸣……还有那一场无疾而终的初恋。

一眼泉，是一个人的青春年少，正告别懵懂无知，却依然纯净，透彻。

一眼泉，日夜翻涌着无数梦想，却还没有汇集成一个真正的梦想。

湖。。。

一开始。

"这水真傻。傻透了。"

这是刚刚长成为湖的泉，安静得和天空一模一样，和镜子一模一样,世界是什么,他就映照什么,没有一点点走样。

移云。翠林。枯枝。芦草。羊群。水鸟的俯冲。挑水的藏族小姑娘……

这时候,湖刚刚安身立命,没有一点想法,湖哪儿都不想去,世界给他什么,他就安心接受什么,不见异思迁,不三心二意。好在,世界总是美比丑给得多,爱比恨给得多,所以,"傻透了"的湖一点都没有吃亏,天天傻乐。反而是,天下人赞叹他的自然,他的没有想法,把他的名字传得很远很远。

自然,有一天,天下人也会将一些陌生的想法带得很近很近。于是,无数选择一夜间纷至沓来。这时候,事情开始变得复杂,痛苦开始来临。

"走,还是不走?"

披着成熟与责任外衣的欲望,日夜在湖面游荡、呢喃:"你不能这样自甘平庸,你应该成为走得更远的河!河!"

莫非,这就是我的梦想!

湖心有一丝涟漪开始悸动,湖底的云便跟着走样了,翠林、枯枝、芦草、羊群、水鸟全都走样了,变成了鄙视的眼,挑水的藏族小姑娘连同最淳朴的歌声一起从此消失,去了城里……

涟漪变成一波一波的浪开始翻涌,终于有一天冲开一个缺口。湖,便从那个缺口出发了。

奇怪的是,没有踌躇满志,却有一种无可奈何的悲凉,他想:辽阔,或幽暗,清澈,或污浊,苦难,或幸福,我都认了。

河。。。。

河真的可以走得很远。

如果幸运地躲过断流、干涸以及误入下水道的命运,一路上,真的可以收获很多。丰衣足食,成就感,尊重,爱,并福及家人鸡犬。

可那是怎样艰难的前行啊。他往前每走一步,都眼睁睁看着自己变得浑浊一点。先是惊讶,再是不甘,再是矛盾,然后接受,然后习惯,然后走着走着,发现,世界上,再也没有一条清澈的河了。

所有年轻的年老的江河,所有年轻的年老的水滴,全都大腹便便,脚步滞重,满面倦容,满身伤痛。

原来,作为一条河,必须放弃清澈,学会同流合污。

原来,作为一条河,必须放弃宁静,学会张牙舞爪,纷争计较。

原来,作为一条河,必须放弃明辨是非的智慧,学会随波逐流。

原来,作为一条河,必须放弃方向,放弃理想,任地心引力,带你翻山越岭,摸爬滚打,饮下风与雨,苦与痛,并饮下一个事实——你永远到不了你想去的地方。

往前看,梦想与现实早已在地平线上一拍两散。

往周围看,愈渐荒芜的河岸,匍匐前行着内心愈渐荒芜的众生。

回是回不去了。

这时候,想死了作为湖的日子——没有欲望,脚步,更轻盈,心更简单快乐,生命,会真正走得更远。

海。。。。

尘埃落定。

所有历经沧桑的水都汇集在此——海——每一滴水的坟墓，轮回转世的道场。

立春雨水，梅雨水，液雨水，露水，甘露，明水，夏冰，腊雪，冬霜，雹……这些曾经的天水，落到地上，成了地水，变成流水，井泉水，玉井水，澧泉，温汤水，热汤，盐胆水，山岩泉水……还变成高贵的香水，甜蜜的糖水，恶臭的阴沟水，苦涩的泪水，血，汗……一切，都重新成为最初那一滴水。来时没有选择，去时同样没有选择。

一切的一切，将由日月洗礼，由风重新带回天上，变成云的婴儿，雨的前身。

这时候，一切重新简单，公平，美好，而安详。

你穷尽毕生得到的富贵荣耀，并没有谁会铭记，就是铭记了，这个铭记的谁最后也消逝。而假如，消逝前的全部的身体和心，纯美宁静如最初来到世间的那浑圆一滴，而非污浊与破碎，一个人的一生才能叫幸福吧？

水结晶。

最后。一个日本男人，从海里舀起一瓶水，放到显微镜下，解剖、拍摄水分子，他要洞透水的灵魂。

他在瓶子上写"快乐"。片刻后，显微镜下的水结晶居然呈现无比美丽的图案。

他在瓶子上写"痛苦"。水结晶分崩离析，丑陋不堪。

他对着一杯水赞美："你真好！我爱你！"水结晶变成了美丽的六角形雪花。

他让水听抒情明快的贝多芬《田园》交响曲和优美的莫扎特音乐，水结晶无比精致优雅，几近完美。

他让水听《离别曲》和现代重金属音乐，水结晶被完整地分割成碎片，甚至解体。

他对水说："你真恶心"，水结晶立刻杂乱无章。

最神奇的是，他对着一杯水说："我要杀了你！"水结晶似乎出现一个人拿着利器的形象。

原来，水是有生命的，水懂！人凝视水的时候，水也在凝视人，就像一个人在凝视另一个人。一切的一切，水生命不仅能看到，还能懂！

也就是说，当我们想什么，身体里的水生命都能感知。我们想纯净，身体这滴水就清澈，我们想快乐美好，身体这滴水就快乐美好，我们想痛苦丑恶，身体这滴水也会痛苦丑恶。

而当一个人对另一个人，一群人对另一群人，就像是一滴水面对另一滴水，彼此的和谐与不和谐，其实是生死攸关的啊。

原来如此。

夜。窗外有雨，隔壁传来新生婴儿的几声哭，相对无比老而厚而浊的世界，它无比的嫩与薄与清。

如果人生必须以一滴水的形式漂泊在尘世间，我愿他从此诗意地长大，行走，消失，如他今晚诗意地出现。

树知道

月亮升起时,远山如一张年代久远的黑白照片,悄然隐退。山下,娘家院子里那棵丹桂开花了,娘家的月色也就香了。

披着一身幽香的月色,我们坐在一地花影里。母亲突然说,看,树上是不是鸟?

我踮起脚尖,却看不真切,便脱了鞋,爬到凳上看。真的!两只很小很小的鸟儿,交颈依偎在桂花枝上,头顶特别白,身子像是粉红色,想起那首"四张机,鸳鸯织就欲双飞。可怜未老头先白,春波绿草,晓寒深处,相对浴红衣",心怦然而动。想让母亲也看看,便轻轻将桂花枝往下扳了一扳。不料,鸟儿惊醒了,"扑啦"一声飞向园外,消失在黑幢幢的树影里。母亲嗔怪我惊动了它们。父亲闻声从房里出来说,没关系,这些鸟常来。"

这倒也是,娘家的院子是蝴蝶、蜜蜂和鸟儿的天堂。春夏秋冬,阴晴雨雪,这儿总在不停地变幻着一幅幅隽永的画卷。未进院门,紫薇已在墙头颔首含笑。蔷薇虬劲的枝干狂草般游走在铁栏杆间,柔嫩的花叶如饱蘸水墨的笔,在白色粉墙上尽情倾诉酝酿了一整个冬季的缠绵。推开"咿呀"作响的红铁门,依墙而立的文旦树涌来满眼绿意,三两棵被花儿和果实醉弯了腰的石榴树将你的视线引向花园深处。三三两两白梅、迎春、玉兰、栀子花、美人蕉,还有一丛丛自生自灭的晚饭花,在这片靠山傍水的天地间,尽享清风明月、阳光雨露,无不花繁叶茂。鱼儿们在水里游弋张望,成群的鸟儿高唱着四处飞奔,蝴蝶毫无防备地歇在你肩上。

暮色四合的时候,我们将饭桌摆在桂树下。一阵微风拂过,几点桂雨飘在被轻轻夹起的小葱豆腐上,让人良久不忍动筷,怕惊落了这份芳香的诗意。这时,小狗嘟嘟突然在院门外大摇大摆地用前脚敲门,要求共进晚餐。打开门,它忽闪一下从你脚下钻到草坪里,先撒起欢来。

闭上眼,感觉着这些旺盛而无拘无束的生命,我看见自己那颗蒙尘结痂的心冉冉盛放,一瓣比一瓣纯净,一瓣比一瓣透明。

自然,就想起了杭州家里那些可怜的植物们。

它们刚来时,应该是喜欢这个家的。

巴西木和滴水观音婷婷的身姿和青翠的叶子,衬着客厅洁白的沙发,在台灯的光晕里摇曳出幸福的绿影婆娑。

素心兰虽然单薄,也没有要开花的样子,但喜欢它的名字,连着紫砂花盆带回来,放在小书房里。

宝蓝色瓜叶菊、含羞草和开着两朵极小的金红色花朵的仙人掌,在黑白色调的卫生间里,平添生趣。三盆茉莉是我亲手种的。朋友送来了两盆君子兰和叫不出名的观叶植物。林林总总几十盆花木,葱茏热闹得像来了一群亲朋。

可是,植物们姹紫嫣红了几个月,便日渐憔悴。花谢了,叶子发黄,接二连三往下掉,无论怎样抢救,仍一棵接着一棵慢慢枯萎了。

继续买,更换,继续枯萎。

家里留下的树的空白,很蜇人的眼,好像是一个个失去灵魂的生命。夜半起来,天光透过窗纱照进空旷的客厅,恍然便能听到并不存在的绿色的叹息。与此同时,时常觉得身体的慵倦,皮肤的粗糙,心绪的迷乱,像那些树一样心力交瘁,却不知何故。终于有一天,来了一位乡里朋友,她一语道破天机:你们这些地方,空气里什么有毒的都有,连人浑身上下都冒着毒气,你们不知道,树知道啊!

树知道,树不能说,不能挪,树只好死了。可人并不比它们幸运,也许还更可怜,明知生存面对的种种威胁何止空气里的毒素,却仍怀着侥幸的心理,给自己制造各种不能挪动的理由:想逃,逃往何处?若真有干净的去处,又如何割舍名利、责任和爱的牵绊?

只好躺在异乡的静夜里,细细怀想娘家的花园。心魂在梦里跋山涉水,奔向那个树喜欢、我也喜欢的地方。

敦煌痛

大-漠-敦-煌～

如沙漠深处捞起的一个梦,绝美,连读音都绝美,却到处都痛。

皮肤痛。飞沙,乱石,天生粗糙干裂,黑暗苍黄,松弛垮塌。人世间再沧桑的脸,在它面前,也幼嫩。再苍老的生命,在它面前,也鲜活。再深邃的思考,在它面前,也幼稚。

星星点点的绿洲,泉水,驼铃,证明它还活着,心跳着,眼睛亮着,话说着。

脚痛。曾经以为自己是海,滚滚沙涛,翻涌了亿万年。驼峰如舟,流沙如水,走了亿万年,仍然走不出荒凉,遥远,贫瘠。天生的,它只是一个凝固的海,凝固了脚步,凝固了梦想,连时间仿佛也静止。

它在,时间也在。走了的是张骞,霍去病,班超,唐玄奘,李白……是军人,商人,文人,墨客,使节,僧侣,马贼,刀客,还有那些来自国外的著名盗宝贼……他们走了很多年,永远走出了这片大漠,却从没有走出大漠的历史和传说。其实,所有这些人,没有任何一个愿意真心留下来,但这些被羁绊的脚步,注定和它的脚步锁在一起,又重,又痛。

心更痛。

它是一个弃儿。被春风遗弃,被雨水甘露,被小鸟,被繁华,被爱情……甚至被寂寞。寂寞,需要一种意境,一种情怀。而属于它的,是无边无际的,空白无望的,遗世独立的孤独——不是它遗世,是天地遗弃它。

传说,古时候,月亮就挂在中国西北这片高原上空静止不动,像冰雕玉砌的一个立体圆球,山川峡谷清晰可辨。后来,月亮越行越远,只有每天升起的太阳,是它的挚友,亘古不变。

也许还有,骆驼亘古不变的温顺的睫毛,忠诚的眼睛。

甚至当几百年前那位王姓道士发现巨大的稀世宝藏时,仍然没有人在意过这个弃儿,哪怕用一丁点剩余的爱,来拥抱它一下。

遗弃也不是最可怕,最可怕的是被外人掠夺,而自家人无动于衷。

英国人处心积虑运走了三千多卷经卷,五百幅以上的绘画。法国人用化学胶布粘走了26方最精美的壁画,盗走几尊彩塑。日本人、俄国人，也闻讯赶来，运走了无数珍贵文物。

而最亲的自家人，却用破木箱，任本就零落不堪、劫后余生的宝藏再经风吹雨淋，千里迢迢运到北京，留下一堆最破烂最不完整的东西。

王道士，这个莫高窟无助的、无奈的守望人，如何一人承担一切罪过？他只不过是一个不拿薪水的保姆啊！

最后，它以被掠夺的方式惊艳世界，不知道这是幸或不幸。从此，它备受宠爱，然而，已深入骨髓的耻辱与心痛，痛在生命里的每时每刻。午夜梦回，大漠泪雨滂沱，却不着一丝痕迹。

公元2011年8月，我用目光爱抚着这个弃儿的心脏——莫高窟。

一直仰着头，一个窟一个窟地看，脖子、眼睛酸痛难当。

多么美轮美奂啊。那一笔一笔，一刀一刀，一座一座，是谁，怎样仰着酸痛的脖子，撑着酸痛的胳膊、手腕，睁着酸痛的眼睛，怀着怎样的心情，历经十几个世纪，亿万个日日夜夜，夜夜日日，上下五层，一千多个洞窟，凿出来，画上去，造就如此完美的神秘博大、旷世绝伦？

每一笔，都是痛，每一笔，都是美。

这是一种什么力量？不过是沙漠黄土，孤山崖壁，仅有钱和能工巧匠是不够的，仅有毅力和信心也是不够的。

无他，唯有信仰。

它的辉煌，其实是信仰的辉煌。

洞窟里很暗，很静。突然，女讲解员停下柔和的声音，厉声对一个刚用手机拍照的游客说:"请将照片删掉!"

我看到了几年前面对强权斗胆说"不要触摸壁画"后遭掌掴辱骂的年仅19岁的女讲解员。

我也想到了一个与敦煌壁画一样美得令人浮想联翩的名字——樊锦诗——一个特别干瘦、弱小的老太太——莫高窟新的守护神——像常书鸿一样,将生命绝大部分的时光、坚忍与智慧,缓慢而快速地消耗在此。

心里忽然涌起感恩的泪。多么欣慰啊,在我们不可知的领域里,这个无限神秘阴暗的洞窟,已然是一个无比温馨的宇宙,弃儿的心脏里,其实一直萦绕着母性芳香气息的守护。

梦一般的大漠敦煌,是沙,是石,是风,是千年弯月,万艘船阵,是菩提,是波罗蜜多,是美人佛,是飞天,是一层一层绝美的壁画,是飘了一千年的丝绸,是走了一千年的茶香,是一千年都温不透的玉,是金戈铁马,是壮志忠魂,是爱的绝唱。

梦一般的莫高窟,也会让人梦一般遐想。我忽然想,能不能,让我们这辈人,在莫高窟的最角落,找一个边角,也凿一个窟,请全中国最好的艺术家,画一窟壁画,塑一窟佛,千万年后,讲解员介绍时,会说,这个洞窟是中华人民共和国塑造于21世纪初,不行吗?

行吗?如果是个人意愿,谁还有那份虔诚与爱?如果是集体行为,会不会沦为政绩工程?又一个腐败的伤口?给敦煌加上另一种痛?

走出莫高窟,收到朋友一条短信:"流逝的不是时间,是我们。"

是啊,每一个人,其实都在以流逝的姿势经过生命,经过时间。此刻,我正经过敦煌。

乐樽和尚流逝时,留下第一个洞窟。

平凡的工匠流逝时,留下瑰宝。

王道士流逝时,留下一个藏经洞和一个伤口。

驼铃流逝时,留下丝绸之路。

常书鸿流逝时,留下补丁,守护。

我们这一代人流逝时,留下什么?矿泉水瓶?垃圾和喧哗?留下故宫被盗、碎瓷?留下满世界足可乱真的赝品?留下莫高窟的关闭、月牙泉的消失?留下满足了好奇目光、带走了炫耀谈资后拂袖而去的冷漠身影?

我不舍的目光回望敦煌时,我想问它:你的心,是不是还痛?

曾经,我还没做母亲时,对那些无知无畏、胆大包天、捣乱惹祸的小孩子,总是敬而远之。我觉得,孩子其实有邪恶的一面,尤其是,当他受到的伤害、嫉妒远远超过爱,就一定会恨。

那么,如今,你还恨吗?或是担忧?

敦煌不语。也许,在它眼里,我这棵来自江南的汁水丰厚的草,太无知,无味,无谓,无为。它根本不屑与我任何的交流。

上车时,我抖抖丝巾,丝巾上泻下几粒沙随风飞逝而去。我回头,在夕阳的逆光里,跟它说了声"再见"。这不是随便说的,我们一定会再见,因为,将来我必定也会成为一粒沙,飞过很多路，经历很多事，看过一代又一代世事沧桑。而那时，我才能真正与它对得上话，才能读懂这片神秘的土地。读懂它的月牙泉，如同读懂它的泪；读懂它的鸣沙山，如同读懂它的心；读懂黑夜里的鬼哭狼嚎，才真正读懂它的灵魂。

三天后，回到江南，十里荷花，无比水灵，鲜嫩。

七天后，放在清水里的干莲子抽芽了，女儿时时傻傻地盯着看，想象它会真的长大，开花，美如万里之外壁画里的佛花。

她眼里，饱含人类最初的单纯。

皈依单纯，是否也是皈依一种信仰？

皈依美，爱，诚信，正直，坦荡，淡定，和谐……是否也算皈依信仰？

世人皆如此，敦煌和敦煌们，还会痛吗？

水在滴

冬至。有两种水声。

中午十一点半,人走空了,都吃饭去了,捞纸房像被突然摁进了寂静的井底。

泥地上站着一些正方形的阳光,是从木窗跳进来的。捞纸架的枯毛竹上,站着一些细碎的阳光,是从顶棚的瓦片间跳下来的。还有一束光柱从两扇旧木门间挤进来,浮沉着几粒灰尘。冬日的阳光意图明显,想驱逐捞纸房的阴冷,却将原本的幽暗衬托得更加幽暗。

六十岁的捞纸师傅徐洪金回家吃饭去了,出门时,遇到了八十三岁的老捞纸师傅,高声交谈了几句。

侬好伐?

阿拉蛮好个。

老师傅早已不再捞纸，徐师傅便成了作坊里年纪最大的捞纸师傅了，也是最瘦的捞纸师傅。他个子很高，进出低矮的捞纸房，不低头的话好像会碰着门框。因常年在纸坊里劳作，使他看上去与常年在地里干活的农人们的肤色截然不同，哪怕喝一口酒，也会看得出脸红。他灰白的头发软软地紧贴在头上，像常年不见太阳有点缺钙。

四十五年来，除了过年放假，朱家门村的田埂上每天清晨五点钟就会出现他高高瘦瘦有点儿飘忽的身影。中午十一二点，田埂上又会出现他急急赶路的身影，腰间通常还戴着围裙，听得到他跟人打招呼的声音，呵呵呵的笑声有一点点尖细。傍晚七点，田埂上会再次出现他的身影，相比清晨，干了一天的活后，他的步子明显慢了，腰板似乎也驼了一点。

有两种水声，在午后空旷的寂静里，缠绕，回响。

第一种，滴答，滴答，滴答……如秒针，不急不慢，不变的节奏和密度，这是榨纸声——徐师傅上午做的几百张湿纸抄在杉木砼板上，摞成一尺多高、质地如年糕的湿纸垛，得用千斤顶顶压，好把水榨出来，半干的纸在晒纸房里经过晒纸的工序，就成为一张真正的元书纸。

顶压榨纸时，水顺着纸垛边缘滴下来，滴在铺在底下的竹帘上，迅速汇集在竹帘的四角，滴落在青石板上。滴答，滴答，滴答……让人想起赤脚踏在青石板上的脚步，想起南方屋檐下慵懒的雨滴，想起小满时节前三天的山林，嫩竹拔节，万物萌动。雨滴在每一棵竹子的头上,被它们吮吸进身体,满山的嫩竹——元书纸的前世——的身体里,便流动着雾岚的气息,草木的幽香,覆盆子的酸甜,笋的鲜涩,流动着砍竹的当当声,竹子顺着坡道滑到山脚的哗哗声,杀青的唰唰声,砍竹人的咳嗽声,路过的山民呼出的烟草味,他或她的汗味,饭菜的味道,家的味道,年的味道……一棵竹,裹着整个山林的日月精气,一张元书纸的胚胎,在滴答声中渐渐成形。

另一种水声,是流水声,像婴儿的呼吸那么细弱,又像婴儿的哭声那么清亮。它来自幽暗的捞纸房某个更幽暗的角落,那里蹲着一只装满纸浆的槽缸,水从槽缸里溢出来,无声地溢过发亮的棕黑色缸沿,匍匐进地面,匍匐进比地面更低的某个通向屋外的暗沟或缝隙时,发出了几乎难以察觉的流水声,被午后无边的寂静像扩音器一样扩大了。水声泠泠,像由远及近的银铃声从云霄洒落大地。

这两种水声,在此地,这个叫朱家门村的地方,已经回响了一千多年,也许更久远,春去冬来,世事更替,水声从未停息。改变的,是水声渐渐从繁密到稀疏,到朱中华深深忧虑的再也听不见。

此时,在朱家门村的另一头,徐师傅端起了饭碗,用那双在纸浆水里浸泡了四十五年的手。比白纸更白的手掌,已看不出掌纹和指纹,老茧连着老茧,有些地方已经开裂,又被纸浆水浸泡得更白。这双手,放进发酵捣烂的竹纸浆里,不细看根本分辨不出来。

已经不痛了，但很怕冷。数九寒天时，一天十几个小时，在结冰的纸浆水里进进出出，冷到骨头里的冷。

冷了，就往电饭煲热水里蘸一下，暖和一下再做。冻得实在受不了，就到旁边晒纸房里躲一躲，再做。

痛的是肩膀、腰。一站十多个小时，一抬臂二十公斤，一天几百上千次。捞纸得用巧劲儿，抄得轻，纸太薄，抄得太重，纸又会嫌厚。每一张纸，重量误差不超过几克，要有手法、经验和耐心、细心、用心。

痛，得忍着。小时候，家里穷，要吃饭，得忍着。如今，老伴生了癌，一条腿一直肿着，走不了路，特殊医保办不下来，所以要靠自己挣，更得忍着。想好了，忍到六十五岁，就不做了，真的做不动了。

有一些阳光在吱呀一声里改变了形状。捞纸房的门被推开了，徐师傅回来了。中午又喝了一点小酒，苍白的脸色微微泛红，透着与阳光质地相似的温暖。

"摇头晃脑"的下午开始了。刚才缠绕回响着的两种水声迅速遁迹，代之以一些更清晰明亮的声音——淅淅沥沥叮叮咚咚的滤水声，竹架子的咿呀声，一个老男人偶尔的咳嗽声。

"摇头晃脑"是每个上了年纪的捞纸师傅的习惯，自古以来，纸乡的捞纸房都是敞着的，一个个捞纸师傅一边摇头晃脑捞纸，一边和路过的人打招呼，说笑话。《天工开物》记载的"荡料入帘"就是捞纸。

他手持纸帘浸入水浆，纸帘随手腕晃动，使浆液匀开，慢慢向前倾斜，晃出多余的水浆，那层浆膜就是一页纸。随着倾斜、上提、放纸、揭帘……这些动作的起承、转合，他低头、转头至右边又转到左边，然后点头、抬头，一气呵成。纸帘提拉出水的最后一下，他的头点得很快，像在用劲，又像在对自己说，对，对，对。

午后的捞纸房，淅淅沥沥叮叮咚咚的水声是唯一的声音。他喜欢安静，连收音机都不愿意听。

他并不关心纸是不是有生命，是不是有灵魂，他听不懂回归、传承、文化、情怀这些字眼。他不知道那些纸去往何处，纸上会被写下或画下什么，哪怕是一个沉重的嘱托，一张生死状，一个孩子的梦想，或是一个罪人的忏悔……"做生活，不管喜欢不喜欢做，总归要好好做。"这"生活"关系他一天有多少收入，关系老伴的药费，他的小酒小菜，他们平淡无奇却无比重要的日常，更关系到心里安与不安。

偶尔，他也会想，接替他操起这张竹帘的会是谁？他没有徒弟，年轻人都不学这个了。自己两个儿子不愿意学，做了别的事，收入不高，能自己养自己，他也不愿意带他们，太苦了。

刚才，穿过村庄回捞纸房时，他碰到了一群人，一个在外地做生意回家过冬至的邻居，叼着烟，眉飞色舞地说着在新马泰旅游的事。邻居以前也做纸，后来和村里大多数人一样，出去挣钱了，再也不碰纸了。徐师傅与他们擦身而过时，听到了"泰国人妖"和一阵哄笑。他一点也不羡慕，因为他和老伴一起去过普陀山，还去过杭州的灵隐。

他呵呵呵笑了几声,头也不回走上了通往捞纸房的田埂,重新将自己安放进淅淅沥沥叮叮咚咚的水声里,感觉世界又回到了他喜欢的样子。

与雾同行

遇见她时,我惊呆了,世界上,怎么会有这么奇异的雾?

夏夜,新安江城已卸去一天的浓妆,笼罩在淡紫色的暮霭里,富春江水流得从容而平静。晚归的船来了,偶尔闪过一道波痕。空气拂过脸颊,带着摄氏十四度的水气。那一刻,两岸灯火在静谧中次第开放,像在预示着这里一定会发生些什么。

这时,假若你是一条鱼,你便会看到千岛湖和新安江之间正演绎着一段缠绵:当千岛湖水缓缓流进新安江的心底,白沙奇雾——这天地的宠儿诞生了!她从母亲疲倦的怀里渐渐舒展开初生的身子,洁白如羽纱,缥缈如仙乐,纯净如玉石,细腻如婴儿的肌肤,远远的薄薄的一层,依偎在江面上。我真怕江边的点点渔火会把她给融化了。

人们凝神看着这神奇的景象，而雾也在远远地打量着人间，灯就是她善睐的明眸。在相互的凝视中，她慢慢长成了一米多高、丰满圆润的女子，先是从飘漾的裙裾中伸出她的脚，一小步一小步踩着绿波，羞涩地走着。风来时，雾便不再矜持，拖曳着长长的飘带，自由地舞成了一缕缕五彩屏幔，一边随着江风向我们飘来，转眼间便到了伸手可触的眼前。只见乳白的雾海与深蓝的天分出一道整整齐齐的界线，青山翠林、竹篱农舍在浓雾中时隐时现，人不知不觉就像飞到了天上。

此刻，与雾媲美的还有天上的星星，它们离地面是那样的近，就悬在人的头上，随手可摘，立体的，闪烁着奇光异彩，让人怀疑那是不是假的。雾可能是它们的老朋友了，时时往天上一跃，侧耳就能听得见他们欢快的笑声了。

我在江边走着，雾也顺着江走着，好像是两个同龄女人正在并肩散步，很亲近的样子。但我总有些自惭形秽。雾是单纯的，而我却不是，有着这样那样的欲望，有着这样那样的烦恼。好在雾并不在乎，依然用她无声的语言让我感觉自己暂时成了瑶台上的仙人，忘记了俗世间的一切。

记得不久前读到过卢梭的一段关于雾中散步的文字，后来借来他的书想细读时，书却奇怪地不知去向，心里空落落的。想起类似的憾事在我的生活中似乎常常发生，比如我历尽千辛万苦爬到峨眉山金顶，却怎么也看不到传说中的佛光；几次到普陀山也没看到过海市蜃楼；一个刮台风又停电的深夜，在家乡的小楼上忽然看见窗外缓缓变幻着极亮的黄红蓝三色强光，像有什么在轻轻掠过。当时以为是闪电也没注意，第二天却听很多人说昨晚在城东的山顶上停过一只UFO。只好想，自己是个俗人，也许神奇的事物总与我无缘吧。没有料到新安江的雾却格外的善意，据说在冬夏时节每个晴朗的日子里都能看到，让我由衷地对她生出不被嫌弃的感激。

我深信，美的东西有了善的品性，这种美才是大美。

午夜时分，一觉醒来，万籁俱寂，牵挂着雾，便推开靠江的木格花窗，见她正无比恬静地仰躺在星空下，也已睡去，无意中把山山水水勾勒成了一幅淡淡的水墨画。

太阳升起时，她便会死去。

雾来世间一趟留下美好，人来世间一趟留下点什么？

珍珠梅瓶

元宵节，空调师傅来家里修中央空调。半个多小时后，空调还没修好，却突然听到客厅里"哗——"一声脆响。三脚两跳出来一看，架子上的一只珍珠梅瓶，已成了地上一堆碎片，仍带着一种飞溅的姿态。

这一天的心情，也被摔了个粉碎。

是一只珍珠梅瓶，几年前价值上万元，现在已至少翻倍，是家里最值钱的瓷器。关键是，它是朋友送的，它那么美，淡绿色的，一直静静地站在那儿，像个人似的伴了我们好几年了，却在这个好节日，毫无预兆地粉身碎骨。

从来没有见过这么笨的维修工！捣鼓了半个多小时，还找不到空调有什么毛病，居然一声不吭擅自将瓶子从架子上拿下来，随手搁在窄窄的电视机上,再从电视机旁斜着身子去探看空调出风口,袖子一扫,不摔才怪。

心疼、愤怒、懊恼,让我气得话都说不利索了:"你怎么这样?!你怎么这样?!"

"不好意思。"他说。

"你会不会修啊?怎么连起码的操作规则都不懂?你说怎么办?!"我声色俱厉,出离愤怒。

"我赔吧。"他说,声音很弱。

"你赔?好的,你赔。"我翻箱倒柜找出收藏证书,递给他:"几年前是一万,现在我也不知道几万。"

他愣了愣,接过去,低头看。我这才仔细看清楚他。他大概四十来岁,高高瘦瘦,皮肤很黑,长相老实,浑身散发着汗味,一副落魄样。而且我觉得,他一定是修空调的新手,和以前来的师傅们完全不一样。

他的眼睛盯着收藏证书里的照片,眼神却是涣散的。我的心里顿时升起一种内疚感。他一定是吓坏了吧?

"你给公司打个电话吧,看怎么处理。"我缓和了口气说。

几个电话来回,公司表示会赔偿损失。因为瓶子碎片和收藏证书在,是可以鉴定估价的,而且,网上随便一查,都有资料可循。

但是,我听到了一个关键信息:赔偿金的主要部分,由这位修理工承担,从他以后工资里陆续扣除。

瞬间,我犹豫了。

此时，他蹲在地上，茫然地整理着工具箱。仍然是笨拙的样子。按他的反应、技术，他到别的地方，估计也难混饭的。可以想象，他累死累活每个月又能挣多少呢？这一赔，虽不是倾家荡产，也够他辛苦很长一阵子的。但他显然是诚实而且厚道的，没有一丝推脱责任的意思。

我的心一下子软了："师傅，你不用怕，我不会为难你的。"

悄悄跟家人商量，是不是就算了？都说，怪可怜的，算了算了。没有一个人说，要他赔。

我又拨通公司电话，主动放弃赔偿。经协商，公司非常爽快地答应提供五年免费的日常空调维护维修服务，并会尽量安排技术好的工人过来。电话里，我反复强调，他也不是故意的，态度很好，维修费千万不要从他工资里扣。

离开时，他连声说"谢谢，谢谢！"

捡起珍珠梅瓶的碎片端详，心又疼起来，并闪过一丝后悔："我是不是太亏了？"

母亲走过来，说："没事没事，碎碎平安，岁岁平安。"

后来，再也没有见到过那位师傅。但每年一换季，公司就会主动打电话来，约定维护清理空调时间，而且派来的师傅都非常利索能干，态度也好。

就想，假如，当时，我非要赔，结果是什么呢？

他赔上血汗钱，我再买回一只一模一样的珍珠梅瓶，摆在那儿。但此瓶已非彼瓶，我每天看到的，就会是一个生命的血汗和沉重，还有他对自己的悔恨，对我的怨恨。而我，一看到它，就会内疚，会自责，虽然我没有错。

而如今，当一缕缕清风从空调里吹出来的时候，我依然会想起珍珠梅瓶，仿佛依然能看到它的美，并且，它淡绿的灵魂里似乎融进了原先没有的一些什么，因而，更显得熠熠生辉。

我不亏，没有什么收藏比善与爱更珍贵。

等一碗乡愁

母亲电话里的声音，随海风一起吹拂耳朵时，我正在等一碗面，一碗海鲜面。

这是立秋过后的东海边，清晨的普陀山，海风开始变得苍凉，像电话那头侧耳倾听着的父亲的白发。

街边很小的面店，是一座刚睡醒的森林，进进出出的人们，是晨间雀跃的百鸟，在木质桌椅板凳的林间觅食。热气腾腾的鲜香，仿佛穿越森林的光芒，笼罩着一位老人一碗面，或是一对夫妻一个孩子两碗面，或是一对情侣分食着一碗面，或是一个孤独的中年男子，也在等一碗面。人们的一天，从喜欢的一碗热汤面开始，一个日子的起头，多么舒坦。

母亲问："是和老家一样的海鲜面吗？"

"呵呵，还没吃到呢。"我说。

海鲜面的味道，就是故乡的味道。

远古时候，中国东南方的大陆一直延伸到汪洋大海，消失不见，又在蔚蓝色的不远处突然冒出来喘了一口气，于是，大海上漂浮起一个叫"玉环"的岛屿——我的故乡。

千百年来，海岛人过得像鱼一样恬然自得。我一直固执地相信，不同性格的家族，与不同的动物有着神秘的渊源，比如有的家族像狮，有的像龙，有的像狐狸，有的像狼……而玉环人的祖先一定是传说中的鱼人，我们的头发、眼睛、嘴唇、四肢、我们的大脑，无不焕发着海水的坚韧柔美灵动。夜深人静时，我们蓝紫色的血液汩汩作响，如静夜深林里的小溪。阳光明媚时，我们骨子里飞舞着的每一个细胞，都朝着快乐自由的方向。我们种田，讨海，在城市人愈来愈陌生的春分、谷雨、冬至、月半、霜降、填仓的古老节日里，在历经艰险满载而归的鱼舱里，虔诚祈祷，吟诗作画，开怀畅饮……

我们依从心灵的声音休养生息，无忧无虑，相亲相爱。

在我尚未出生的无数个黄昏，年轻的祖父挑着两个空箩筐，守在漩门湾，等待渔船载回活蹦乱跳的小海鲜，装满他的箩筐，再挑回十里之外楚门镇小南门的家里。祖母和众多孩子们早已备好几个小一点的箩筐，在天井里一字排开。祖父坐在梨花木椅上，点起烟斗，像一个司令一样指挥着妻儿们将鱼虾蟹分类，又按大小分类。最后，他站起来，顺手从箩筐里捡出几只肥胖的青蟹、发亮的水潺鱼、火红的红绿头虾，孩子们便欢呼起来——这是劳动的奖赏——夜宵——海鲜面——汤无比的鲜，烫，海鲜无比的爽口，面无比的细软，小葱无比的香，嘴里和胃里，无比的熨帖。

天未亮，祖父祖母便将大小箩筐挑到菜市场，贩给卖菜的，也有自己零星着卖的。一家老小的生计，都在一担一担的小海鲜里。有时，天气不好，连刮几天台风，祖父便会空手而归。海鲜面没了，一家的生计，也愁苦起来。奇怪的是，那些愁苦总很容易被忘记，记住的，总是快乐，满足。

闻着海的味道，吃着海鲜面，一茬茬人老去，一茬茬人长大，一茬茬人离开故乡，比如我。有一次，在香港维多利亚港坐船，忽然闻到一阵香味，那是老家久违的海鲜煮年糕，和记忆里的一模一样——鲜香里透着年糕微微有点发酸的味道。海浪晃得我胃发酸，眼睛发酸，心也发酸。海浪里浮现出儿时一家人围坐在一起吃面的场景，母亲总是最后一个坐下来吃，一坐下，就把自己碗里的蛏子、虾什么的都夹给我们姐弟几个，一家人，便你让我我让你，多么温馨。海风吹过，香味倏然消失，我下意识地踮起脚尖用鼻子去寻，如同思乡的人顺着月光去攀缘故乡的月亮，如何够得着？

离乡二十多年，让我吃出海鲜面里别样味道的，是婆婆。公公婆婆就如同现在的我，大学时代起就离开家乡玉环，辗转西安、东北、成都读书和工作。退休前，他们毅然放弃成都舒适的生活回到玉环岛，如两片执著的叶子，被思乡的风带回了根。因此，他们也许比我父母更懂得我的故乡情结。

婆婆是个做菜高手，从她那里，我深切体会到菜是要靠爱来做才更美味。尽管婆婆做的菜是我吃过的最好吃的菜，但我更爱海鲜面。自从发现我是个"面桶"，每次回到家乡，婆婆总会在做了一大桌子菜后，特意再为我烧一碗海鲜面，我说不用，她仍然会做。有一次，她做了一碗面，只有青菜，没有海鲜，一碗面看上去有点凄凉。我有点伤感，不是因为没有海鲜，是因为，婆婆最近老说她老了，不会做菜了，也爱忘事了。我还发现，公公下象棋时，捏着棋子的手微微颤抖，迟迟不落子，看不出是在思考还是在发呆，我的父母，还有曾经和祖父祖母们分海鲜的叔伯姑姑们，头发也都更白，更少了……祖辈们早已故去，与父辈们永别的日子越来越近的慌乱，瞬间烫着了我。岁月怎么只有昨天和今天，中间那些日子呢，怎么这么快就都过去了？多少年后，当乡音未改鬓毛衰的我回到故里，他们在哪里？还有谁再为我烧一碗海鲜面？

突然，婆婆伸过一双筷子，在我的碗里翻搅起来，连说，忘了忘了，鱼和虾先盛出来的，都在面下面藏着呢哈哈。

心里含着泪，我吃光了面，喝了很多汤，喝下了爱的味道，也喝下了难以消化的离愁。

后来。

后来，在离故乡三百六十公里的杭州，不会做菜的我，偏执狂似的"制造"着各种家乡的味道。

我用母亲酿的黄酒，做家乡的红糖酒蒸糯米。起锅了，糯米饭散发着琥珀般诱人的色泽，浓香四溢，撒上一层红糖，用勺子舀着吃,香糯无比,据说孩子吃了很补身子的。我跟来自千岛湖的阿姨说,你也吃,趁热吃。阿姨说,我不吃,这是你们老家的吃法,我不喜欢的,你多吃点。是啊,你的最爱,对于他乡人,也许难以下咽。

我用鲳鱼烧绿豆面年糕,请朋友们一起吃,他们一开始特别担心会腥气得不得了,后来却吃得不亦乐乎,看不出我心里的失落:鲳鱼、年糕、雪菜都是老家带来的,可是,水,火,调料,葱姜蒜,都不是,一碗年糕,无论如何烧不出老家的味道。母亲说,别说杭州了,就是咱家院子里的井水,买来的海鲜,店里的面,都不是从前的了,污染过了,似乎冰过了,不知是不是做过假了,总之,海鲜面,再也烧不出从前的味道了。

我不管。我仍然固执地每天吃一碗面;我请母亲、婶婶、姑姑教我做海鳗鱼圆、番薯粉圆;我在城市人愈来愈陌生的春分、谷雨、七夕、月半、冬至、霜降、填仓等古老节日里,吃老家过节必吃的食饼,饮酒,祈祷,庆祝,或祭奠……我偏执,不是真的要回去,像祖先一样讨海种田为生,而是,在人生无数个"回不去"里,死守着一个慰藉,试图浇灭那团越烧越旺的乡愁。

2013年七夕中午,梦见一场太阳雨。梦里,我站在屋子中央,婆婆坐在一张旧沙发上,屋外雨声如鼓,却有阳光从天窗照进来。我仰望着窗,看见一根根银亮的雨穿透玻璃,和金色的阳光一起洒在我身上。我跟婆婆说,杭州很久没下雨了,这雨真好啊,也是你从老家带过来的吗?

醒来时,昏暗的室内仿佛有暮色正浓雾般涌过来,将一个人的心情慢慢染成黯淡。我想起，此刻，所有的亲人都离我很远，在国外，在境外，在远方。小时候大人们说，牛郎织女一年只能相会一次，如今，银河不算宽，鹊桥随时架，而父母与孩子，兄弟与姐妹，挚友与挚友，游子与故乡，你与一碗家乡的面，一年能相会几次？

想念一碗面，想念依从心灵的声音休养生息，想念曾经很容易的团圆，很简单的满足。

海上千春住玉环

"玉环山……在海中,周回五百余里,去郡二百里,上有流水,洁白如玉,因以为名。"这是《太平寰宇记》卷九十九关于我的故乡玉环的记载。

玉环位于东海之滨、浙江之东、台州最南端,由楚门半岛、玉环本岛以及一百多个外围离岛组成,是徐霞客、谢灵运笔下的海上仙山、世外桃源。五千年来,兼有山仁水智的故乡人,依从心灵的声音休养生息,创造了农耕文化、海洋文化、移民文化水乳交融的独特文明。离开玉环三十年了,故乡留在嗅觉、视觉、听觉里的记忆却从不曾淡忘,随着岁月的流逝,反而日渐清晰。

每个人的故乡一定都有一份"香"的记忆。我的"香"则来自土地,来自大海。

浓郁的是漫山遍野的文旦柚花，恬淡的是后山带雨的桃林，清新的是井水镇西瓜、阳光蒸腾下的稻浪、一年一场大雪后整个大地的气息……熟的香味是粮食、果实散发出来的，文旦柚飘香，番薯粉圆从锅里逸出热气，除夕前夜的手打年糕刚出石臼……海风每时每刻清冽得如同刚从云里出生，海蜈蚣、望潮、虾狗弹、水潺、牡蛎、梅筒鱼、岩头蟹、海螺蛳等等刚打捞上来的小海鲜，散发着比海风更清冽的气息，煮熟端上餐桌时，才知什么叫"鲜甜"。每一个来过玉环的人都说，玉环人太有口福了。

来自大地的味道像母亲，来自大海的味道像父亲。香味渗透在世世代代故乡人的骨血里、精神里，将玉环女人滋养得肌肤白嫩、骨骼玲珑、气质灵动，加之见惯惊涛骇浪、生离死别，因而大气豁达，敢爱敢恨，敢做敢当，将玉环男人锻造得骨骼健壮，酒量惊人，聪明，豪放，幽默，自信，有本事。

而故乡的色彩，则随季节变化而不同，但均如泼墨般磅礴大气。大片的蓝是天和海，大片的绿是郁郁葱葱但不太高的群山，大片的嫩黄是谷雨后的油菜花，大片的金黄自然是霜降后的丰腴。

奇特的，是黑沙滩、黑泥涂，缎子般光滑细腻，在阳光或月光下闪闪发亮，故乡人赤着脚，从黑色的泥沙中讨来大海的馈赠——鱼虾蟹海蒜牡蛎海苔等，还有盐。更神奇的是坎门后沙的潮水退去后，黑沙滩上会现出一幅幅"沙滩画"，有的像白桦林，有的像巨幅山水，有的像几棵白菜，有的像梵高的星空。孩子们在吹泡泡堆沙玩，恋人在拌嘴，老人在自拍。人们从东沙渔港的山坡拾级而上，站在古老的灯塔前眺望东海，观看或抚摸海洋文明留下的痕迹。黑沙滩,从前的讨海谋生处,此时的旅游怀旧地。

最斑斓的,是漩门湾湿地的花海。楚门半岛和玉环本岛之间的漩门湾曾经是一个鬼门关,渡船在惊涛骇浪和巨大的漩涡中行进,命悬一线。漩门湾大坝筑成后才变成了通途,如今,这里成了一个巨大的湿地公园,人与自然和谐共处的所在。小船静静划过碧水,白色的水鸟划开蓝天引路,一条黑色鲤鱼跃上船头时,一片广袤的花海如3D电影扑面而来,雏菊、薰衣草、格桑花……一望无际。我曾看见一位离乡多年的老人站在花海中久久不动,像定格在一幅油画里,然后,风吹落了他眼角的一滴泪。

还有一种少见的奇异色彩,是大片粉红到金黄的过渡,环绕着整个玉环岛:连绵不断的一排排箟席在海边依次排开,上面晒着各种鱼鲞,新鲜的鱼肉是粉红色的,经过太阳的暴晒,会慢慢变成金黄色。阳光将箟席和鱼鲞的影子投在地上,地上便像盛开着花朵,绵长的海岸线像印花彩缎,将玉环环绕成一个粉红色的、金黄色的"玉环"。

黑色的夜,璀璨的灯火,夜色中的玉环像遥远的天上的街市。千年古刹、文玲书院、楚洲文化城、龙溪山里、石峰山村曼里、干江白马岙交织着古老与新文化的华彩。我的母亲和姑姑姨妈们常怀着虔诚之心,去寺庙里住上几日,祈祷词的第一句是"国泰民安"。我的邻居老大哥、我的高中女同学、我的八十多岁仍风度翩翩的中学老师,常去书院、文化城看书,跳交谊舞,唱越剧,为《曲桥》文学杂志写一篇散文。而去"山里"看海,是故乡年轻人的新时尚,摊开四肢,躺在被重新赋予文化气息的村庄里,可俯瞰浩瀚东海、万亩盐田,可进书香亭读书,可在山顶找萤火虫,看一整条银河从海平面冉冉升起。来自五湖四海的音乐人聚拢而成的"放牛班",以山里为家,创作、演奏、唱歌,为人们举办别样的"光阴故事"同学会,这些闲暇方式,原本都是别人的故乡才有的。如今,越来越多像"山里"这样深具人文气息的地方,正从沙滩边、泥土里冒出来。

五千年来,故乡不绝如缕的香味和色彩里,跳跃着一个个水珠般悦耳的声音,落进每一个游子的梦里叮当作响。流水声,风声,涛声,锄地当当声,扬谷哗哗声,船帆呼呼声,撒网唰唰声,哈哈大笑声,喝酒划拳"嗷魁嗷魁"声⋯⋯

最有趣的,是听故乡人聊天。玉环由温州人、福建人移民而来,加上本地人,一个小小海岛便有三种完全不同的方言:漩门湾以北,是以农耕文化为主的楚门、清港、芦浦、龙溪等江南小镇,说的是台州方言,漩门湾以南是更靠近大海的海港渔村,说的是闽南话、温州话。然而大家交流起来居然毫不费劲,要么说对方的语言加手舞足蹈,要么讲玉环普通话,再也没有这里人那里人之分之隔,早已是同舟共济的一家人。

外乡人的声音如一股细流,也慢慢融入了玉环的乡音里。一个叫洪世清的老艺术家,把生命里最宝贵的时光给了我的故乡,在孤岛大鹿岛上以石赋形,创作了近百件令世人惊艳的海洋动物岩雕,涛声里至今仿佛还回荡着叮叮叮的凿岩声。来自邻县却错将他乡作故乡的父母官们,青丝渐成白发,说起话来也"好用好用"（好的）的了。还有跨海大桥脚手架上穿橘红色衣服的毛头小伙们，玉环湖贯通工程的治水专家们、建筑工人们，骑着电瓶车穿梭在球阀厂、家具厂和大街小巷的四川人、江西人、湖南人，他们有的就租住在我娘家小院旁，门口晒着花花绿绿的衣被，门前扫得干干净净，低矮的房子里，飘出的不是玉环当地的台州话、闽南话、温州话，而是辣椒炒肉的香。

站在大海边侧耳倾听，还会听到更多新的声音。

大麦屿港口，细浪拍打着"中远之星"号白色客轮，发出唰唰——哗的声音，又一次迎来了宝岛台湾的自驾考察团。大麦屿港是浙江离台湾最近的县级一类口岸，是浙江乃至华东地区赴台的最佳海上通道，也是台州继厦门之后，大陆第二、浙江第一个实现两岸车辆"登陆"的城市。如今客、货直航都已常态化运行，玉环人去台湾，真正成了说走就走的旅行。

乐清湾方向，传来轰隆隆和滋滋啦啦的声音。玉环连接温州等地的乐清湾跨海大桥即将完工，架桥机轰轰作响，焊接钢板火花飞溅处，有汗水滴答……当这些声音骤然停止，代替它们的是车轮时速一百公里的唰唰声，原本两小时的路程，只需二十分钟。而不久之后，玉环岛三个不同的方向，会响起更多轰轰隆隆叮叮当当的声音，一把铁铲，将第一次将"高铁""轻轨"这些字眼种入玉环的历史里，三条高铁延伸段、轻轨和跨海大桥，如同玉环岛拥抱世界的臂膀、腾飞起舞的双翼。

我曾经很羡慕别人的故乡，故乡很富足，故乡人很自信，但曾处于交通末端的故乡像一个离群索居、不被关注的人，有着难以言说的自卑,如同多年前作为一个中国人,我走在异国洁净的街头时的复杂心情。而如今,玉环从孤悬于大海之上的小海岛,实现了向海湾城市的华丽转身,除了美,经济综合实力更居全国海岛县首位。更难能可贵的是,故乡大地上弥漫着的,始终是蓬勃的气息,洁净的气息,故乡这棵大树上,正郁郁葱葱生长着新的骨肉和精气神。

"蓬莱清浅在人间,海上千春住玉环。"清代王咏霓在咏颂玉环时,不会想到,2017年的谷雨来到故乡时,玉环岛被一场春雨变成了"玉环市",人们被这场金色的谷雨淋湿,欣喜自豪,奔走相告,我也是其中一个。一字之差背后,是一个新的春天的开始,是千万个新的春天的开始。小满时节,我又一次踏进了故乡的娘家小院,石榴树上传来一声青翠欲滴的鸟鸣,鸟鸣是树的内心,树的内心如同故乡的内心,青翠欲滴,从未老去。我将嘴唇圆成一个圆圈,像对一个刚刚诞生的婴儿,轻轻说了声:玉环市,你好!祝福你!

第二辑 时光的气味

时光往往会安排一个一闪而过的时机,让你表达你的感恩,让你把感恩付诸行动,比如无关信仰地供奉上一枝白莲花,在心里对天地万物父母师友说一声谢谢,而在无涯的时光中,这个姿势,或者仪式,常被我们忽略、轻慢。有时,时光以某种方式警醒你,但时光更多时候是无声无息、无色无味的,过去后,便来不及了。

姐姐,今夜我在千岛湖想你

　　姐姐,今夜我在千岛湖。在千岛湖的这一头,想千岛湖那一头的你。如果湖水愿意,我在这头轻轻叫一声"姐姐",思念会贴着如镜的水面,一直滑进你的梦里。

　　刚才,你放下电话,十五瓦的灯光照在你六十岁的白发上,失落的眼神掩藏在白发下的阴影里。你笑着跟村里邻居说:她说千岛湖太大了,行程太匆忙了,他们要去的地方,和这里是两个方向,来不了了。

　　送走邻居,你抬眼望望漆黑一片的湖水尽头,关灯,上楼,躺下,侧脸看见窗外的星星时,你多看了一眼,替我。

　　而此刻,我正走上酒店房间的阳台,面朝湖水,开始想你。

　　千岛湖安详如一方古墨、一盘棋局。它和我白天看到的大不相同。阳光下，它像一个女子静立的侧影，无须看清眉眼，便能深深感觉到出奇的静美。属于它的天空、阳光、云朵、湖面，安静如丝绸，如古籍，如月色，却又流动着无比灵动的韵律。而夜里的千岛湖，如一位睿智的老者，似乎已经洞悉阳台上这个来自杭州的女子，和这一方水土有着怎样深的长达二十三年的缘分——自我做母亲起，"千岛湖"便以各种形式抵达我生活全部的细枝末节，在我的生命里延绵不绝。

而这一切，是因为姐姐你。

它先是以你的名字抵达——"初莲"。在杭州笕桥机场荷塘深处的一间平房里，刚刚怀孕的我遇见了跟着丈夫从千岛湖出来打工的你，矮小、清秀的你。你三十八岁，我二十五岁。然后，你成了我女儿的保姆、我无话不谈的姐姐、我家不可或缺的一员，风雨同舟，整整二十三年。

然后，它以更多的地名抵达，威坪，梓桐，南赋，汾口，凤联，中联，窄尔……有的是你娘家，有的是你婆家，有的是亲戚家，有的是嫁出去的妹妹家。回乡的日子里，你的足迹在山路上疾行，在湖面上漂，然后，连同你鞋底的泥，带回杭州的家，有时带进千岛湖的一场雨，一次渔舟晚归，有时是一两个乡音浓重的老乡，有时是听来的一段趣事，一个个关于"锦山秀水、文献名邦"的传说……让远离故土的我，让对乡村一无所知的孩子，闻到了一千座岛屿、一千条"金腰带"、一万朵橘子花的气味，触摸到了淹没在千岛湖底狮城、贺城的神秘古老……

然后，它以四季不同香味的美食浩浩荡荡抵达。茶，来自村里最高那座山的云雾里，品相朴实如姐夫阿仁，喝一口，才知道什么叫"甘甜"，多年后我才知道它叫鸠坑茶，是名茶。露水没有香味，云雾也没有，水也没有，你爬山出汗了，你炒茶叶时汗滴进茶叶了，你怀揣着茶辗转五六个小时的长途车、公交车，可是，茶仍是香的。香的，还有你公婆养的、过年时杀的猪肉，配上后山上挖的笋，炖一下午。还有你自家橘园里的甜橘，笋干、溪鱼干、番薯干、蕨菜干、柿饼、银杏果、豆腐、玉米饼、桐叶菜包、豆粽、炒南瓜子、冻米糖……咀嚼着这些来路分明的粮食时，能看到油菜花间的舞草龙、跳竹马，你一家子除夕围坐火塘，能闻到烤土豆的香，能听到热闹的赛猪头和淳安睦剧，老人的咳嗽，留守女儿不舍的嘤嘤啼哭……我们不由分说爱上了千岛湖这个地方，如同爱上你。

它还以一排排细密的针脚抵达。就着我看书的台灯，你用土布给我们全家老小做棉拖鞋，平整的针脚、软和的脚感里，一个千岛湖女儿的勤劳聪慧无处不在。后来，妞爸去境外工作了，妞去外地读书了，只有你一直陪着我，像湖水一样宠溺我，让亲人们得以放心，让我一直远离人间烟火，却又让我一直接着你的地气，关注着、热爱着、书写着和你一样平凡而高贵的人们。

在城里的二十三年，你一直是千岛湖水般纯净的你。而我和城市回报你的，是微薄的佣金，偶尔的体贴，对你子女的一点帮助，你得到的，是半头白发、满脸皱纹，是累弯了的腰，长期的多梦失眠，与亲人的一次次别离，一个又一个老人的逝去，甚至来不及见最后一面。

终于，腰痛和健忘一次次提醒你，再下去怕拖累我们。临走前，你忍着腰痛去菜场买鱼，说再给你做一顿好吃的吧。

姐姐，你走的前夜，我偷偷哭了。我从来没叫过你一声姐姐，可是，两个女人的小半辈子，就这么在一起厮守着过了，这是怎样的宿缘？

姐姐，此刻，我在回杭州的路上想你。今天上午，在古村芹川的廊桥上，我好像看见了你，当然不是你。也是矮小的身材，也是枣红的衣裳，脚下一字排开着要卖的土特产，都是你曾带给过我的。我买了一包炒南瓜子，在车上一粒一粒仔细嗑着。你在电话里说，没关系没关系，等我把山上的事忙完，就去看你，给你们带茶叶喝。一百公里的路，大雨滂沱，我的心里也下着雨。此刻的我正与你背道而驰，与曾经一起走过的岁月背道而驰，今后，即使再见，彼此生命的轨迹终会越离越远。

姐姐，今后，我还会想你，在钱塘江边你熟悉的家里。钱塘江其实就是千岛湖啊，在最上游，它叫千岛湖或新安江水库，然后，它叫新安江，然后叫富春江，最后就变成了我家门前的钱塘江，滋养着它遇见的每一寸土地和土地上的每一个人，就像你。

姐姐，共饮着一江水，我会想你，想比记忆中更高大的你。如果我是西湖，你则是比西湖大一百〇四倍的千岛湖。我想千岛湖，则会想比千岛湖大亿万倍的天空和大地——天空抵达我们，以阳光的方式，以月光以雨水和雪花的方式；大地抵达我们，以粮食以花朵以美景的方式，像母亲哺育我们，像姐姐你呵护我们。而人，可曾以平等的方式抵达你们？回馈你们？

姐姐，如果有一天我不想你了，一定是因为羞愧。因此，我不会再把"感恩"、"珍惜"之类的词挂在嘴上，而是把"平等"、"善待"这些词放在心里，让它们继续链接我和你的缘分，缝合作为一个人与天地万物之间的关系，修正我伸向这个世界的每一个动作。

姐姐，一直忘了问你，就像鱼回到水里，你在老家的稻花香和溪流声里，睡得踏实些了吧？你在梦里，收到我的思念了吗？

我愿是你的朗读者——致盲童读者

孩子,当我写下这个题目,我的眼前盛开了一个季节,春天或秋天,也可以是夏天或冬天。在阳光下,或是在下着雨的窗前,你坐在我身旁,侧耳倾听我翻开书页,为你朗读。

你静静坐着,不发出一点声音,此时,你的耳朵,就是你的眼睛。我知道,你看不见头上的蓝天,看不见身旁正飘过一片落叶,脚下正匆匆行走着一群蚂蚁,而不远处的窗前,有一个和你同龄的孩子,正在为做不完的作业默默流泪。但我知道你听见了远处一只鸟的歌唱,脚下青草长高的声音,还有此时我为你朗读的每一个字,你拥有所有明眸善睐的人听不见的美妙世界……如果说有不幸中的万幸,那就是,你看不见美,但你也许能少看见一些丑,因此,你的心更柔软,更纯净。

此刻，我开始朗读，我的嘴仔细轻啄着每一个字，就像平时你的手指轻抚着每一个盲文。我努力将每一个都咬得清晰、明亮，努力让我们为此时此刻而感到幸福。随着每一个音符进入你的耳朵，我们进入了同一个世界里，在那个世界里，我们同样拥有明亮的双眼，我们畅游文字里的风景，和文字里伟岸的思想对话，为文字里的悲欢离合一起欢笑流泪。

孩子，我很抱歉，在我多年的写作里，有时会忘记在文字的世界里还徜徉着你们，也许，在你们中还有我的忘年知音。当我惊觉时，突然发现，被你们抚摸或聆听的那些文字，变得那么神圣，也让我更为深刻地反省一个写作者的良心。因为，用耳朵和心灵看世界的你们，是洞穿一切虚伪的精灵。

因此，当我写下这些文字，我真的希望有机会时时见到你们，翻开一本我自己写的书，为你们朗读，让我们彼此照亮、温暖。而在我见不到你们的日子里，我会努力让写下的每一个字都更真诚，更有意义，我会记得，在所有的读者里，有我爱的你们。

深深祝福。

你静默的样子

当人们又一次被岁末的脚步声震得惊惶不安时,江南深处的常山,却早已与时间化敌为友。

如同一个人,你没有见过他时,会从他的名字想象他的样子。"常山"这个名字,在我眼前浮现的,是一座山和绵延的绿,以及一副安常处顺的样子。

这是一瓣胡柚肉,进入口中的时候,我倒吸一口冷气——苦,酸,凉,像遭遇了劈头盖脸一顿骂,顿时五官纠结。但我硬是咽了下去,我知道,我拒绝它,就是拒绝一位诤友。它不仅是果实,还是良药:性凉,去火,解毒。

回味来了,舌根深处的甘甜,如幽暗隧道口突然亮起的光。

惊喜。

　　这一瓣胡柚肉，像一粒粒被阳光染透的金水珠，刚从常山的某一座山某一片胡柚林某一棵树某一枝采下来。胡柚比橘子大，比柚子小，比我家乡玉环的文旦柚偏苦偏酸，但也正是这口味，比文旦多了一项功效：药食共通，还比文旦多了一种神奇：春节一过，文旦失去了水分，变得干巴巴了，而藏了几个月的胡柚，却脱胎换骨般变得极其香甜可口，却不失药力。这是天赐的恩泽，也是时间使然。

　　在常山，时间成为一种不一样的存在。在无数的城镇中，时间与人们是对手，甚至是敌人，人们永远在跟它赛跑，较劲，埋怨它，痛恨它，时间仿佛也痛恨人们，因为，时间明明分分秒秒实实在在存在，对每一个人都最公平，而人们总是说"我没时间"、"时间怎么过得这么快"或者"岁月无情"、"度日如年"等等。而在江南深处的常山，时间像一个不再年轻、已然成熟但也不再老去的中年男人，无声地站在天地间，倾听，沉默，微笑，并眷顾着常山的一切——因为，在常山，人们最需要的，仿佛就是时间：柚子长熟，变甜，石头长大，变美，山茶树开花结果，变成珍贵的山茶油，人在酸苦劳累的日子中慢慢体味到甘甜，都需要长久的时间的青睐、逗留。时间，是他们的挚友。

　　此刻，时间遇见一只胡柚，陪伴它变成一箱可以出口的中国水果。时间等它被人们用手从树上摘下来，送到厂里的流水线上，几十道工序，几十个工人，就为了一只胡柚，像对一个新嫁娘。

然后，时间变得更加耐心。在那个如同隔世的巨大车间里，上百个几乎整个裹在防尘防菌衣帽里的男女站在操作台前剥胡柚肉，站几小时，或整整一天。一些外观不太漂亮的胡柚，流淌到了这里，被工具、被手，变成了一粒粒分散的果粒！

站着多累，为什么不坐着？我问。

站着快呀，坐着使不上劲。旁边有人说。

我瞬间汗颜。如果让我站一小时，即使半小时，我宁可不吃这些果粒，不喝那些果粒做的饮料。可是，这是他们的生计啊。如同我手里的矿泉水，身上的衣服，兜里的餐巾纸，我早晨吃的那一碗鲜美无比的贡面，经过了多少双手？劳作时，他们站着，还是坐着？

巨大的玻璃墙把我和那些人隔离在时间的两边。人群静默，仿佛，站立是一种虔诚的仪式，是对时间的敬畏和珍惜。

现在，时间来到一棵三百多岁的山茶树前。满树的白花裸露在山石小道旁的阳光下。她的枝干道劲苍老，她的花无比粉嫩。

冬日的阳光很暖，风很凉。她刚刚被采摘完山茶果，应该是坐月子的时候，可是，她还没有被采完果子时，满树的花就已经开了。也就是说，如果她是一个女人，她的第一胎还没有生下来，她就又怀孕了，她怀孕的时间是十三个月。春夏秋冬，所有的季节她都在怀孕，一辈子都在怀孕，开花，结果，永不停息。"抱子怀胎"，这是她的宿命，累一生，苦一世，像世世代代的母亲们。

我学着当地人的样子，摘下山茶树下的一根茅草，一折三段，然后，凑到一朵山茶花前，吸食花蜜。耀眼的嫩黄的花蕊啊，应该是她最柔软最敏感的地方，乳房或者产门，是婴儿的天堂，我不忍直接用尖锐的断草茎刺痛它，便用另一头细软的草尖，轻轻沾了一下。一滴花蜜，来到了舌尖上，是仔细感觉才能品出的温润的甜，转瞬即逝，恍惚有记忆深处乳汁的味道。

透过累累的花叶，我努力找寻着她的腰肢，想象她被压弯的样子，可是没有。当地人扳下一条树枝，居然无比的柔韧。他们小时候就在树上捉迷藏，落地为输，孩子们从来不会因树枝断了而摔下来。山茶树，默默任人们吸她，压她，踩她，摘走她的孩子们，从古至今，从未说过一句话。

现在，离开母亲的孩子们——山茶果来到了古老的榨油坊，在变成一滴油之前，改由时间耐心陪伴它们破茧成蝶。古老的榨油坊，不见年轻人，只有几位掌握着古老技术的老人，在慢慢劳作。山茶果要在太阳下晒够了天数后，舂碎果壳，磨碎果肉，炒干，筛过，蒸熟，再铺成一个巨大的圆饼，包上蒲叶，一个一个压入一头牛那么大的榨油机里。老人们默默将巨大的木块塞好，凝神屏气，抡起巨大的撞杆撞向榨油枕木，"叮——叮——叮"，老人们脸上没有表情，肌肉随着松弛的皮肤一抖一抖，因用劲而咧开的嘴露出黑黄的牙齿。他们年轻的时候，该有多么俊美啊，那力与美的韵律，对如今的女孩，还有多少魅力？

少顷，金色的泉水一般——一小股琥珀色的、喷香的、纯天然的山茶油从枕木之间漏出来，流到了木桶里。欢呼过后，所有参观的人都走了，我从阳光下再一次走进昏暗的榨油房时，榨油坊与阳光灿烂的外面仿佛两个世界，两位老人仍在默默地干活，他们或许累了，不想说话，或许一直在发愁，谁会来继承他们的手艺？谁还愿意将宝贵的一生献给并不值多少钱的一滴油？春木在替他们问，咿咿呀呀的水车在替他们问，吱吱呀呀的榨油机在替他们问。没有人回答。

我慌忙退出去，一滴液体粘上了我的鞋面，不知道是油，还是汗。

时间来到午后两点的三衢山脚下时，我忽然惊觉，在常山，时间最爱它：石头。

我盯上了一块石头，确切地说，我眼角的余光所及处，感觉到有一块石头盯上了我。它淡绿的目光牵着我，穿越过无数价值连城的石头，站定在它面前。它有半人高，光润如玉的表皮，却有如同钧瓷般绚丽的颜色和花纹，渗透进石头深处，太美了！我伸出手，慢慢将手心贴上它的额头，冰，凉，确切地说，比冰雪稍暖，比气温稍寒。我想将脸贴上它，却明显感觉到它的拒绝，它如史诗般静默，无所谓我是否读得懂它。夜深人静时，这块神秘的石头，是否也会发出钧瓷裂变时那无比轻盈美妙的叮咚声？一响九百年？

在常山，静立着无数巨石、奇石、巧石，如同，捂了一个冬天的白嫩的皮肤，或黝黑粗糙的皮肤，被人们运过来，运过去，摆在展览馆里，花园里，书房里，几案上，其美丽与昂贵令人咋舌。然而，无论人们如何夸它，骂它，劈它，钻它，它一句话都不说。

这些石头，在时间里待了多少年？百万年？亿万年？时间从它还是一粒沙开始陪伴它，直到它长成一块奇异的石头，有多么慢？有多么难？从此时开始，时间又将继续陪伴它多少年？多少年后，时间一定还会再陪它变成沙，粉，尘。荣辱算什么？夸谬算什么？眼前这些人，又算什么？多少年后，不管变成什么，它依然美，因为，它与天地的主宰——时间默契着，被它挚爱着。虽然，它们之间谁也没有说过什么，没有说过爱，没有过约定，却不急不缓，不离不弃，在历史的长河里相依为命。

这一刻，我忽然也想变成一块石头，与时间化敌为友。不爬山，不赶路，不奔跑，不着急，不想公事也不想私事，只懒懒坐在常山的山脚下，静静晒一天太阳，做"一个滴水观音般安静的女子"。是啊，大地无言，万物静美，山用泉水、溪流、鸟鸣说话，云用雨说话，石头用花纹说话，山茶和胡柚用芳香说话，我们为什么一定要用嘴巴说话？语言多了，是泡沫，絮叨，解释，甚至是流言，谎言，污蔑……而有缘人，一个动作一个眼神就够了。深爱，要放在心里，无言，更接近本真。

此刻，我像石头般静默，眯缝着眼，看午后的阳光在一张纸上慢慢移动，时间的手正静静抚过纸上的几个字：桑田沧海，从容自在。

时光的气味

时光有时是一种气味,循着它,一路闻过去,会闻到某一年最让你印象深刻的某一秒。

于我,2015年惊心动魄的那一秒,带着桂花的气味。当时,我们在老家玉环楚门的桂花树下摆了张桌子,父亲母亲、姑姑小舅妈小姨妈,还有抽空回来看他们的我,一起喝茶聊天。离母亲七十三岁的生日和重阳节还有三四天。

那一秒,桂花树漏下了一缕很亮的阳光,照在母亲左脸颊花白的鬓发间。突然,一颗铜钱大的黑痣映入眼帘!我感到心脏停搏了一秒后,咚咚咚失了节奏。

我说,妈!这颗痣什么时候有的?我怎么从来没看到过?!

四周静了下来,只有我的声音飘忽着,听起来有点远。

母亲说，没事没事，以前有的。

怎么这么大？这么黑？去医院看过吗？

没有，不用，有点破了，我用孢子粉涂了，过两天就好了。

姑姑她们说，前些天也注意到了，都问过了，母亲说没事的。她们劝我说，你娘说没事，那就没事！放心！你娘有数的。

深夜，我百度了一下"黑痣"，恐惧像洪水浸漫了我。我不相信，难道充溢着桂花香的那一秒，那么美好的一秒，是母亲和我们的分水岭？是我苦乐人生的分界线？我没有任何思想准备，我无法想象没有母亲的家，没有母亲的人生，尽管我快到知天命的年龄。

手机相册里，绽放着母亲一个个笑脸——2月某日，我回来了，母亲和我在自家小院里喝着自做的咖啡。7月某日，我又回来了，海鲜面、鱼圆汤、糯米饭、杏仁露、食饼筒……甜蜜的乡愁，葱茏的幸福。7月某日，母亲给我装了满满一箱家乡菜带回杭州。8月某日，姐姐带父母去欧洲玩，父亲背着母亲姐姐和侄女的三个包，蹲着马步给她们拍照，母亲像个少女一样，在埃菲尔铁塔下跳起来。

我一幅幅翻看着，心里一直有个声音说，不不不，不会的！

那几日，我照常和父母说笑，出去采风，晒照片和视频给他们看。父亲说，拍照没意思，多拍点视频，将来留着看看。我说对对对，拍视频，鼻子却酸了起来。这句平常的话，我都听不得了。实在忍不住了，问父亲要不要强拉着母亲去医院检查？父亲说，我们都这把岁数了，哪怕真是那什么，也没关系啦，高寿啦。

父亲，我从小最敬畏却最懂我的父亲，早已看穿了我独自沉在谷底的心。他伸出手，把我捞了上来。

时光在几天后的另一秒，变成了红薯粉圆子的味道。我下楼来，母亲手里正做着圆子，她歪了歪头，侧过脸给我看，说，你看，掉了！

一个淡褐色的疤痕，替代了那颗烙在我心里的黑痣！

她说，昨晚洗澡脱衣服不小心扯了一下，扯掉了。我说没事的吧？大概是孢子粉涂多了，看上去那么黑。

她似乎从来都没把这事放在心上，她亦没有看出我这几天的恐惧煎熬，因此，她都没想到昨晚就该告诉我的。

那一秒，我在心里跪下了……感谢老天让我仍拥有完好无损的母亲，让我继续有力气直面并不总是完好无损的人生。感谢老天给了父母那么大的心眼，把一场惊险看得那么云淡风轻。然而，他们是真的心眼大，还是装作心眼大，只为宽慰在他们眼里永远孩子般的女儿？这世间有多少父母，在病痛煎熬中天天盼着儿女回来，却口是心非地说，我们都好都好，忙你们的。这世间有多少儿女像我一样，说忙于生计，其实也忙于名利？

接下来的日子，过节似的，姑姑姨妈舅妈和我同学邻居轮番来玩，每天笑声填满了整个院子，这势必也让母亲更辛苦忙碌。到了我回杭的日子，我说，你们终于可以好好休息了，太累了。

母亲说，有什么累的，多开心，巴不得天天这么累！

父亲说，你走了，她们也都忙，不会天天来的，家里就冷清了。

想起前几日在洋屿岛遇见两位留守海岛的老人家,儿女都在城里过得很好,他们俩自己种花生芝麻和蔬菜,也过着世外桃源般的生活。母亲常说,我看我们中国大陆的老人最享福了,你看国外,还有香港,那么多那么大年纪的人都还在当服务员、门卫什么的。

确实如此,可是,我们的老人不孤独吗?不生病吗?最近几年,越来越多的老家亲戚来杭州看病、治病,当我在医院见到他们时,总会惊讶,很久不见的亲戚们,仿佛直接从儿时看到的样子变成了老人。女儿早已叫我"老妈",越来越多的年轻人叫我"苏老师"。而一回到父母身边,他们当我孩子般宠溺,这种错觉,让我误以为父母还年轻,我们还有很多时间在一起。

老家的海泥涂下,有很多弹涂鱼的窝,封闭的小洞布满了鱼卵。为了那些小生命,弹涂鱼吞下空气,再吐到洞里,日夜重复,直到鱼苗游出小洞,开始它们的一生。而那时,它已老了,筋疲力尽,很容易就被钓走,成为餐桌上的美食。天下一代代父母儿女,如同弹涂鱼,为孩子鞠躬尽瘁死而后已,却一不小心忘了,父母将老。

时光里飘回来一缕白莲花的气味,那是2015年春天某日清晨某一秒的味道,在泰国清迈,我与一场化缘不期而遇。四季酒店来自世界各地的员工,大多是年轻人,排着队,为赤足走过的僧人们捧上他们的供奉:莲花、苹果、香蕉、米团,他们的眼神和手势,写满虔诚,整个过程无比安静。各种肤色的他们,并不都是教徒，却以同一种方式，通过僧人传达着对天地神灵的感恩。忽然，一个姑娘递过一枝散发着清香的白莲花，微笑着示意我。我本能地后退一步，微笑着摇摇手婉拒了。

  后来，那一秒，一直刻在我心里很久。时光往往会安排一个一闪而过的时机，让你表达你的感恩，让你把感恩付诸行动，比如无关信仰地供奉上一枝白莲花，在心里对天地万物父母师友说一声谢谢，比如一场虚惊让我在心里暗暗许诺，从此每年重阳节都回老家陪陪父母。而在无涯的时光中，这个姿势，或者仪式，常被我们忽略、轻慢。有时，时光以某种方式警醒你，比如母亲的黑痣，比如白莲花，比如病房里沉重的一声叹息……但时光更多时候是无声无息、无色无味的，过去后，便来不及了。

  此刻，时光的味道是杭城今冬的第一场雪。去年曾错过一场雪和老友的花雕酒约，今年不要再误了吧。还想去看看年迈的小学老师，还想跟母亲学做红薯粉圆子……都不要忘了吧。

有一张纸

"你叫什么名字?"一个女人问。

"泉林。"一张纸回答。

这是2013年初夏的一个早晨,在一个巨大的造纸厂里,她用双手捧起一张米色的纸,在心里问它,如同问一个刚满周岁的婴孩。

这是她见过的最奇特的纸。不是见惯的雪白,而是本色的。不是森林做的,而是废弃的麦秸做的。

她看着它,看到了一缕淡淡的清香,从米黄色的纸面上袅袅升起,如她早晨看到的那一层薄薄的雾气,从齐鲁大地无边的麦浪上升起。然后,阳光渗进雾气,蒸腾起温暖的清香,就像这张纸的味道。其实,她知道,这是她的错觉,其实,纸,并没有香味。

这张本色的纸，躺在她手上，素净，妥帖，安静，甚至，仿佛是幸福的。

其实，一开始，不是这样的。一开始，当它还是一棵麦子的时候，它就在抗拒自己成为一张纸。因为，成为一张纸，会失去清白，失去作为一棵麦子的本分，更可怕的，是会制造污染，背上骂名。它生是麦子，死也是麦子，这才是好的归宿。

在被运往造纸厂漫长的路途中，它凄凉地回顾了自己短暂的一生。

麦苗的青涩、单纯，犹如昨天。活着的每一秒，是为与阳光的相爱。爱，与心机无关，与功利无关，它只知道想爱，只知道一直向上长，跳起来长，就能离它热爱的光亮更近，别无他求。

然后，有一天，它的身心终于圆满，沉沉的麦穗、锋利的麦芒，都意味着它已成熟。它懂了，原来，它的长大与成熟，不仅仅是它个人的事情，而是关乎这片土地上无数生命的延续。会有一个孩子，吃下这棵麦子上的果实，果实转换成他的血肉和骨骼，然后，他也慢慢长大，成熟，成家，立业，生子……于是，大地繁盛，生命生生不息。

于是，它坦然等待麦粒从身体抽离的刹那，一下子，它从麦子变成了麦秸，一下子空了，像一个空巢老人般，开始算计自己最后的岁月。一般来说，有这样几种结局——粉碎，焚烧，渥烂，总之，都是变成肥料，重新归于土地。如果真是这样，也挺好，它还是它自己。

但是，如果变成一张纸，那一定会在无法预知的辗转里，失掉什么，失掉什么呢？

白纸，忘了竹简，远古时毛笔尖落在身体上的柔软力感。

纸巾，忘了手帕，和手帕上皂角的香。

电脑，忘了书写，和流转在一笔一画间水墨的韵味。

空调，忘了竹篾席子上清凉如玉的夜色，纸扇上拂动的月光。

网络，忘了千里家书，羞涩的脸红。

缝纫机，忘了细腻的绣花针脚，那午后春光里兰花指撩起的一缕秀发。

电饭煲，忘了柴火铁锅的焦香。

……

在麦秸成为白纸的过程里，必然也会忘记什么。不明就里的化学品、漂白粉，像一波一波文明的潮流，一漂过，便漂去了本色、传统，意犹未尽的种种情怀丧失殆尽。一股股有毒的黑液，所到之处，鱼虾绝迹，草木荒芜，臭气熏天。像一个人，走过了五味杂陈的人生，不再认识自己。像一代一代人，离月球、太空越来越近，离自己的心越来越远。

而它，原本是金色的麦秸呀，它多么希望自己最后仍然是金色的，哪怕，是和草纸一样的颜色。

所幸，它是泉林的麦秸，它没有想到自己在成为一张纸的过程中，走了与它的想象不一样的路。

它被运往造纸厂，没有被渥烂，没有被漂白，没有流出黑液。草浆造纸黑液污染这一历史性难题，已被这里的聪明人攻破。黑液转化成了养育花草果木的有机肥，棕色的污水经过净化，变成了可养鱼、灌溉的生态水，工厂大门外，芦苇遍地，一群红鱼游在清澈见底的水里，如游在镜子里。

就这样，一门齐鲁人以智慧独创的工序，让一棵麦秸幸福地走完了一生，又经凤凰涅槃，此刻，像一个重生的婴孩，躺在她的手上。

其实，出生的那一刻，它是自卑的。它一出生，便面对一些诧异甚至略带嫌弃的目光，它不是雪白的，而是米黄色的。黑色的字落上去，字仿佛穿上了旧衣服，有点暗淡，不光鲜。字嫌弃它，嫁错了人一样委屈哭泣。

可是，更多的人看见它，会看到比"本色"两个字更宽广深远的意义，会由衷地心生欢喜。这一张与众不同的纸，多么珍贵。

2013年初夏的一天，一个女人摩挲着它，欣喜地问："你是纸吗？""是。""你叫什么名字？""泉林"。

"泉。林。真好。"她在心里说。

她不知如何才能更亲近它，便在这张纸上写道：2013年6月15日，泉林，你好，我来了，我在。然后，她把一个女人画在纸上，就像，她把自己安躺在一张本色的纸上，如安躺在她走过的四十多年的岁月里。那一刻，她与这张纸惺惺相惜——多年来，她一直如同麦秸珍爱自己一样，珍爱属于她自己的"本色"。她为它骄傲，亦为自己。

不管什么，最后总是要死的，活着的过程，其实也是一个死去的过程，怎么活法，就是怎么死法。从麦秸到纸，有截然不同的过程，结果却大相径庭，大有讲究。

2013年初夏的一阵清风吹过，一张纸轻轻飞起来贴上了一个女人的脸，像一个知音的拥抱。

与海成说

北纬：30°14′。东经：122°11′。中国东海。岱山岛。午后。雨。

我像孩子一样突然开始哭泣。

那一刻，隔着窗幔，看不见窗外的大海，就像突然看不到一个人的眼睛，突然和一个最亲的人分离，突然故土不再，措手不及，回忆像海啸般穿越时空而来，瞬间将我扑倒。

对于我，大海是一个男人。

他是父亲。

如果说，一个孩子是有梦想的，我曾经的梦想，就是死在海里。我的故乡，也是一个美轮美奂的海岛，和岱山岛很像。多年以前，当我作为一个刚有记事能力的女孩第一眼望见大海，就像被雷电击中。它那么强大，那么深，那么远，那么沉默，那么神秘，大海，居然，和我的父亲一模一样，我怕他，可是我爱他，他赐我生命，赐我美食，赐我柔和的风，吹在一个孩子身上的时候，像一个一个延绵不绝的怀抱。

岱山岛的大海，和故乡的大海一模一样，不蓝，有点黄，像一个普通的男人，然而深沉浩瀚，是与花样美男截然不同的壮美。当我靠近，像靠近我久违的父亲，生出了无比敬畏与感恩的心。在鹿栏晴沙一年一度的休渔谢洋大典上，与我一样怀着敬畏和感恩之心的渔民们，在香雾缭绕中，抬着牲畜、谷物和美酒走向海坛。他们舞龙，上香，祭拜，他们坚信，海里有龙王，有神仙。而我只相信，他就是一个男人，一个和天下所有父亲一样、神一样、龙一样的男人。当孩子们手捧一个个鱼缸，在如泣如诉的歌声里，将那些和他们一样柔弱的生命还给他，以最虔诚的姿势膜拜他的时候，我在烈日下眼眶热了又热。即使没有祭拜，难道，大海就不再爱他们了？

他是爱人。

这个世界上，谁比大海更有魅力呢？

海腥味，是他的体味以及呼吸，清新，狂野。

波浪、潮汐、洋流，是他存在的方式，受苍穹之上的日月星辰召唤，受海风、气压、种种变化的冲击，使他成为永不停息的战马。

他平静时，海面下深藏着一个瑰丽世界，冰山，火山，宝藏，生物，炽烈的红色熔岩和冰水的剧烈冲撞和缠绵，无穷无尽的草原般的海底世界，那么的恣意，绚烂，孤独。

他是海浪时，绝不是湖水河水井水，即使涌上岸摔成粉碎。

他是潮汐时，虽受着日、月、地球的左右，但会听从自己的智慧与心声升降、涨落与进退。

古往今来，他内心不懈追求的目标，叫作理想，或者，叫作名利、责任，他像一个夸父一样日夜追逐，不知疲倦，以此为乐。

最后，他必定汇集，强大，辉煌，成为浩浩汤汤的洋流，越走越远，他不是要去征服世界，而是带给这个星球更多生命，带给这些生命更多福祉。这，就是他的宿命，抑或意义。

他从未停息，如果他停下来，就不是大海。所以，爱他的女人，注定无法得到时时刻刻的温柔缠绵。他无暇顾及谁的孤独，亦无意挽留谁的背弃，这就是大海的秉性，无法改变。

岱山岛的摩心山上，云雾缭绕的慈云极乐寺，我蹲在一缸莲叶旁，一遍一遍梳理着我与大海的缘分。

缸里的水莲，没有花朵，只有叶子，其中一片，落了一坨黑白相间的鸟粪，被雨打得很湿、很黏。人们在吟诗作画，热闹着，我独自蹲在屋檐雨滴下，用手舀起缸里的水，一遍一遍将它冲洗干净。然后，我又看到了旁边另一个缸里，一片莲叶上，沾了很多黑色的泥巴，或者也是鸟粪，我又一遍一遍将它洗净，繁杂的一个一个声音越来越远，涛声、雨声、梵音渐行渐近，然后，我听见了大海的耳语。

他说：如常，静心。不管你们是否懂我念我爱我恨我，漠视我,离开我,我的心一直都为你们在。

是啊,放下偏执,才能安乐恒永。可是,谁能真正放得下世上那两个最累的字:牵挂?

我亦是。爱着,却总是难以相守。如同,我与故土,我与大海,我与父亲,我与我爱和爱我的人们,至亲,至爱,挚友,孩子……从晨起到日落西山,从呱呱坠地到叶落归根,一路尽是别离,一生尽是别离。

"情不知所起,一往而深"。午后骤雨,冲进宾馆房间,一眼看到床头那本和昆曲有关的书——我像孩子一样突然哭了出来。

两个小时后,大海像一个孩子一样,与我对泣。

大雨滂沱中,我跟着采风的人群随渔民出海捕鱼。我愣了,第一次看到哭泣中的海,哭得那么厉害,面目模糊。你也会哭?你为什么哭呢?疼了?累了?你也需要休养生息,而我们却以爱的名义,无尽地纠缠你、掠夺你,是吗?古往今来,那么多有去无回的生命,是源于你的震怒,还是源于你的伤心?

我不知所措地紧紧抓着船舷的钢绳,一动不动。他们问我为什么抓这么紧?我说怕晃。我一动不动坐在雨水里,虔心感受着他的哭泣,他的怒涛,他带给我的种种难受。我在心里说,哭吧,孩子。我陪你。

这个星球,是由水构成的,那十三亿五千多万立方千米的水,我今天见到的这片大海,只是一小滴。

这个星球上的岛屿,像天上的星星一样数不清,有人说二十万,有人说十万,我今天见到的岱山岛,只是其中一个。

这个星球上的人,有几十亿,我只是天地一沙鸥,一蝼蚁。

此时此地——公元2012年6月的某一天,北纬30°14′,东经122°11′,我的心与大海对泣。此刻,我像一个母亲爱一个男孩一样爱他。

离别岱山时,仍是暴雨滂沱,映照着我心里不舍的声音。明知不是诀别,还是伤感,短短三天,刚刚开始,就已结束。

我是一个相信缘分的人。美若仙境的岱山,于我,是一面魔镜,照见我与大海的前世今生,照见我对大海的一次全新认识和深切感悟……离开岱山,不只是离开一个岛,一个仙境,一个梦。

我亦是一个随缘的人。总要离别的,总要远去的。世间事,总要顺其自然才好。如同,人类爱大海,不能太爱,太依赖,爱到索取无度,爱到不讲公平。既然爱,是否可以,像爱父亲那样敬畏、感恩?像爱爱人那样深情、尊重?像爱孩子那样宽容,给他抚慰?

从前,岱山岛的摩心山上,出海前,一个男人对一个女人说:你有白发了,以后我帮你拔。

女人心动,期待,但不奢望。如果苦苦等待,也许就会等成满头白发,拔也拔不光。

那么,我们爱一个人,爱一些人,人类爱自然,爱万物苍生,是否都可以这样安常,处顺?

出发前,我曾在微博上写过"岱山?蓬莱?"两个问号。我不确定，岱山，是否就是那个"蓬山此去无多路，青鸟殷勤为探看"里的"蓬山"，是否就是当年徐福率数千童男童女寻找长生不老仙药曾途经的"蓬莱仙岛"。当我用脚步和泪水，青鸟般掠过仙境般云雾缥缈的山山水水回到城市，我在微博上写道："岱山，蓬莱。"

一位叫远山的朋友问："岱山，蓬莱。你享受吗？"

我说："终生难忘。"

"死生契阔，与子成说。"上面这些话，代表人类，说给大海听。

古道密码

2016年春天,我们去富阳新登看桃花。看桃花之前,十来个人在车上讨论着万亩桃花到底有多壮观。都是舞文弄墨的人,对数字很是没有概念,一亩有多大?一万亩是一望无际吗?当地朋友笑了,说,不是一望无际,是一层一层种着桃花的梯田,沿着山坳一直延绵至大山高处和深处。于是,我仿佛已经看见,漫山遍野的桃花,像粉色的瀑布正在往山上倒流,像一整个春天在时光里倒流,流得很慢,像日出日落那么慢,像行云流水那么慢,像如今人类唯一还保持着亘古不变节奏的心跳和呼吸。

当我们真正进入花海,便进入了无边的寂静和无边的喧哗。每一朵桃花都是安静的,然而无数朵安静的桃花,汇聚成了巨大的喧哗,密集,震耳欲聋。被这无边的寂静和喧哗感染,大家先是沉默了一阵,继而又开始讨论。讨论桃花,讨论枝干的苍遒,花瓣的娇嫩,讨论剪枝和收成,讨论转基因和毒疫苗,讨论留守儿童和老人,房价和雾霾,讨论战争和宇宙大爆炸……我们当然还讨论文学,讨论最近一部极火的韩剧为什么那么火。

有人说,我们的缺失,是文学精神的缺失。

有人说,多少行业、领域,都正在缺失一种精神。

有人说,还是看桃花吧,说多了都是泪。

桃花一语不发,像在凝神倾听油菜花、紫云英、草、竹林和山野的低语。一阵微风掠过,传来了很响的蜜蜂的嗡嗡声,听起来无法无天,多少年没有听见这样的声音了。一只很大的黑红色蝴蝶,停在一株油菜花头上。我用手机捕捉它的须眉、黑红相间的肚皮、翅膀上的诡异花纹,它居然不逃,慢慢舒展开双翅,又慢慢闭合,一点不在意我这个另类对它构成的威胁。此时此刻,天地静谧安详,只有我一个人在喧闹,姿态很忙,心思也很忙,而桃花一门心思开花,等待授粉结果,竹子一门心思长高,蜂蝶一门心思采蜜,它们没有更多欲望,因而没有更多烦恼。我停下脚步站了会儿,突然开始喜欢这个我本不太喜欢它的名字的地方——新登,半山。那时,我没有想到,我即将与一个千年前的灵魂相遇。

看完了桃花,春寒浸透了每一个人。大家用酒和茶驱逐寒气。夜真正开始时,一位文友因第一次参加采风,敬了所有人一杯酒,大概喝高兴了,突然高声唱起了家乡的婺剧,音色很土,声调高亢,落在猝不及防的酒席上,把大家都吓了一跳,他也愣了一下，便嘿嘿笑了两声又埋头吃菜。上车后，他似乎意犹未尽，旁若无人地唱了一路的越剧，《葬花》、《劝黛》、《送凤冠》等等。突然，他抓着前排陆兄的肩膀大声说，下辈子，我一定要做一个戏子，唱大花脸，去流浪，去过从前慢悠悠的日子！陆兄平静地说，为什么要等到下辈子呢？

其时，同伴们都在聊天，我的听觉在黑暗中闪躲腾挪，捕捉着他自言自语般的哼唱，他唱的每一个段子，我都会唱。没有人看见黑暗中的我一直无声地跟着他唱，无声地喊：我也想去！

夜里八点，一个叫湘溪的山村、一条溪水旁一个干净的民宿收纳了我们，大家互道晚安。我和园姐约好要出去走走，但外面黑灯瞎火的，被大家一劝，犹豫了。站在各自的房门口，我们对望了一眼，想看穿彼此的心意，去还是不去，假如有一个人觉得累了，就绝不勉强。昏暗的灯光下，我们读懂了彼此，异口同声地悄悄说了声：走。

当我们从院子里往溪边走，陆兄也下来了，说，一起走。然后，楼上阳台传来一个怯怯的男声：我可以加入你们吗？我们说当然好啊！却不知是谁。待他在眼前站定，才发现是当地一位不熟悉的文友，家就在这个村里，有点意外，有点惊喜。突然又有人从二楼阳台门露出半个脸来说也要去。我们沿着溪水边走边等时，她来了，说，后面还有人来。于是，两个人的夜行，变成了六七个人的。

一群人在黑暗中走，听到了越来越有力的溪流声，随即，感觉双脚踩上了一条鹅卵石泥路，抬头可见一条影影绰绰的长廊。

大家漫不经心地走着,好像说了些话,又好像什么也没说。我觉得很自在,一群热爱文字的同道者,本来就应该是这样的状态,可以说什么,也可以什么都不说,很多话都在文字里表达了,或将在文字里表达。夜虽冷虽暗,大家散散落落的看不到彼此的脸和眼睛,却觉得很近,这是白天没有的感觉,也是很多关于文学的场合没有的默契。

不知过了多久,眼前慢慢亮起来,感觉双脚踩上了平坦的水泥路,才知已走完了溪边小道。大家回头,猛然看见路口牌匾上赫然几个大字——"苏东坡古道"。

每一个人都"呀"了一声,除了那位加入的当地文友。一路走来,他居然什么都没说。

我站在那几个字下,眼眶一热。我怎么都想不到会在此地此刻与他相遇——苏轼,与我同姓的祖辈,族谱里的远亲,我最敬又最爱的古人。他是儿时墙上挂的那幅《水调歌头》,是三十岁时读到的林语堂《苏东坡传》里那个活色生香的男人,是离家不远那一段梦一般的苏堤,是暗夜里灯火阑珊处颔首微笑的兄长,是让人肝肠寸断的《江城子　记梦》……他的一切才情品性,甚至有点"二"的可爱,都让我痴迷,并怀疑自己血液里真有他一丝一缕的基因,否则为何明知像他一样真性情的人注定一生坎坷,却一次次纵容自己的心魂誓死追随?多么希望,我真的有他哪怕万分之一的传承啊。

公元1073年旧历二月,他来新登时,三十八岁。那时,他的境遇虽然不是很好,但还不是特别糟糕。虽妻子王弗、父亲苏洵都已过世，但他续娶了王闰之为妻，又陆续生了两个孩子。虽与王安石相悖，自请外调，但在杭州期间工作顺利，爱情甜蜜，还觅得不少知己。那时，离他在密州写下千古绝唱《水调歌头　丙辰中秋》还有三年，离乌台诗案还有六年，离他在黄州自号东坡居士写前后《赤壁赋》和《念奴娇　大江东去》还有近十年。

夜里，四十八岁的我和三十八岁的苏轼聊天。

我说，老弟，我不快乐。

他说，怎么？

我说，人心不古，不痛不痒的文字于现实有何意义？我还要继续写吗？

苏轼先是顾左右而言他，问我，小说是什么？电视剧是什么？散文是什么？见我不答，才说，继续写吧，写所有正在流逝的美好的东西。

我说好。

我又问，身体被速度裹挟，灵魂被脚步抛弃，我想从巨轮中逃出来，做简单的自己。我可以放下所谓的得失，但我可以放下责任当一个逃兵吗？

他没有回答。

当早晨的阳光穿过窗帘啄醒我，我想起，我并未梦见他，而是我在梦里自问自答，并且，依然没有答案。我迅速起床，直奔那条昨夜我走过、他在九百四十三年前走过的溪边古道。

此时，正是旧历二月，正是多年前他来的时节。我想，他那时看到的和我此刻看到的景物，应该是差不多的。他这样写道：

新城道中（其一）
东风知我欲山行，吹断檐间积雨声。
岭上晴云披絮帽，树头初日挂铜钲。
野桃含笑竹篱短，溪柳自摇沙水清。
西崦人家应最乐，煮芹烧笋饷春耕。

这首诗，难以掩饰他行走在春天的田野里的兴高采烈，大概正如陆兄后来所说，当时他在一位农妇家住了一晚，吃了煮芹烧笋，心情大好。

然而还有第二首，是这样写的：

新城道中（其二）
身世悠悠我此行，溪边委辔听溪声。
散材畏见搜林斧，疲马思闻卷斾钲。
细雨足时茶户喜，乱山深处长官清。
人间歧路知多少？试向桑田问耦耕。

一颗归隐的心，昭然若揭，这才是他的心声。如同久在沙场的战马，他已疲惫不堪，翘首以盼鸣金收兵的信号。他哪里会想到，近一千年后，有一个和他同姓的女人，站在他走过的古道上，纠结着是否为自己敲响"卷斾钲"，他更不会想到，他曾足迹遍布的大地之上，有多少被速度、压力裹挟着的睡眼惺忪的孩子、大人,也侧耳倾听着也许永远不会响起的"卷筛钲"。

苏东坡古道的尽头,是一大片怒放的油菜花,我像疯子一样奔进去,任浑身沾满花粉,任过敏性鼻炎更加肆虐。当我在阳光下打着无数个喷嚏时,想起网上一位"苏迷"根据苏轼日记译的几个很"二"的故事——"元丰六年十月十二日夜,苏轼已经脱了衣服准备睡觉。都躺下了,就是睡不着。咋整呢?去承天寺找张怀民。苏轼:老张,睡了吗?老张:没呢!苏轼:就是!睡什么睡,起来嗨!""苏轼患了红眼病,医生告诉他不要吃辛辣,少吃油腻,尤其是肉。苏轼说:其实我的脑子已经决定听话了,但我的嘴不听。""苏轼评价自己的作品时是这样说的:说实话,写得太好了!"

奔跑在油菜花田里,我看见苏轼去看风景,走一半走不动了(这于我是常有的事),他看了一眼山林间的亭宇,要到还早着呢,怎么办呢,良久,他顿悟道:我不去了!此事出自他的《记游松风亭中》,他说这样决定后,"如挂钩之鱼,忽得解脱。若人悟此,虽兵阵相接,鼓声如雷霆,进则死敌,退则死法,当恁甚时,也不妨熟歇。"忽然想,"挂钩之鱼,忽得解脱"是他给我的答案吗?

然而,他自己按照答案做了吗?没有,他一生都不曾做到,否则又怎会有后来的种种境遇,如何会陷入乌台诗案几次濒临被砍头的境地?如何会二下杭州疏浚西湖、建造苏堤?如何会年届花甲还被一贬再贬,直至再无可贬的天涯海角,甚至被逐出官屋,自筑桄榔庵?他六十六年的生命里,几时真正放下一切,当过逃兵?

  我奔跑在油菜花地里,其实我没有奔跑,但我感觉到灵魂已随风出窍。我在油菜花田里大笑,其实我没有大笑,我心里在大笑,觉得莫名的轻松——既然放不下,就继续前行吧。一个人别无选择时,也是一种解脱。我想,在昨夜无意的行走中,我的脚步早已在冥冥之中沾染了他千年前的足迹了,它们暗示着我,可以像他三十八岁时那样心存倦意,患得患失,但即便蝼蚁般微贱,也始终不扭曲,不逃跑,为爱着的一切,不怨,不悔。

  溪流声很响,是这个早晨唯一的声音。阳光从参差的藤蔓漏下来,在苏东坡古道上铺开了一张画,真切,明亮,温暖。我想,这是我穿过一千个春天截获的人生密码。

仰望风

2013年南方的夏季是一锅沸腾鱼,油腻,灼热。

那一夜,空调坏了,下雨了。窗开了一夜,涌进来无数的久违。

一

被雨淋湿的风,以29摄氏度的体温降临人间。如刚从冰水里撩起的黑色绸缎,从窗口游进来,拥抱脸,颈脖,前胸,双臂外侧,领养了皮肤上的灼热。这是一种仁慈的温度,来自天上,或地下,一定不是这个酷夏里人间的温度。

风渗进肌肤,血液,如雨水渗进一棵树,根须惊叫了一声,树枝、叶脉、叶尖上每一个细胞,都汇入和声,又瞬间恢复平静。一场风,带来的不是凉爽,是无与伦比的宁静。

无与伦比的宁静里,风消失了,其实到了天上,它脱去了月亮身上的云,月亮哗地裸露出一身白亮,像被洗劫的仙子,不再神秘、高雅,像个凡人一样真实可爱。月亮看看自己,仔细一想,我要云这块破布干什么,我要满天的乌烟瘴气干什么,我要鞋子干什么,赤脚走,多自在。月亮是天空的心,心袒露了,天地一片清白。

风从天上下来,落在多年不睡的凉席上,凉席瞬间复活成了一大片竹林,黑暗里涌动着丰满的绿意。凉席裸露在雨后的夜风里,我裸露在凉席上,如同裸露在夜的竹林里。我将脸紧紧贴着它,鼻尖抵上它,便清晰地闻到了竹子的清香。曾经,多年前的盛夏,一个天井,一轮圆月,一群老人孩子,一堆竹榻、竹椅,人们乘凉,聊天,吃西瓜,摇着扇子入睡。那些诗一样的旧光阴,被风带到哪儿去了?

假如,空调修好了,凉席又会被搁进柜子里,搁很久,也许是永远。而空调坏了的今晚,我多么依赖它。逝去时光里的那些人,我也曾经多么依赖,却被时光搁置了起来,很久不见,或永远不再见。

二

风突然送来一小团香,薄得像一把冰匕首,穿越空气,贴上鼻尖。是墙角的一小盆茉莉花。这一小团香,左右躲闪,徒劳地抗拒着自己被空气吞没,却只剩一团花影,花影落在雪白的大理石窗台上，清晰得像一枚孤独的亡魂。当我目光抵达，它魔术般长高长大，窗台前瞬间花影婆娑——如被招魂一般，遥远的娘家院子里无数独自开放又独自凋零的花儿们，穿越时空在眼前浮现，诠释着"岁月静好"这四个字。

岁月静好吗？风知道。风曾经吹过烈日下的铁皮工棚，差点被棚顶的温度灼伤。一台旧空调，如一堆废铁躺在草丛里，一朵黄花在它身旁轻轻摇晃。这是十来位民工省吃俭用凑钱买的一台二手空调，指望它能让他们在烈日下苦熬一天后睡个安稳觉。空调装好了，一开，跳闸了，再一开，又跳闸了，然后，有人来了，呵斥声和求饶声灌进了风的耳朵……风带着这些声音一路走，一路觉得脚步沉重。这是怎么了？到处那么热，那么忙，那么累，那么多耸人听闻的新闻，那么多毒，那么多恶，那么多艰难，不幸……

每一个夜的城市都很美，但有很多人无法入眠的夜，拿什么意境去诠释"岁月静好"？

茉莉的一小团香灰飞烟灭时，蛙声骤起，一阵比一阵肆无忌惮。这是万物苍生的权利，想说就说，想唱就唱，想多大声就多大声，唯独人没有。风从天上看下来，看到一格格玻璃窗，像一口口水晶锅——人们在日子里泡着，如在温水里煮着的青蛙。

三

然后，风送过来夜航船的汽笛声，将蛙鸣的海洋犁成两半。

窗往南一百米的地方，就是钱塘江。如果夜夜开着窗，就夜夜能听到汽笛声吧？汽笛夜夜在说："我走了。""我回来了。""借过，借过。"像一个家人。

这个家人，在从前，有着从容的岁月和爱情。钱塘江上的夜航船，和任何朝代任何江河湖海一样，渡名利是非，也渡一个个悲欢离合。他总是在水里，她总是在岸上。船起航了，像风筝飞上了天，她的眼睛就是线。曾经，某一年某一天某一夜，年轻的船员躺在船头，仰望着满天星光，不愿侧脸看两岸的灯火，两岸的灯火却硬是挤进他的心，连同那些紧闭的窗内其乐融融的场景——本该他也拥有的场景。他闭上眼，唱起一首歌，歌声托着他在江面上漂浮。然后，船老大说："进来吧，喝两口。"他进去，接过酒，喝了一口，又一口。酒进了肚，泪就下来了。船老大说，还哭呢，呵呵。

船老大不说话了，看着他，像看着曾经的自己。曾经，他遇见了一个岸上的女子，船窗开着，她的窗也开着，窗前挂着一只中药香袋、一盏旧油灯。他的窗口遇上了她的窗口，四目对视，一次，两次，便有了故事。然后分别，然后重聚，然后有一天，她的窗关上了，再也没有开过，关了几百几千年，一直关到今天，关到空调坏了的今夜。

今夜，我的窗开了，也会有一个船老大经过，但他不会再看到岸边高楼里我开着的窗子，因为，他的窗关着，船舱里有空调，有电视，还有手机，他很忙。

四

风应该送过来钱塘江的潮声，可是没有。从前的钱塘潮，是一个声如雷鸣、气吞山河的男人，是这个城市的血脉和风骨。尤其是农历八月十八，潮头如千万匹灰鬃骏马喷珠吐沫，又如十万大军兵临城下，传说是钱塘江两岸同样都被冤死的伍子胥、文种的灵魂在怒吼。

而从前的钱塘人，也是气吞山河的男人，钱塘潮冲毁两岸堤坝，祸害无穷，于是，两个男人开战了。

八月十八，"潮神"生日，吴越王钱镠登台击鼓，下令万名弓弩手张弓"射潮"。

"喂，潮神听了！潮水不许涌来！否则不要怪我手下无情了！"

潮水置若罔闻，奔涌而来。钱镠一声令下，万箭齐发，直射潮头。据说，后来潮水在临近杭州城时便偃旗息鼓，就是钱王的大手笔所致。

风吹过来，依稀传来遥远的呐喊。其实，江南风，江南水，江南人，从古至今，从来不只是阴柔的。一代代浪潮拍过来，一代代罡风吹过来，一代代勾践、夫差、伍子胥、文种、褚遂良、岳飞、于谦、张苍水、苏轼、秋瑾……在历史深处喊潮、弄潮、射潮……今夜，侧耳细听，呐喊声呢？那些担当与悲壮呢？哪儿去了？

五

窗开了一夜，我仰望了一夜风。

仰望风，仰望它比任何生命都自由的脚步，无羁无绊，无孔不入，无处不在，只因它一无所有。

仰望风，是仰望风来的方向，安详的群山，浩瀚的江海，时间的深处……和从那些地方出发的先人，从那些地方出发的美，文明，思想。

仰望风，仰望风从过去的日子里捎回来的诗意，简单生活，简单爱恨，而不是匍匐，挣扎，算计。

仰望风，是仰望风的风骨。风是个由着自己性子的人，不媚俗，不苟且，而昨天今天明天的我们，还能坚守自己多久？昨天今天明天的家风、民风、国风……正走向何方？

在这个盛夏的静夜，其实，我一直在期待，来吧，来一场飓风吧！飓风最好长着一双明辨善恶的风眼，摧枯拉朽，所向披靡，飓风最好还长着一张吸毒的嘴，吸走世间一切脓血腐败，哪怕留下伤口，伤口上涌出的，定是蓬勃的新生机。

仰望风，是仰望风的去处。我想，它唯一的方向，是更高，更远。

水凝香

水雾还未散尽,空气里飘着沐浴者肌肤和秀发的清香,白色纯棉浴巾被遗忘在浴架上,水滴在磨砂地砖上,传来寂寥的回音。仙人掌鲜红欲滴的精致花瓣,斜依在黑底金丝花纹的墙上,神秘地沉默着。这个十分钟前还充满笑声和歌声的玻璃浴室,离开了主人的声音,一切都好像睡着了,除了那些凝结在玻璃拉门上的水珠。

她折回浴室,拿起一把木梳梳头时,惊讶地发现了它们——像佯装熟睡的孩子突然睁开的清亮的眼。

像日全食时,黑色天幕上那一圈无法遮挡的夺目光环。

像曲终人散时,从月下飘来的箫声。

宁静,安详,美好。

她不由注目凝视，回想起这些水珠真正的来历。

十分钟前，她和小女儿在浴室里玩游戏——她们的身上涂满了沐浴液，滑滑的身子紧紧拥抱在一起，女儿仰着脸叫她："泥鳅妈妈。"她叫女儿："小泥鳅。"只有在这个远离红尘俗事的浴室里，这肌肤相亲的一刻，女儿才是天真烂漫的孩子，她才真正满怀柔情，不再是那个把她从睡梦中叫醒上幼儿园的母亲，不再是一进家门就教她弹钢琴的母亲，不再是用严厉的声音把她从玩具堆里逼上床的母亲，不再是时时整装待发去出差的母亲……她和女儿一样不明白是什么催促着她们过这样的日子，可她知道现实和未来要求她们这样生活。

女儿天真无邪地大笑着，忽然奶声奶气地唱："像我这样一个女人，以及这样的一个小孩，活在世界上小小一个角落，彼此越来越相爱……"她看着这个"小女人"笑，想起了这首歌里更精彩的歌词："一个小孩是一个神秘的存在，像星星一样奇异，一样发着光，像水果一样新鲜，花一样芳香。"说得真好。

那时，从喷头里洒下来的水正走着不同的路。有的洒到她们发上，身上，流到地上。有的突然遇到了波折，飞溅起来，落在磨砂玻璃拉门上，成了一滴滴晶莹剔透的水珠。

她久久凝视着它们，像凝视熟睡中的女儿。人之初，固然如歌里唱的那样，像星星，像水果，像花，但更像这些无色透明、一切都未曾发生的水，谁也无法预料它们今后的命运——

变成酒，变成汤，醇厚甘美，最后落入肥肠，变成粪土。

变成香水，变成营养液，高贵芬芳，最后与汗水污垢同流合污。

变成杀虫剂，变成良药，最后与细菌虫蝇同归于尽，而世上往往是善人命苦、恶人长命。

没有变成别的什么的，是从天上落下来的雨，滋润着万物生长，万物却养育着与自己作对的人类……看来，水最后的结局，无非是变色变味变质，最后到不知何处的肮脏去处。

只有这些凝结在玻璃拉门上的水珠，一生一世都不曾在本质上改变自己。明天，圣洁的阳光洒进百叶窗时，水珠会慢慢融化，化成一缕水汽，慢慢飞走，变成雾，变成风，变成白云。

而小小浴室像一切都未曾发生，只有这道玻璃拉门，也许还留着一丝清香，一滴水痕。除了她，没有人知道，这里曾经凝结着一些看似毫无意义的水珠，却使一颗陷落红尘的心顿然了悟。

人是不是也可以这样淡泊地过一辈子？

风信子

水仙开了,这之前,我没正眼看过它几眼。

只是几个球茎,只给了它一个盆子,一点水,一点阳光,突然有一天,它就开了,毫无保留地向我仰起一张张香气四溢的脸——它的全部。

细想,它不只是给我,还给盆子,给水,给阳光,给世界,给造就它的一切。

在我给它浇水时,它没说什么,可是它在心里一定承诺了:我会开。

在它吸收水和阳光时,它没说什么,但它一定承诺了:我会开。

甚至,在一缕清风偶尔路过时,它没说什么,但也承诺了:我会开。

甚至，某个夜晚，我无意间瞥了它一眼，它可能对我说了：我会开。但我浑然不知。

然后，它真的开了。然后，倾其所有，直到叶子疯长，直到开出并不漂亮的最后一朵，然后，死去。

仿佛它的一生，就是来践行诺言的。

在地中海沿岸及小亚细亚一带，水仙被叫作风信子，也是圣经上说的"山谷的百合""荆棘间的百合"，它还被叫作"石匠之花"，纪念一位在公元四世纪违抗皇帝命令拒绝雕刻异教徒画像而殉职的石匠。它代表对信念的固守。还有一个传说，是光明之神阿波罗爱上了菲亚辛思，却惹来西风之神苏菲洛的嫉妒，将他们降为此花。从此，风信子也成为爱人间忠诚守诺的信物。

总之，它固执，守信，就像大地上所有的植物，不不，就像大地上的一切，除了人。

太阳，月亮，潮汐，四季，从不食言。

树，草，藤，蔓，不会忘记自己对天地许下的诺言，无论多么贫瘠，只要有一丝生存的机会，就不会浪费一滴水、一点养分、一缕阳光，该何时开花开花，该何时结果，为太阳，为雨露，为供养它的泥土。并且，在该死去时死去，绝不背弃无形的自然法则。

动物，比植物聪明一点儿，会争斗，耍诡计，但都是小儿科。它们该吃吃，该睡睡，该斗斗，该迁徙迁徙，该冬眠冬眠，不说谎，不食言，不背弃最本真的生命诺言。

人呢？

本来，人也是守诺的。后来人觉得自己聪明，忘记了敬畏，越来越胆大妄为、自由放肆，不仅可以吃遍大地上所有的植物、动物，还可以食言！

本来，吐出去的口水是无法收回的，地沟油把它收回了。

本来，蛋糕是用鸡蛋和面粉做的，现在面粉用来做药丸了，蛋糕牛奶果冻只好用破皮鞋做了。

本来，桥是用钢筋水泥做的，现在用豆腐渣做了。

本来，羽绒服是鸭毛做的，棉衣是棉花做的，现在，用用过的卫生巾、医疗垃圾做了。

本来，犯过战争罪的战败国是应该夹着尾巴做人的，现在居然敢抢别国的地盘了。

本来……

本来已经没有了，和良心良知一起，被人自己吃掉。你做点有毒的给我吃，我做点有毒的给你吃，互相吃，以前说的人吃人，大概就是这个样子。

人，是地球上的最高智慧吗？是统治者吗？似乎，在人之前，动物植物都已经在了，也许真有一天，人类自己把自己给灭了，但它们依然会在。

秋天来了之后，冬天就已开始待命，有一天，西北风就吹过来了，一如记忆中的寒冷，一点也没有意外，连来无踪去无影的风，都不会失信。然后，冬冷到一定时候，雪也会如期而至。

我一个人走在秋风里，听到路旁的动物植物们在说：瞧，这是人类，地球史上的一个过客。

放学路

那时候,没有人想到有危险。

她总是一个人,斜背着一个书包,单薄的身子像个风筝,飘飘忽忽走在山脚蜿蜒的小路上,跃过小溪,绕过石块,轻手轻脚踩过泥泞,如果不是农忙季节,诗行般的田野常常不见一个人影,她就自己唱越剧。

从镇东边的学校,到镇南边山脚下的家,只有这一条小路,大约三四里地,她要走半个小时。

诚信的四季给小路送上的野花,她都会摘下来吃上几口,杜鹃、野菊、紫云英、狗尾巴草,空旷无人的野地里,她就是金庸书里那个香香公主,浑身上下会散发着香味。

有时候,她会停下来,等一朵奇异的云,慢慢飘到她头上,然后真的落下雨。而在很远很远的山脚，挂着半条彩虹。

下雪时，路很难走，在教室冻得发麻的脚，到家时已经变得热热的、痒痒的，嘴里、身上都冒着热气，厨房里也热气腾腾。没有人会担心孩子冻死在雪地里回不来。

再小一点的时候，还住在镇上，她的放学路，就是十几个孩子以疯跑为主要内容的"打救兵"游戏，自然还有橡皮筋，跳房子，还有一分钱一节的不太甜的甘蔗头，一分钱一小杯喷香的爆米花，老人们问候或表扬声里沾沾自喜的心情。

放学路，是童年岁月里的极乐时光，是天堂。

这些路，似乎从来没有一点危险。细想，其实是有的，被野花毒死，被狼拖走，掉进河里，摔倒在雪里，还有一种茅厕，小孩子万一掉进去就爬不上来，也可能有坏人，女孩子还有可能被田野里的陌生男人带走，失踪。没有手机，没有任何联系方式。

然而，在那些日子里，她唯一一次见过家长的担心。她和弟弟吵架了，父亲回到家听到她的哭声，上下打量她，惊慌失措地问：怎么了怎么了？当他得知是跟弟弟吵架，瞬间坦然，也不理她，忙自己的去了。

这是三十年前的画面。画面里那个我，无知无畏地茁壮成长。仿佛人人都知道一个毋庸置疑的事实——通往家的放学路，鲜花怒放，云淡风轻，天时地利人和。如果有哪一位家长稍有疑虑，一定会被认为莫名其妙。

和我一样，无数孩子都平安过来了。

三十年后，我的孩子，和无数孩子一样，带着手机，背着沉重的书包和家长一万个不放心地叮嘱和眼神,走在放学路上。野兽般的汽车,狼狗般的电瓶车,等在校门口的杀人狂,骗子,拦路勒索的校园小霸主,富含各种有毒物质的各种零食,一路风险,一路忐忑,一路风声鹤唳。

第一次看到校车,是在外国电影里,觉得好高级,穿着小制服的孩子,向家长挥挥手上车,缓缓离去。这一幕,后来也出现在我们的城市和乡村。可是,2011年的校车,没有把孩子们安全送回家,放学路,成了无数孩子走向天堂的不归路。一个孩子,就是一个家的独苗,一个家的天啊。

一条放学路,对于活着的孩子们,意味着什么?勇敢还是懦弱?坦荡还是多疑?快乐还是绝望?一条充满罪恶和恐怖的路,映照进孩子小小的心里,会是对"美好人生"的憧憬吗?

而放学路上的危险,只是无数生态危险中的一种,种种猛于虎狼的痼疾,正吞噬着无数生命和良心。

连四季都被迫失信的世界,没有一个孩子不自危,没有一个父母不日夜担心。不知道,一个为孩子日夜悬心的民族,何时才能真正坦然,释然,安然?

米的香

去年的立夏过后,接近中午时分的某一秒,在杭州宝石山"纯真年代书吧"的某一角,有一缕破碎的阳光。

这一缕阳光,像一个痴心的人,穿过密密层层的梧桐叶,越过弯弯曲曲的木窗棂,以及氤氲之气的千难万阻,终于支离破碎地俯身在一捧爆米花之上。

爆米花惊讶地叫了一声"我们认识吗?"她的声音里,静静散发着高温后、爆炸后、苦难后、万劫不复后仍然纯粹的香。

"当你还是一棵稻苗的时候,是一粒稻谷的时候,是一粒米的时候,我就认识你,爱着你了,我们一起苦过,一起乐过,拥有一缕一起走过的香,你,忘了吗?"

爆米花的主人,是两个年轻的女孩,一人一台笔记本电脑,一杯咖啡,一大袋塑料袋装的爆米花,自顾自静静地忙着,玩电脑或看书时,眼睛也不抬,时不时把手伸向袋子,抓一把被阳光晒得白花花的爆米花,放嘴里慢慢抿。

瞬间被一种美好撼动,不由自言自语:"现在,哪儿来的爆米花啊?"

朋友听到了,说:"刚才我上来时看到了,就在山脚下。一个大伯在爆。"

于是,这个初夏午后的微雨中,我一个人,没有带伞,开始了寻找。其实,我知道,我对自己的寻找完全没有指望。因为,我是一个路盲,没有方向感,我是一个马大哈,想找什么就能马上找到什么的幸运很少在我身上发生。我穿过一片一片树林,一小群一小群游客,一条一条交叉繁复的山间小巷,问过一个又一个路边摊,根本没有爆米花摊的影子,甚至,连一缕香都没有闻到。

雨声慢慢响了起来,我依旧在走。

我在找什么?

在找童年吗?一条石板巷,一个面目模糊的黑衣人,火上慢慢转着的爆米花炉,一个个畚箕里各家各户不一样颜色的米,悠长的排队、等待,一个长长的蛇皮编织袋,"砰"一声巨响,一团白烟,爆米花"哗"地撑起蛇一般的袋子,芳香四溢,浓浓的、热热的,舌尖上、鼻翼间最美好的感觉,那份漫长等待后百倍珍贵的得到,再也不会有了。

我在找什么?

在找他们吧。曾经的伙伴,曾经年轻的父母,逝去的老人,还有并不熟悉的同乡人,毫不相关,却曾经在同一片土地上度过同一段贫穷的岁月。

我在找什么?

在找自己吗?江南小镇上那个文静羞涩的女孩,曾经多么的孤独,常常,她的布衣兜里,会装着一分钱买来的爆米花,下课的时候,或是一个人走在回家路上的时候,一小粒,一小粒地往嘴里放,轻轻抿着,一丝微薄的甜与香,是她苍白寂寥的童年无尽的隐秘的快乐,让她那么的满足。此刻,她微笑着、轻轻地从我面前无视地走过,在细雨里消失不见。

有那么一秒,我感到了脚底心的痛,我的眼里慢慢涌起微热,不是感伤,而是甜蜜。我知道自己是找不到爆米花了,但有一种叫"患难与共"的香味,正从过去的时光飞奔而来。

今年的立夏过后,"纯真年代书吧"的男主人去了上海,治疗已趋严重的喉疾。书吧的女主人,多年前曾经也患过重疾,男主人陪着她,相濡以沫走过了最艰难的岁月,神仙眷侣般恩爱。这一次,是她陪着他,相携飞越苦海。

想起,就在一年前我寻找爆米花的那个中午,在书吧门外的那棵大梧桐树下,书吧女主人曾给我看她手机上拍的一段视频,是一位一身白衣的中年妇女在打太极拳,身边一只牧羊犬静静陪伴。当时,她说:"你看你看,多好,多美。"视频里的那个女人,我感觉陌生,反而眼前这个历经磨难却笑靥如花的女人,让我心里一动。一年后的今天,我在男主人的微博上看见了一个苦笑，他说："20年前，写过一首打油诗：别问我／当时为什么抽烟／也许天气太严寒／只有这点火才给我温暖／别问我／为什么还不戒烟／你能抛弃患难时的伙伴？现在我要抛弃患难之交了。"

微博上祝福无数，一位朋友回应他说："总要放下一些，才能走得更远。"

生命的旅途中，谁不是在无奈地一路抛弃？爆米花，香烟，旧衣裳，故土，口味，亲朋，情怀，运动，道义，快乐，自由，甚至生命。

抛弃是一种宿命，但愿每一缕曾一起走过的香，不会遗落。

半碗饭

三十多年前,老屋二楼昏暗的床幔后,奶奶坐在被窝里,不声不响,雪白的脸若隐若现。

当我路过奶奶的床,冬天阴冷的风,从老屋的木窗缝里钻进来,让我觉得肚子更疼了。

中午放学很久了,不知为什么,父母还没回来,房门紧锁着。我们平时住在小镇边的新房子里,每天中午一家人汇集到小镇十字街的老屋里吃父亲从食堂买回来的中饭,然后又各奔东西各自忙碌。只有奶奶还在老屋里一个人吃住,她的卧室紧挨着我们的房间。奶奶有七八个子女和一大堆孙子孙女。父母从外地调回老家不久,我们姐弟三个和奶奶并不太亲。我们都知道,奶奶有她最疼爱的心尖尖,但绝对不是我们姐弟几个。

我肚子疼得厉害，我在她床后面的房门前一会儿起身，一会儿蹲下，不知怎么办。

"桑，过来坐被头。"

突然传来奶奶清脆的声音，就像她整齐洁白的牙齿常常咬得炒蚕豆嘎嘣嘎嘣响。

我像受到某种蛊惑，脚步不由自主挪到她床前。然后，钻进了被窝这一头，和她面对面。

一股暖流，从脚趾传上来，像一剂良药，瞬间化解了腹痛。

她坐靠在床头，手里捧着一小碗米饭，上面似乎有些虾皮。老家的冬天没有任何取暖设备，最大的享受就是"坐被头"了，聊天、绣花、发呆、吃饭、嗑瓜子蚕豆。看上去她已经吃了一半，一碗米饭剩下整整齐齐的半边，可见她吃的时候，是格外小心的，像是特意划的界限，本来就打算剩下这一半。而她矮小健硕的身材，不可能吃不下这一小碗饭。

"吃。"她把米饭递给我。

我乖乖地接过了碗筷，脑子里一片空白。像受了神的旨意，一筷子一筷子将饭挑进嘴里，根本食不知味。

这个冬日的中午，她于我依然陌生，但我虚弱的身体、敬畏的心，不知是臣服于一股暖流，还是受宠若惊于一份突如其来的关爱？说不清为什么，总之，我坐在她对面的被窝里，一口一口吃完了她吃剩的半碗米饭。

我们再没有说一句话。

后来，母亲用诧异的眼神看着我，问："平时，你从来不吃别人吃过的东西，怎么肯吃奶奶的剩饭？"

在母亲的眼神里，我看出心疼和不解，还有对奶奶的一丝不满——为什么她不下楼盛一碗热饭给亲孙女吃呢？

可是，我并未在意，那半碗剩饭是不是热的，是不是干净，不在意究竟是奶奶吃不下了，还是特意留给我的。直到如今，我仍然不知道为什么。也许，那半碗米饭，已然在我心头长成了一小块名叫"感恩"的肉。

最微薄的爱，也是爱。

狗屎路

五年前,她读初一。一个周末,她打开数字电视,边找动画片,边说,哈哈,那些初三的人在中考。

我说,怎么这么高兴啊,是不是有点儿幸灾乐祸啊?

她说,是啊是啊。

我们一起看了个动画片《哆基朴的天空》——一个美丽乡村的清晨,一只小狗在泥路上拉了一堆大便,扬长而去。那堆大便长出了眼睛鼻子和嘴巴,成了一个生命——哆基朴——一个不被祝福、不被期待、莫名其妙来到世界上的生命。它自卑,孤单,问:"我是谁?我为什么来到世上?我来到世界上有什么用?"

这时候,一辆路过的牛车上落下一堆土,土对它说:"上帝不会无缘无故创造你,一定会给你妥善的安排。"

但是，它仍然迷茫而无助。飘落下来的叶子转了一圈便离它而去，小鸡们不屑于将它当作午餐，整个世界，没有谁理他，除了那堆同样孤独而丑陋的土。

夜里，下雨了。它被打湿了，慢慢融进了土里。太阳升起时，它惊奇地发现，一棵嫩芽从它身上冒了出来。是一棵蒲公英的嫩苗！瞬间，它像是明白了自己的意义，说："我要把我整个地给你。"

一天一天，它慢慢消失了，一天一天，蒲公英长大了。

终于有一天，湛蓝的天空下，一朵美丽的蒲公英花开了，一阵风过，一朵朵洁白的小花伞带着哆基朴的灵魂飞到了天空最高处。空旷的宇宙里，回荡着它快乐的声音："原来，原来我来到世上，可以这么美丽！"

"哆基朴"，大概就是狗屎的音译吧？

我和她都被感动了。我突然觉得，眼前的她，还有和她一样的孩子们，多么像那个孤独迷茫中的哆基朴。他们孤独，迷茫，日复一日年复一年地上课，练习，考试。无论怎样粉饰，分数仍然是唯一的标准，是让他们脱离苦海的方舟，或是让他们万劫不复的诅咒。他们，从学龄前开始，就埋头学习低头走路，四体不勤五谷不分，从未好好看看真正的世界，更不知道，他们每时每刻为之付出一切在做的事，到底有什么意义？

但是，有什么办法呢？分数，相对来说，是最公平公正的。如果不是，万劫不复的不仅仅是孩子们，还有家长，还有整个社会。

无数次想对她说:"即使是一坨狗屎,我们也爱你。不用那么用功,不用不玩电脑,不用那么早起床,那么晚睡,不用周末天天上补习课,不用剪短发,不用浪费最美的豆蔻年华,不用什么都说等考上大学后……"

可我终究不敢冒险。即使有价值,我怎敢让她真的成为"一坨狗屎"?

于是,每天,我都违心地说:妞,加油!加油!

五年后,她已是名牌中学高三学生,和同学一起租住在学校对面的小区里,只为晚上多看两小时书。暗无天日的备考,像一场场战役,她的笑都淹没在弥漫的硝烟中。

有一天,她说,我能不能请假一星期,让我自己处理我的学业。

我很诧异。

她说,这么多年,她都遵循老师和父母的安排,从未违背过,现在,她就想试一试,自己一个人生活学习一个星期,就一星期。她说实在受不了了,整天按部就班,昏昏欲睡。

那怎么行?高考在即,关键时刻,万一漏了老师讲的重点,万一漏了考试,怎么办?即使我答应,老师也不会答应。寒窗十几年都忍下来了,哪里就差这几个月?哪里经得起错一步?错一步,也许就再也跟不上。

"哎,我真不明白,这样的生活有什么意义。"她说。

"意义?"这个话题,我们不止一次聊过。我开始重复以前和她说过的话,但马上就有一种厌倦感,无力感。

我摇摇头说，现在不是聊人生意义的时候，什么都别想，把这一关冲过去，把这一步走好，从此，你的人生属于你自己掌控了，以后，我们有的是时间聊人生的意义，聊你的理想，你想要的生活，好吗？

好吧。她说。

其实，我看见了一颗蒲公英的种子在一坨狗屎里蠢蠢欲动。我知道，终有一天，它会变成快乐的蒲公英，翱翔天宇。那时，她会知道，即使有最伟大的意义在前方，总有一段狗屎路，是人生必经之路。

自多情

去医院输液,知道有漫长的等待,便带了本厚厚的文学杂志看。

果然,挂号排队,付费排队,看医生排队,验血排队,又付费排队,拿药排队,足足一个多小时后,终于可以挂针了。医生面无表情地说:"先去急症室做皮试。"

38度的天气,却觉得冷,累。医院里,人来人往,却各不相关,每个人,像茫茫大海中的孤帆,孤军奋战。

心里后悔没让家人陪着来。

皮试需观察十五分钟,便坐在走廊上,打开杂志看起来。一阵窸窸窣窣的声音在身后响,一些人在走廊里走来走去。突然,光线一下子亮了起来,我手里那些昏暗的字眼,突然变得无比鲜活。

回头一看，原来，我椅子身后的百叶窗，被拉了上去。然后，我看见那个拉窗帘的十来岁的小男孩，不好意思地看了我一眼，看向了别处。

难道，他是为我拉的？我下意识地想。心里狠狠一暖。

可是，不可能吧？这个男孩，是跟着两个家长来的，估计实在无聊了，拉着窗帘玩吧？

可是，为什么，他刚刚又看了我一眼，又看了我的书一眼，又看了我一眼呢？

他纯真的、躲闪的眼神告诉我，他就是为我拉的。

于是，我冲他微笑了一笑。但我不敢太明显。我怕，是我自作多情。

男孩似笑非笑地又回看了我一眼，听见大人叫他，像兔子一样迅疾地消失了。

我却还在发愣，不知是否该说声"谢谢"？

一进输液室，想起被拿来当作笑话的一句所谓英文"People mountain people sea"（人山人海），哭笑不得。其实，人们已经很珍惜健康了，但健康有时并不珍惜人们。世间事，大抵如此。

随便找个座位坐下来，吊上吊针，继续看书。这时，一个中年男人也吊上了针，坐在我隔壁位置上。我心里闪过一丝不快，大夏天的，那么多空位置，其实大家可以坐得更宽松点的。

我顾自看书，中年男人顾自打盹。不知过了多久，只听他突然大喊一声："水没了！"

护士急忙过来。换的不是他的输液袋，却是我的。他指着我的输液管有点嗔怪地跟护士又说了声："水都没了，空气要进去了。"

护士急忙善后，并没有说什么。中年男子头一歪，又顾自打盹。

我突然意识到，自己很幸运，好久没来医院打针了，原来，输液要自己看着，要自己叫护士的。真该谢谢这个热心人啊。可他打着盹，像什么都没发生过一样，"谢谢"两个字在我嗓子里憋了好久，终于没有说出声。

输液快完的时候，我自己调了调调节器，让水滴得飞快。因为我的车子今天限号，必须在五点前到家。我发现，中年男人抬头看了我的输液管一眼，又看了看他自己的，终于什么也没说，继续打盹。我自作多情地想，他一定觉我这么做是不妥的，但怕我觉得他过分热心，或多管闲事，不说罢了。

我们这个民族，性格说到底还是羞涩，特别是羞于美好情感的表达，比如爱意，谢意，歉意。恨意和怒意，倒是有很爽快的一些词汇伺候。一介女流如我，本该是大大咧咧风风火火的年龄了，但骨子里仍然羞涩——很想说声谢谢，又怕人误会自作多情，丢了面子。

其实，自作多情，又能损失什么呢？也许，那个男孩，本来就是纯粹贪玩，而不是为我；那个中年男子，本来就对医院有意见，而不是为我。可是，我宁愿自作多情，并为此很开心。回家后，我还把这两件事说给了原先很不放心我一个人去打针的家人听，他们也很开心，也觉得，世界上还是好人多，不好吗？

离开输液室时，我故意将那本杂志留在了座位上。我想，也许这个中年男子无聊时可以看看，也许，是后面来的其他病人们。

捡到杂志的那个病人，一定会想，谁这么马虎把杂志丢了？他（她）会不会也"自作多情"地想，是有人故意留给病友们看的吧？

那么，他（她）病痛着的心，会不会因为这么想而突然一暖呢？

碗莲花

初冬，因为去看她，在一座江南千年古刹住了一夜。

她年过花甲，是我见过的唯一不说谎话、不说别人坏话的女人。每年，她都会雷打不动地去寺里住上几天，回来后神采飞扬，不知道是什么神秘力量，让她总是那么快乐。

穿过一条隧道，是一个遗世独立般的洞天。四周山峦的影子簇拥着一个遗世独立般的穹庐，天上一个遗世独立般的月亮，地上一个遗世独立般的我，眼睛见的，耳朵听的，脑子里想的，都变得简单，时间长了，真是可以忘记尘世的。

庙宇一层一层依山势往高处延伸，最高处，就是简朴的招待所，供善男信女们小住。夜还未深，便已万籁俱寂，那种静沁入灵魂，一夜间记忆一片空白，没有失眠，没有梦。凌晨，耳朵被带着浓厚当地口音的喃喃梵音唤醒。出屋，湿气润面，千年古树滴下一颗露珠，落到我右耳上，温暖瞬间蜂拥而来，我不由自主笑了，朝它，朝四周的树，朝天空，朝地上的草依次点点头，我感应到它们也和我一样，家人般互相打着招呼。

吃早饭了。才凌晨五点多。

寺庙的每一餐都比山外的要早，基本上是凌晨五点多，中午十点多，下午四点多。

和尚们一个食堂，香客们一个食堂。和尚们的菜，是货真价实的素。而香客们的菜，居然是素菜做成的鱿鱼、鸭肉、螺肉，肌肉的纹路惟妙惟肖，口感味道也很像！其实，香客未必受不了短短几日的无肉之苦，可寺庙真是体谅凡人，如此煞费苦心，像一个娘对待自己的孩子，简直是溺爱了。

吃完饭，她第一个站起来开始收拾碗筷，就像在自己家里一样。

我纳闷，悄悄问："我们食宿费不是都交过了吗？怎么要自己洗碗？"

她说："这儿不是赚钱的地方啊，食宿费意思意思的，到了这儿，要跟自己家一样。"

果然，香客们无论男女，吃完一个便出去一个，秩序井然，每个人桌前干干净净，公用的菜盘子，空了，便有人带出去洗，剩下的，则由最后吃完的那个人洗。没有任何人露出和我一样不解的神色。偶尔有几个人会争执一下，去抢别人手里的碗洗。

水大概是山上接的溪水，很冰，没有洗洁精，饭粘在碗上，很难洗，有时得用筷子刮。她洗了自己的，又来抢我手里的碗，洗完了，用公用的白毛巾仔细擦干，扣到青石台板上，那儿已经摞了好大一堆碗。

我有点反胃，说："这么多人吃，也不消毒，毛巾能擦干净吗？"

她说："吃的时候，会用开水烫过。"

"谁烫呢？"

"有时是食堂里的师傅，有时我们自己，有时谁早来谁烫。"

"别人吃的碗也烫？"

"顺手的事。"

帮她收拾房间时，看到用过的一管胶水和一支水笔，她说："别扔掉，也别带走，昨天招待所里的用完了，我走到隧道外好远才买回来。留在这儿，免得下一拨人用又要跑出去买。"过了一会儿，她又说："不行，放这儿，服务员打扫时会当垃圾扔了，还是拿到总台吧。"说时迟那时快，她已经跑出门去，"不远万里"送到楼下的总台，我听见她不厌其烦地仔细叮嘱了服务员一番。

怎么一点儿都不嫌麻烦呢？

扪心自问，觉得自己还是善良的，从无害人之心，也有助人之举。但是，如果这个助人之举太麻烦，我可能只做到第一步，不愿花费精力做第二步，或者，根本想不到第二步第三步。而这一步之差，却有天壤之别。

的确，谁能做到她那样呢？对家里的任何东西，她要将它们摆得很舒服,像对老人一样。比如一棵滴水观音,新长了很多叶子,挤着墙壁,她看到了,会第一时间冒着闪了腰的危险,使劲将盆子挪开,让叶子舒展。比如,对一双鞋,她绝不允许东一只西一只,或一只扣在另一只上,否则,它们不舒服,她也睡不好。假如谁将一件衣服领子朝下挂着,她会去重新挂过。一家人去吃火锅,她便提醒服务员,不要那种竹签穿的基围虾,她说,杀生是难免的,但要痛快点。

她从不对孩子唠叨——妈妈把你养这么大,是多么多么辛苦,你以后要报答妈妈。她说,我爱孩子,是我自己的需要,没有什么特别伟大。

她对朋友好,只是因为他们人好,却从未想过有无用处。给陌生人捐款,她说,这样我心里好受些。人们说,现在的寺庙都商业化啦。她会说,师傅们也要生存啊。

我与她差的那一点点是什么呢?是对他人、对世界温柔致极的、毫不犹豫、毫无保留的爱与慈悲——就像那句话——"践地唯恐地痛。"

"哪来那么多坏人?我要是怕失去,防人家,别人也防我。可这么多年了,我谁也不防,也不见得就吃亏些。"

也许,这就是她总是那么快乐的原因吧。

太阳还很高,寺庙的晚饭时间到了。

想陪她吃完晚饭再赶回杭州,我们提早去了食堂。未进门,就见一个和她年纪相仿的女香客,正将食堂所有的几十只空碗、几十双筷子摆放在一张大桌上,用开水慢慢烫着。老婆婆眼神专注，嘴角挂着微笑，全然没有注意到我们进来，苍老的手颤巍巍的，旋着一个个空碗，无比的仔细。好像，这本来就是她的职责，好像，这碗不是给陌生人用的，是给自己最亲的人用的。

她悄悄说："听说，这个老婆婆本来脾气很不好，到这儿帮忙后，变得好得不得了，饭烧焦了，好的盛给我们大家吃，焦的藏起来自己吃。"

我脱口而出："世上本无好人，装的时间久了，也就成了好人。"

她呵呵笑了，说："虽是胡说，还真有点道理。殊途同归，有时'装'的确是一条好路。"

我又脱口而出："那您呢？从来不说别人坏话，总是那么快乐，总不是装的吧？"问完，我伸伸舌头傻笑，不好意思看她。

她丝毫未为我的不敬动色，依然微笑着说："难道你忘了，你很小的时候，和弟弟偷偷到溪里玩，其实并没有那么严重，可是我因为自己心情不好，打过你们。"

"有吗？"

"有！"她说，"我特别后悔，从此天天告诫自己，哪怕自己再不开心，也要装成一个好脾气的母亲。"

想起影星成龙有一次在电视节目中说，慈善机构请他做戒烟形象大使，他说那不行啊，他抽烟的呀。人家非要他装不抽烟。于是，他装着装着，居然从此再也没有抽过烟。

她也是这样，装着装着，装了大半辈子，自然而然变成了无人不赞叹的、真正的、又好又快乐的女人。

这，难道不好吗？

也许，人世间的一切，都是习惯成自然。

人生本来苦多乐少，假装自己得到了很多甜，一定会比不装快乐些。

品德很坏的人，假装自己是好人，如果能假装一辈子，一定会变成好人。

人世间有很多小恶，拿它没办法时，假装看不见听不着，心地就会纯净些。

生活中有很多得与失，假装失去也是得到，就会豁达些。

心里有很多计较挣扎，假装自己很淡泊，装着装着，就习惯成自然了，一切都会豁然开朗。

就像，婆婆手里的青花瓷碗，在斜阳下，看久了，宛如一朵朵圣洁的莲花。

临走，我跟她说："有空，我还会来寺庙住一两晚。"

忙 神

这世界,不是被上帝控制,而是被"忙神"控制了。

"忙神"像白雾,无时无刻不缠绕着你,每一个忙碌的日子,都是灰白色,模糊了食欲,消失了灵感,迟钝了感觉触觉,没有更快乐,也没有更烦恼,没有污点,也没有亮点,这混沌的状态,让你感觉昏天黑地、走投无路,不知道何时何处才是尽头。

太阳一升起,浓雾便会四散。而"忙神",却是无敌的,它时刻都在觊觎你,逼近你,控制你。即使身体闲下来,脑子还在焦灼。

人人都盼望退休,从小学生开始。

这一阵子,我不是被"忙神"控制了,简直是被它囚禁了。

那天，阿姨说："步行街卖花大伯跟我说：告诉你家大妹子，栀子花开了，让她来买，她最喜欢有香味的花。"

我哑然，我的最爱，却连自己都忘了。我长年累月从他那儿买的花，都很素，但都很香——茉莉、丁香、蜡梅、百合、栀子花、玳玳果……

阿姨又说："大伯说，大妹子怎么好久没来买我花了？是不是特别忙啊？再忙，也要出来放松放松么。"

心里一动。第二天，我抽空去了步行街，花五十元，从大伯那儿随便买了一盆栀子花，几十个小花苞含苞待放，看着就有喷薄欲出的欣喜。大伯说："这花四季都能开。"我不信，也不指望，更多的是还他一个惦记，为他的"知己"。

继续忙，继续和"忙神"抗争，继续臣服，继续祈求上苍派一个"闲神"来降服它。

一天夜里回家，一进门，一股异香扑鼻而来，我打了个淋漓尽致的大喷嚏——卧室阳台上那盆栀子花，一下子开出了十几朵！如同十几颗星，瞬间照亮了一切！

此后，每天，它都开出十几朵，边开边谢，连着开了十天，那么恣意，那么虔诚，无所谓营养够不够，无所谓有没有人欣赏。每当回家钻进卧室，温暖熟悉的香味如怀抱般拥上来，我换衣服，吹头发，看书，打电话，看电视，写文章，入睡前，入睡后……它都在，我回家后这十来个小时，每一分每一秒都是香喷喷的，时光跟着芳香起来。

说实在的，我们是"甘愿"受"忙神"控制的，因为我们想要更幸福,我们努力,奔波,总以为幸福在"前面!前面!"幸福"很大!很大!",其实,幸福就是这栀子花香,在当下,很小很小——如同生活里无数其他小小的享受——一小杯茶,一小段音乐,一小部电影,一小会闲聊,一小片奶香饼干,一小句贴心话,一小个微笑,一小个拥抱……当你花一点点时间,完完全全不理会那个"忙神",仔仔细细去体会,感受,这一分一秒,就充满茶香,奶香,书香,花香,这一分一秒,都构成我们的生命,这一分一秒,便会成为灰白生命中的耀眼繁星,心亮起来,浓雾自会消散——天哪,原来,这就是我们苦苦祈求的"闲神"!它一直在,始终在,只要你意识到它!

几天后,栀子花谢了,剩下了几朵越来越小的花苞,开不动了,前些天,它也被"忙神"控制了,累坏了。又过几天后,我得了急性肠胃炎,病假让疯狂旋转的陀螺终于一下子慢了下来。原来"忙神"还有一个敌人——"病神",推而及之,它还有一个敌人——"死神"。

但谁愿意让这两个神帮忙驱赶"忙神"呢?

熬 叶

落叶清瘦的脉络间,终于浮现冬的脸。

南方的秋冬像患着重感冒。绵绵细雨淋漓不尽,空气湿乎乎的,粘呼呼的,像极了黄梅天,连呼吸都仿佛要长霉。

印象里,银杏树本该在秋的某一天会突然满身金黄,叶子金子般整齐、绚丽,而在冬的一夜间会全部飘落,绝不拖泥带水。这洒脱决绝的姿态,总让我想起林风眠迅疾的笔锋,无比洁净而流畅的美。

然而,季节失信了,一切便乱了。一片片青不青黄不黄的叶子,透露了银杏树内心的纠结。是春天来了吗?叶子,该黄还是该绿呢?难道是我返老还童、青春永驻了?这样一想,它便上当了,它铆足劲儿,拼命维持着全身的绿,即使偶尔有凌厉的风拂过，它也以为是料峭春寒。

然而，它的额头，它一片片扇形的叶子上部，渐渐泛起了一种黄——一种陌生的黄——黯淡，甚至焦黄，甚至黑斑，甚至还有虫咬。而不是从前的金黄。

这是无所适从熬成的黄。

银杏树惊慌失措。如此不伦不类的自己，连它自己也厌恶。早知如此，它宁愿瞬间枯萎坠落，自然抵达那个最美的升华。而现在这个样子，算什么？

然而，它已不由自主。无数叶子，在已经乱套的法则里，煎熬得青不青黄不黄，蔫蔫的没有一丝神采。有的挣扎着想彻底黄透，有的还很绿但已经掉了下来，提前死亡了。甚至有些叶子，连着细小的枝丫一起掉了下来。

一棵树，如经历一场大病瞬间苍老的女子，再不是风姿绰约。然后有一天，冬躲在一场疾风骤雨后姗姗来迟，一夜间，那些纠结着的银杏叶失去了最后一次变成金子的机会，落了一地的——难看。

暖洋洋的初冬像一个稚嫩的孩子，但据预测，接下去极可能是严酷的极寒，这个孩子会瞬间老去，没有过渡。纠结的，自然不止银杏树，还有无数其他树，花，庄稼，还有人——这些人，在乱了套的季节和规则里，茫然失措，无所适从。漠然、精神分裂、抑郁症等精神疾病呈高发态势，已超越心脑血管、呼吸系统及恶性肿瘤。而隐形的、轻微的准精神疾病，也许连背着沉重书包艰难跋涉的孩子都难以幸免。

人人都在问，这个世界怎么了？

出乎意料，在我满以为今年所有的银杏叶，再也不会真正变黄时，连续几夜寒流后，却仍有一棵又一棵银杏树，如花朵般绽放开金子般的叶子，与阳光同比明媚！

原来，我错了。其实，这个所谓的"全民焦虑时代"，绝大多数人心、人性中的美好高贵的部分，仍然和金子般的银杏叶一样，在。否则，颠沛焦灼的每一天里，怎还会有时时的感动？

地 痛

她是地球上最美、也是最痛的地。

她不是高山上的地,偶有人迹打扰,自由而孤傲。

她也不是田野里的地,一年四季常被翻犁、耕种,但毕竟是一季一季,一阵一阵的,会有养伤、孕育和沉睡的时候。休养生息,顺天遂地,自然而丰美。

她也不是城市里的地,全都被浇上了水泥,已经死了,无知无觉,任怎样碾压,都不会痛了。

她是高尔夫球场的地,湖光山色、绿草如茵、沙坑果岭,无论是球场的景致还是球道的长短、难度,都是设计者精心设计、刻意雕琢。可它的宿命,生来就是挨打。

每天,她都要被高尔夫球杆杆头击打,被"锄"上几万次。

幸运点的，是发球台的地，因为有球T，杆头基本直接打在球上，草和地基本完好无损。

球道上，杆头直接将草地上的球击起，必定会有一些草被"斩首"，如果打深了，一块草皮就会被击飞。

最痛的，是果岭边的地，可谓伤痕累累，因为球近果岭了，但还未上果岭，就要用切杆，杆头往地上切，做砍头一样的动作，瞬间，一大块草皮飞起来，被斩首的草粘在铁竿头上，绿色的黏液像血。敏感如我，常有种心悸的感觉。

烈日炎炎下，她终年被修剪得很浅的草皮根本无法为自己遮阴保水。

夜来临时，在她伤口上撒盐的，是大量的农药、化肥、除杂草剂、杀虫剂、杀菌剂等等。

我爱高尔夫，这几乎是我这个懒人唯一喜欢的运动，缘于我身边的家人朋友很多是高球痴迷者，更缘于那种空旷无人、满眼绿意、云淡风轻的心旷神怡。其实，高尔夫并非人们说的贵族运动，在发达国家，高尔夫球场中很大一部分是公共球场，打一场的费用相当于我们打一场乒乓球的费用。而在国内，高尔夫球一般采用会员制，球场少，服务项目周全，比如外国人自己背着球包打，中国人往往开着球车带着球童，费用就相对高一些。但是，如果买了会籍（这个钱相当于投资），打一次，大概三五百元左右，花钱买健康，倒是远比暴饮暴食、喝酒抽烟或去娱乐场所熬夜来得划算。

我还爱这项运动的讲规则、重礼让，比如，必须要穿有领子的衣服,别人发球或推杆时,要保持安静,果岭上不能踩别人的球线等等。

更重要的是,高尔夫运动,会让你不由自主慢下来,静下来,18个洞的起起伏伏,就像在走自己的人生路。你没有对手,唯一的对手就是你自己,急功近利是大忌,短暂的领先、一时的落后都不意味着全盘的输赢。只要老老实实走好每一步,挥好每一杆,很多事会离你很远,心会特别安静。而收获就在这平淡的一步一步、一杆一杆里。

三五球友,重在开心聚会而非较量,像我等女球友们,更是属于"比较有天分,比较不勤奋",吃东西,闲聊,吹风,有时还拍拍照,球打得起来"很高兴",打不起来也"很愉快",打球是其次,重在那份放松的心情。

我爱,所以我纠结。我纠结于一个球场对生态到底有多大伤害,更纠结于亲手挥起的每一杆,让这块地有多痛。

林清玄在一篇文章里说,从前,有一位名叫龙树的圣者,修行得道,没有外力可以杀死他。但他曾经无心地斩杀过一片青草,这个恶业还没有报。有一天,一群土匪捉住了他,用刀怎么也砍不死他。龙树就说:"你抓一把青草放在我的颈上,才能将我杀死。"果然。

我们不一定相信斩杀一片青草会有业报,也做不到佛经上说的"蹈地常恐地痛"的"睒子"那样至孝仁慈、奉行十善。假如草知道痛,地知道痛,难道水不知道痛?稻穗被割下来不知道痛?苹果被咬不知道痛?牲畜被杀不知道痛?但我们不吃不喝,又怎么活下去呢?

我们能做到的,是心怀细微的慈悲,尽量爱护大地上的一切,包括大地上那一块更痛的地——人心。

高尔夫球场的地,痛,却光鲜亮丽着,看似高贵着。而人心这块地,每天被现实锄上几次,便胜过那几万次,无形的伤口,无法言说的痛,无处可逃的黑。卑微着,低贱着,麻木着,祈求着:"哦,轻点。"

蛛　网

烈日，十字路口，八车道，纵横交错，像一张反着光的巨网。我开车，艰难地爬在网上。

车流滚滚中，一个穿戴整齐的农村妇女，肩上斜挎一只大包，脚下堆着巨大的编织袋行李，茫然失措，显然她刚离开老家，被某辆外地车扔在大马路上。她身旁的路边花坛里，小花开得统一而热烈，怡然自得，和她形成了强烈的反差。这些和她一样来自乡间某处的小花，已然适应了城市的秩序。

目光收回的时候，忽然发现，车子的左后视镜上，居然结了一张小小的蜘蛛网，一只幼嫩的白色蜘蛛，正在烈日下慌乱地爬着。

它的"老家"应该在小区的地下车库，不见天日，食物丰富，自由自在，海阔天空。后视镜显然不适合结网，烈日下的大马路，对人都是炼狱，何况它。它想躲藏，无处躲藏，离网越来越远，那是它的命，根本所在。我估计，过一会儿，它不是被巨大的车流卷走，就是被晒死了。

红灯亮了，车子碰巧停到了树荫下，点点细碎的阳光从树叶间漏下来，变得温和而湿润，一瞬间，我和它一起回到了森林，它在它最初的老家，忽然变得安静。

可是，假象瞬间涣散，绿灯亮了，车动了，它又惶恐不安，四处爬动。

单位快到了。小小的慈悲心，让我很想将车停到一个浓荫处，让它能从后视镜上下来，摸到最近的哪一棵树，安家。我不敢捉它，它太纤细幼嫩了，手指一接触，必伤无疑。可是，停车位都难找，何况树荫下的。运气还算好，停到了一个背阳的地方。我祝福它挺住，等我下班，将它带回它的"老家"。

上楼，打开电脑，我将自己挂到了网络上。如同这个城市无数人一样，生活，就是从一张网到另一张网。

终于到下班时间，发现它居然还活着。在后视镜的另一处，结了另一团丝。车子停到小区地下车库时，我心说，兄弟，到家了，下来吧，别错过机会了。

可是，第二天早晨，它还在。我伸出手指碰了碰，它机灵地爬到一边。不知是我运气好还是它运气好，又找到了背阳处的停车位。上楼打开电脑挂到网上时，发现朋友的新日记："乘地铁吧，电梯垮了。坐动车吧，追尾了。坐客车吧，起火烧了。吃点肉吧，八戒比唐僧贵了。看篮球吧，姚明退了。看足球吧，老挝都进咱俩了。捐个款吧,钱都买玛莎拉蒂了。买个股吧,暴跌了!总结:日子木法过了!"

我对那只蜘蛛的"可怜"一下子变成了"同情"。

第三天,它依然在,并且个子大了点,像是饱餐了一顿。也许,它比我想象的强悍得多?

这时我发现,我的车实在太脏了,况且结着两处蜘蛛网,让人笑话。必须洗车了。

在我对它的感情从"可怜"上升到"同情"时,我们俨然是惺惺相惜的同类,如同温水里的青蛙一样,如同一条绳子上的蚂蚱一样,如同这城市里每天挂在网上的人们一样。什么样的生态,都得撑下去。

可是,此时,它与我产生了利益冲突,当这个命题一成立,我们瞬间化为对立面。我轻描淡写地对它说"no"。

就像,我们爱美丽的植物,可爱的动物。可是——鸡、鸭、鱼、肉、菜,我们必须吃,否则无法生存;鱼翅、猴脑,我们也要吃,否则,我们的某些欲望得不到满足,某种优越感得不到体现,很难受。

就像,我们爱他们,他们爱我们,可是,谁不比别人领先,谁不比别人优越,谁就很难受。于是,倾轧,造假,掠夺,战争,残杀……人类诞生起,比任何动植物都更自私、更贪婪的特质,让我们终日攀爬在烈日炎炎下的巨网上,离温暖湿润的"老家"越来越远。

此时,后视镜上的蜘蛛还健在,但我知道,今天它回不了家了,等待它的,是洗车场无情的水枪。

面 天

午后,我换了一个和世界相处的姿势——将废旧的遮光布铺在草地上,仰躺下来,脸百分百正对着蓝天。

一下子,繁杂的一切消失了。

天笑着,太阳像雪白的牙齿,闪闪发亮。天以春日最美好的阳光吻我。

这是与平日截然不同的姿势和角度——平日里,每个白天,我们直立奔波,保持着伸手的姿势,做事的姿势,表达的姿势,拥抱的姿势,拒绝的姿势。双眼一睁开,是天花板,一起身,满目皆是环境——高楼、马路、人群、物件、事情,让人厌烦。而天在头顶,没空仰面看它,地在脚下,没空光脚走走。天与地,离我们都特别远,而我们已习以为常。每个夜晚,终于有空躺下来了,十二点前,视线里是电视节目、电脑荧屏、书,十二点后,视线里是天花板、吊灯,然后,是沉重的眼皮,然后是梦或无梦。

而此刻,只是换了一个姿势而已,90度角的变化,怎么世界一下子会这么简单干净?

在阳光的热吻中,上下眼皮缠绵着不愿分开。身体四周渐渐升腾起一种暖暖的困意,将我慢慢托举到了离地一米的空间。

离地一米,是错觉,却是彼时真切的感觉。我像被裹在透明的一米见方的暖流里。

耳里都是寂静,只有一两声鸟叫。停一阵,过一会又有。我想起,就在我身子左边那棵大柳树的上面,柳枝正吐着金子般、花苞般的嫩芽。以前,我从未花那么长时间细看。

风声在我盖在脸上的书页间游走,蚕丝般绵柔,像在替我翻看帕慕克小说的结局,一页一页翻过去,又反个方向,回味无穷般一页页翻回来,油墨的香味,青草的香味,都在风的方向和声音里,轮番在我鼻翼间游动。

光——我眯着的眼,是能感觉到光的,随着风向的不同,左眼皮上的光变暗了,说明风把书页翻到这边来了,一会儿又浅了,右眼感觉到的光自然暗了。而有时,会忽然特别亮,那是风把书吹歪了漏进来的阳光。这玄幻般的光,让人回想起从前的某个午后,或是时光远处的未来,总之,想起的,都是美好的人或事。

人声本是繁杂的,但此时,像隔了一层什么,变成了低语。

路过小区里的人，或是老夫妻，或是保姆带着孩子，碰到另一个带着孩子的保姆，随便几声闲聊，近了，又远了，非常清晰，但内容模糊，像一个个平实散淡的日子。

忽然，掌心里一阵湿软。是小狗塔塔。怕它和娃娃跑远，我把它俩的狗绳子拴在一起，既能自由跑动，又不会跑丢。它们跑开一会儿，就会回来，窝到我身边，把结实的、热乎乎的身子随便歪在我臂弯里，膝盖旁。有好一阵，我的膝盖被娃娃细弱的前脚一直踩着。平时，我从未和它们这么亲近，我从不抱它们，更不要说让它们上沙发上床，总是居高临下地俯视它们，高兴了赏它们点吃的。可此时，我仰视着它们，忽然发现，塔塔的瞳孔，居然和我的一样，是棕黄色的，透着无比的天真忠诚！而它们那湿润的鼻尖像精雕细琢般的工艺品那么美。它们像孩子一样没心没肺地窝在我身旁。而我的女儿，正将衣服帽子扣在头上，戴着耳机，顾自静静看书。

我打了个盹，感觉一股凉意从背上慢慢渗透，想是多雨时节草地积聚已久的湿气吧，但我一动不动，我喜欢这久违的地气，也许它对身体并不好。

似梦非梦的时候，世界大概离我五米远，它变得无比陌生、新鲜、美妙。我知道，所有让我们厌烦的一切都在，只是因为换了一个和它相处的姿势而看不见而已。但因此，我看到了它被惯常角度所不见的种种美好。

一位作家在创作谈里说"生活就像强奸，不能反抗的时候就享受吧。"我很震撼，可是，又敬佩这黑色幽默，以及对人世多么透彻的洞察。

  我心里有个声音在东施效颦:"生活就像做爱,厌烦的时候就换个姿势吧。"就像此刻,世界给我种种惊喜,并让我重新爱上它。

天 泪

每次,一拧开水龙头,清澈的水流会瞬间将我心里一种罪恶感冲浮上来。

源于我几年前看的一个纪录片。中国西部偏远地区,两个七八岁的孩子,每天要走十里地,从一个小水洼里挑回大半桶浑浊的泥水,维持一个家一天的用度。路上再渴,他们都舍不得喝。仅仅是大半桶浑浊的泥水!

当他们被电视台记者带到城市玩,他们手里的矿泉水瓶总是满满的。问为什么,他们笑着说,舍不得喝,要带回家。

无法想象,如果看到城市里的我们,怎样挥霍着他们的"舍不得",他们的眼眸里,会有怎样的神情?小小的心会受到怎样的震荡?

也是一个纪录片。在"地球最后的净土"马达加斯加岛上，一个黑人小伙带记者去看一棵猴面包树。这棵树在他很小的时候，就被家人在硕大的树干上挖了一个方洞口，难得下雨时，他们就把水存进猴面包树，干旱季节时，他们用树枝做成梯子爬上去，用桶将水吊上来，像从井里提水一样，饮用，喂牲畜，洗涤。

提上来的，是一桶浑浊的黄水。在树洞里存了那么久，不知道有没有腐败。然而，在他们眼里，却仿佛最美的琼浆。黑人小伙就着桶喝了几口，坐在马车上的黑人小女孩抿了抿嘴，看上去很想喝，但不好意思。小伙就拿起勺子舀了一大勺递给她，她接过去，一笑，但只喝了两口，似乎特别满足的样子，递了回来。水被重新倒回桶里。

黑人小伙说，这是他们一家最宝贵的财产，是维系一个家庭生计的全部。他日夜守护着这棵树，如果树死了，一到干旱季节，他们全家就完了，是"活不下去"的"完了"。女孩又笑了，雪白的牙齿看上去特别灿烂，也让人无比心酸。

那年，在延安乡下，看到一对骑自行车赶路的年轻夫妻，滚滚黄土像云朵一样在他们车轮下一路翻滚。男人明显年轻的脸上却沟壑纵横，不停地说着什么，女人用头巾蒙着整个头，只露出一双笑意盈盈的小眼睛。在他们身后，是看不到边的黄土地，看不到头的黄土路。没有一点绿色，一丝水的痕迹。

我记得当时想，这么灰头土脸的，多脏啊，他们每天洗澡的水到哪儿弄呢？现在想来，是多么无知可笑。

生在江南，长在福地，是多么幸运。不说江南，就是离大漠戈壁远一点，离穷乡僻壤远一点，有够用的水，也算幸运。每天有澡洗，不仅幸运，而且奢侈了。有位年轻港台明星，是很多孩子的偶像，性感而神秘，然而，有一天，他居然公开说，有人倡导洗澡时顺便解决小便问题，也是环保，能节约点水就节约点，他就照着这么做了，一直如此。说时，他脸上没有半点不好意思，也半点不计较是否影响他在粉丝心目中的神秘形象。

有轻微洁癖的我，几时离得开水呢？有什么办法能少用点水呢？只能拧开水龙头时，小心点，让水流小一点，再小一点。

一滴春雨落进眼里，冰冷。每一个春天，都仍有秋的萧索冬的寒意徘徊，就像美丽地球上总有苦难的影子徘徊。天若有情，不会漠视任何一地任何一人的苦难。但多少苦难的人，却不是靠天，而是在靠自己快乐着，像西北坡的两个孩子，马达加斯加的黑人小伙和小女孩，延安乡下的年轻夫妻。

就想，也许，那些地方那些人把痛苦赶上了天空，化作了云，飘到我们这儿，化作雨落下来，变成水？

假如，每时每刻记着，每一滴水，都是他人的泪，会不会更敬畏？更珍惜？

身在福中不知福的人，每天带一点罪恶感活着，是不是更好？这样，便不会什么都理所当然，什么都无所谓，便会懂感恩。如果不珍惜自己，不好好过日子，怎么对得起老天的偏爱？如果不珍惜他人珍惜自然，怎么对得起老天的厚爱？

初春的空宇飘过一首歌:"这佛光闪闪的高原,三步两步便是天堂,却仍有那么多人因心事过重,而走不动。"

我想,心思过轻,也会飞不上天堂。

冷 爱

母亲带女儿逛服装市场,与摊主讨价还价。女儿说:"不要还了,买下吧,人家赚钱也不容易。"

母亲欲言又止,掏钱买下。其实,朋友告诉过她,这儿的衣服,至少还价两倍以上。但她不想打击女儿的善意,让她觉得自己俗,世故。

母亲身体不舒服,还是硬着头皮去机场接女儿和她的女同学。女同学是北京人,她俩一起在美国读书,一起租住。女儿什么家务都会做,女同学却什么都不会。女儿像个保姆一样照顾她,包括,帮她修门锁。

为了接这个同学,女儿自己一个人从老家坐长途车先赶到机场,等了三个小时,然后,叫母亲开车去机场接她们。

"你不累吗?"母亲心疼极了。

"不累不累。"

母亲说:"咱们去吃海鲜吧,你好久没吃了。"

女儿说:"她喜欢吃辣。我们去吃沸腾鱼吧。"

"你不是上火吗?"

"没关系。"

母亲和日理万机的父亲,一起陪她俩玩。玩的、吃的,都是女儿以前玩过的,吃过的。父母无微不至地照顾她,她却无微不至地照顾着女同学。然后,女儿还要父母开车送她们去一个小县城,做公益,献爱心。

父母累坏了,心也开始隐隐疼起来。父母心疼着她,她却心疼着别人。

女儿大概察觉了,悄悄说:"她很可怜的,从小父母离异,只有爷爷奶奶带着她。你看,她现在多开心。"

母亲安慰自己,女儿真善良,况且,难得回来,只要她开心就好。于是仍然乐颠颠地载着她俩,花了很多时间,很多钱。

女儿似乎并不知道,父母赚钱,也是不容易的,也是需要心疼的。

想起,当年高考那几天,母亲给她送饭菜,所有碗筷都要用滚水烫一遍才敢给她用,手烫出了泡。送到学校前,把每道菜都先夹点出来,试吃一下。但女儿一吃完,就催她快走快走,不要影响和她同住的同学午休。

高考结束那天上午,她走了好远的路,给女儿买了一束鲜花,满头大汗地伏在脏兮兮的花架上,写祝愿卡,希望给女儿惊喜。为了让女儿一出校门就能看见自己,她执意提前下了空调车,去校门口晒着太阳等女儿。女儿不知道。看到母亲和一大束花,害羞了,不愿意拿,说"不要不要"。

女儿是班干部,主动承担了帮全班同学准备毕业典礼小礼物的任务。可她一个人,怎么拿得动呢?母亲只好不顾上司的白眼请了假,载着她,跑东跑西。

终于放假了,女儿和同学们约好出去旅游,又揽下了给大家垫钱买机票的任务,然后,把这个任务,转交给了已经忙得不可开交的母亲。

母亲的心又隐隐疼起来。女儿怎么就不知道心疼一下家里人呢?难道,父母是自己人,就该毫不客气?即使无意伤了,也伤得起?

有一天,女儿突然说:"妈妈,高考那几天,我看到新浪上一个新闻,一个妈妈送女儿考试,被车撞了。那几天,我好担心你。"

母亲的泪一下子涌了上来。

怎么能怪女儿呢?女儿还小,还不懂。在她眼里,父母是万能的,这也是他们多年宠爱的结果。不管怎样,她是善良的,是想对别人好的,这又有什么错呢?难道,让她自私一点,少一点爱心?

这个女儿,是很多女儿或儿子。这个母亲,是很多母亲。

这世上,总有一些"狗拿耗子"的热心人,不是伤了猫的心，而是，伤了最亲近的人的心。

曾经有一个杭州男人，业余时间为过路人义务修自行车，每天深夜才回家，修了整整二十年。人人都说他好，他也很满足。可他的妻子，独自操劳着一个个空洞无趣的日子，夜夜苦等。

一个农村男人，举债八万，买来各种杂志书籍，要自办一个乡村图书馆，免费为村民们服务。儿子女儿为此辍学，妻子要和他离婚，村里并没有人帮他，说他好。但他还是坚持。

一个刚刚怀孕的女人，得知自己领养的弃儿患了白血病，为了救他，偷偷瞒着丈夫，去做了流产。丈夫实在无法接受，选择离婚。一个家就散了。

这样的为外人想、让亲者痛，比比皆是。

就像，我们常常很难理解，为什么，我们自己还有孩子吃不饱饭、上不起学，为什么还要借钱给富得流油的他国，援助动不动挑衅我们的邻居？人家又不一定说我们好。

有时，爱并不总是柔情似水，温暖如春，它也会结成冰，变成匕首，伤到至亲至爱的人。可是，这份"冷"爱，好比玫瑰，花朵那么美，谁能在意刺呢？

细　雪

2016年小雪前一天，北京下了立冬后的第一场雪，我是在朋友圈里看到的。天光尚早，发朋友圈的文友已经抵达单位，路灯昏黄，细雪微亮。以前，我不太会关注一场遥远北国的雪，而最近每天都会留意那里的天气，仿佛每天留意住着父母的故乡。因为，再过几天，我就要去那里赴一场约会，一场盛大的、文学的约会，我一定也会见到她，在北京的第一场细雪中且行且拍的那位文友，"一言不合"就来个"熊抱"。

文学与细雪，于我，似乎有着宿命的关联。未谙世事时，始读《红楼梦》里的雪，《诗经》里的雪，唐诗宋词里的雪，再后来，读川端康成的雪，鲁迅的雪，雨果的雪……一个大学同学从我书架上拿走再也没还的《百年孤独》……一位文友在北京某广场递给我一本翻得破旧不堪的《莫里亚克小说选》……雪夜捧读厚厚的《追忆逝水流年》手腕隐隐的酸痛……故乡海岛上的一个院落,一棵桂花树,一场细雪,一阵我母亲痴迷的梵音和钟声,通往学校的雪地里父亲又高又瘦的背影……这一切,以及骨子里的孤独、自由、散淡,让我在多年后成为了文学界的一名散兵。没有章法,没有拘束,我只写我心里的文字,它们都是与我血肉相连的孩子。这些孩子,像随处飞扬的细雪,抵达世界上的一些角落,遇到了一些和我一样散淡或者不散淡的人,他们说喜欢这些文字,于是,我把这些认识或不认识的人,当作了我这些孩子的亲人。30年了,孩子已然长大,从叶文玲的"山水有清音",到莫言的"寂寞为文女儿心",到张抗抗的"沧桑的梦与痛",到阎晶明的"在极致处寻求新变",到孟繁华的"休提纤手不胜兵,执笔便下风华日"……我的恩师们,如一盏盏明灯,照亮我一路蹒跚的文学路,照见我一路慢慢找到了真正的自己——如果说,我有文学的观念,那就是:守"赤子初心",信"万物有灵"。如果说,我有文字的野心,那就是:游勇散兵,亦是千军万马。

三年前,鲁迅文学院的一场细雪、两个月的读书时光,又一次在我的文学梦里亮起了一盏明灯。抵达北京的第二天,柳树已经在春光里发芽,却不期而遇了北京的最后一场春雪,扫地的阿姨说,十几年没见过这么漂亮的雪了。那个清晨,世界通体透亮,鲁迅文学院变得恰似我梦中神圣的殿堂。走出大厅,屋檐上突然掉下一团轻软的积雪,正好落在我头上,被一个男同学抓拍到了。站在雪地里,听着鲁19同学们的欢声笑语,我突然觉得,我不再是一个注定孤独的散兵了。两个月的时光里,我一次次审视自己以往的文字,一次次思考这次高研班的主题——作家的使命与职责,写下了《喜鹊鸽子种珊瑚》——我无法像南太平洋种珊瑚的人一样潜入海底,将珊瑚幼苗种到礁石里使海底生态得以恢复平衡,但我是一个写作者,那就种点文字吧?什么样的文字呢?不是审美怡情的小花小草,不是温吞水,而是苦药、手术刀、解剖刀,是警钟、号角、火炬,是任重道远、有使命、有担当的鸽子。

我一直认为,文学作品剖析鞭挞人性恶是深刻,而记录传播人性美,亦是深刻。当牢骚、怨言、吐槽如同雾霾一样笼罩时,需要光,需要正能量的有力弘扬。人是一种接受暗示的动物,人性之美,放大给谁看,谁就会接受暗示,他会变得更好,这个世界也会变得更好。只要我的文字,能照见人世间某些个蝴蝶翅膀般细微的角落,将某个人的内心煸得光亮一点点,那我的写作就是有意义的。

于是,就有了书写三十个平凡人涅槃于疼痛生活的人性之美的非虚构文学《守梦人》,有了书写器官捐献协调员故事的《执灯人》,有了书写平凡治水人不平凡故事的《溪的美,鱼知道》,有了被翻译成六国语言的书写医者仁心的《森林之歌》,也有了中国故事奖、丰子恺散文奖金奖、G20保障先进个人等等荣誉,而收获最大的,是每一次的深入采访,是对灵魂的一次洗礼。读者朋友们说:"你的文章更接地气了"。评论家们说:"从小桥流水似的美幻变为一种风骨剑气般的美","从一条河抵达大海"……每一部作品的成长,对于我自己,更大的意义在于心魂的更趋豁达、阔远，这与恩师们有关，与文友们有关，与素不相识的编辑和读者有关，与每一个被我写到的人有关，他们就是我生命里的一场场细雪，偶尔遇见，却福泽一生。

多年前，我写过一篇散文《天堂》，文学对于我就是天堂的模样："我孤独的心忽然被一缕圣洁的光照得通亮，高高的天际传来一个未知之神的召唤！它说——坚持，再坚持，你一定能保留一个独立的精神世界，一个永不被红尘沾染的角落。从此，我在心里为它树起了一个神圣的祭坛，在任何时空里，我便可以顺着星光，或者风的衣角，走进一个无比平和安宁的世界……一个人，拥有了如此富有而瑰丽的精神世界，她便拥有了整个天堂。"

再过几天，会有一场来自天堂的细雪在北国迎接我们吗？不管有没有，2016年的冬天注定难忘。期待已久的盛会（中国作家协会第九届全国代表大会），会让很多曾经孤独或依旧孤独的心灵齐聚一堂，一个点头一个微笑，便已灵犀相通。一定会见到我的恩师们、老朋友们，也暗暗期待与某某或某某某新朋友一见如故；一定会看到一些特别让人尊敬的面孔，聆听到一些震撼内心的声音，会有闪电在夜深人静的脑海里噼里啪啦作响，会惊觉自己的文学梦可以飞得更远而无关名利……不知道还会发生些什么，收获些什么，但有一个声音告诉我：你去往那里，不是去，而是归，是回到故乡，回到家，回到一个你渴望了很久很久的怀抱。

第三辑 水下六米的凝望

在我长久的凝望中,这只鸟渐渐活了,飞离了我的视线,飞回了湘湖的一月,那个懂得节制与蕴藏的季节。我想,当我凝望着它,它也一直在凝望着我,如同水下六米处的它们和他们,千百年来也一直在默默凝望着我们,用无声的语言警示着每一片离根太远的叶子——独木舟,水稻,骨针,玉璜,以及我们从未谋面的祖先。

水下六米的凝望

　　一只飞鸟俯瞰南中国,看见一条江从杭州穿城而过,江的北面有一个湖,是它熟悉的西湖,江的南岸也有一个湖,是它从未去过的湘湖。它想了想,飞向了那片陌生的水域,轻轻落在水中央一棵清瘦的柳树上,看见了湖中自己同样清瘦的倒影。

　　这是一月的湘湖,讲述着完全不同于其他地方、其他季节的故事。一月,是一年里最深沉的月份,大地上的一切已经结束,一切尚未开始。这个被雨雾笼罩的上午,万籁俱寂,飞鸟的身影落在湖里,没有惊起一丝涟漪,脚爪落在柳枝上,没有惊动其他任何一只鸟。

　　一切仿佛睡着了。睡意蒙眬中,它听见不远处传来一阵水声,然后传来船夫的一句话:"这么个下雨天,雾又大,老人家还是回家待着好。"

老人家,是我年近耄耋的父母,从老家来看我和弟弟。他们常来杭州,已经把西湖看厌了。我想起仅一桥之隔却从未去过的湘湖,便带他们来了。

船窗前的父亲,久久凝视着上午十点冬天的湘湖,没有侧过脸来,只听得见他的声音:"我见过的景色里,最像水墨画的,甚至比水墨画更美的,就是这里了。"

母亲说,是啊。

我也说,是啊。

是真的。

一月的湘湖,就是父亲小时候教过我的那种留白很多的写意山水和花鸟画。花格船窗将天地框进一个天然的画框,雨雾如磨墨般,将天、地、水、物磨成了浓墨、淡墨,或更淡的墨,比烟还淡。浓的,是一座拱桥,一段堤坝,一群飞鸟或一群栖息的鸟;淡的,是远处一片枯干的芦苇,三两棵垂柳,或一座亭子的倒影;白的,是天空,水,雾。寥寥的几点黑,大片的浅灰和白,在船静静的前行里,泼洒,勾勒。极静,极美。

一切都显得那么清瘦、紧致,透着内里的某种节制。

我用手机记下了几幅画。第一幅是一大片白雾迷蒙的水域,右边一棵无叶的垂柳,栖息着很多一动不动的水鸟,如被岁月催眠的一棵树上结满了永远不会掉落的果实。树的确是睡着了,明年春天才会醒来,鸟暂时睡着了,它们醒来时,会像一盏盏灯亮起来,照亮着树,继续哄着它睡。雾和雨,也达成某种默契，为它们盖上了薄被，于是，一月的湘湖的上午十点，像深夜般静谧。

第二幅，是从船头的玻璃窗往外看。雨滴在玻璃上，晕染出迷离的前景，雨滴里，一座拱桥越来越近，桥上两个打伞的人也越行越近，然后交错，然后又渐渐分开。两个陌生人，在另一个陌生人的镜头里的一滴雨中相遇，又分离。我不知道他们是除我们之外仅有的两个游人，还是园区的工作人员？他们也不知道，桥下缓缓驶来的画舫里，只坐了三个游人，一对年近耄耋的父母，一个年近半百的女儿。船穿过桥洞，我们彼此也越行越远。他们亦不知道，自己交错的身影会被一个陌生人永远留在镜头里，记忆深处。

第三幅画的格调，有大漠孤烟的味道。主角离我很远，是十几棵静立水中的水杉，在如镜的湖里，每一棵树的倒影仍然是笔直的，且是独立的，整个画面干净到苍凉。然而，我看到了水下的秘密：它们看似互不相干，但它们的根在水里相握相缠，不动声色，不分开，像一些美好的感情。

每一个细节，都是一幅画，无数个细节构成的湘湖，美得让我们三个人哑口无言。

我将镜头转向父母时，他们像醒了般转过脸来，发出了一致的感慨。父亲说，萧山离杭州这么近，居然有这么美的地方，我们以前怎么不知道呢？

他说的，也是我想说的。

还有一句话我想了想，没有说出来。父母和我，都去过世界上不少地方，却很少有什么地方，是我们仨一起去的。我也带他们一起去过几个地方，但没有哪一片美景哪一个时刻像今天这样，没有预谋，没有喧闹，没有他人，没有五颜六色，也无关文化，只有我们仨，只属于我们仨。

即使让我任意想象一个属于我们仨的最美的梦，也不会比此时此刻更美吧？

四个月后，当我和一群文友又一次来到湘湖，我发现，初夏的湘湖，讲述着与一月完全不同的故事。

一月清瘦的湘湖此刻已显丰满，处处是尚未老去的绿意，明净的湖面在阳光下显得光鲜亮丽。而我的父母，早已回到老家，过了一个春节后，他们又老了一岁。当我聆听着与湘湖有关的历史文化，当我站在湘湖水下六米处与八千年前的独木舟对视，我忽然想起，我和父母来时，并没有真正进入湘湖的深处。我们不知道写《回乡偶书》的贺知章就是这里人，八千年跨湖桥文化遗址就在脚下，我们也不知道，船行走在静静的湖面上时，水下六米处正躺着一艘远古先民留下的独木舟，将古老的浙江文明史又往前推了一千年。

独木舟与我隔着一面玻璃，我的身影与它、与灯光、与周遭的一切叠映在一起，古老先民一个个鲜活的生活场景在屏幕般的玻璃上一一闪现。我困惑八千年前的那根骨针，是用什么工具钻的针眼？半根空心的玉璜，用什么钻的孔？我们最初的祖先，到底来自哪里？但不知为什么，我想得更多的，依然是我的父母，我自己的故乡，我的根。

故乡在海岛玉环，父母留恋家乡的小院和亲朋，偶尔来杭州或者去北京姐姐家小住。我每次回老家，都有一种越来越深的恐惧：他们百年之后，我还会踏进那个再也没有他们的院落吗？"少小离家老大回，乡音无改鬓毛衰。儿童相见不相识，笑问客从何处来。"公元744年，八十六岁的贺知章告老返回故乡越州永兴（今杭州萧山）时，距他中年离乡已有五十多个年头了。这是为什么呢？假如父母在世，他怎么可能不回来？无论何种原因，这些含笑的诗句背后一定是怆然。

叶落归根，根在哪儿？中国的村庄里，如今住着的绝大多数是老人和孩子，多年以后，老人们都不在了，还会有人回去吗？还有几个人会寻根问祖？更多年以后，当我回到老家，还会有儿童"笑问客从何处来"吗？地理上的根都不在了，灵魂深处的根还会在吗？

八千年前的独木舟，静静躺在水下六米，棕黑色的原木，已没有亮光。远古的先民，曾经乘着它去过很多地方，把古老的文明带到了比我们想象更远的地方，比如南太平洋，比如大溪地。这是真的。更让人惊奇的是，2010年夏天，有人从遥远的南太平洋，如他们的祖先一样乘着一艘独木舟，沿着五万年前祖先的原始迁移路线重返本源——中国南方海边，来寻找他们的根。6名船员，有航海家、水手，也有人类学家、动植物学家。独木舟经由阿瓦鲁阿、纽埃、汤加、斐济、瓦努阿图、圣克鲁斯群岛、所罗门群岛、巴布亚新几内亚、印度尼西亚、菲律宾、台湾，最终抵达上海。整整1.6万海里的艰苦旅途中，他们上岛添购食物、淡水、水果，也在大海里捕捞、生吃海鱼，最后两天，一点食物都没有了，每人只有一小瓶水维持生命。他们与近十米的惊涛骇浪搏斗，看海豚们在独木舟前方带路，任不知名的海鸟停在胳膊上……最后，他们来到了这里，水下六米深处——这一条独木舟前，他们的"根"之前。

"当他们看到独木舟时，眼睛都放光了，太惊喜了。"博物馆的人说。

真想亲眼看看这些用生命来寻根的人。他们想要寻找的，其实并不仅仅是这一艘独木舟，而是在灵魂深处，每一个人都正在失落却又拼命想要寻回的东西。

从水下六米处出来，我在湖边遇见了一只鸟。它栖息在一块石牌坊上，是雕刻的，有着优美的体态和姿势，翅膀如飘带卷起。它是湘湖先民的图腾。我相信它就是湘湖的灵魂，这一片水域因为一直住着它，才能这么静美。在我长久的凝望中，这只鸟渐渐活了，飞离了我的视线，飞回了湘湖的一月，那个懂得节制与蕴藏的季节。我想，当我凝望着它，它也一直在凝望着我，如同水下六米处的它们和他们，千百年来也一直在默默凝望着我们，用无声的语言警示着每一片离根太远的叶子——独木舟，水稻，骨针，玉璜，以及湘湖本身，以及我们从未谋面的祖先。

一钩新月天如水

桐乡石门镇,缘缘堂。初冬,上午十点。我坐在一楼厅堂的木椅上,等待他们的脚步声在楼梯响起。

我将手肘支在方桌上,将身体舒展成他穿棉袍时的闲适样子,将目光模仿成他的目光望出去,望见了江南初冬依然绿影婆娑的院子,绿影婆娑的时光深处慢慢浮现了一些声音和画面——春天里两株开满花的重瓣桃下,跑过几只小鸡,有燕子呢喃;夏日午后门外传来货郎的叫卖声,傍晚的芭蕉树下,摆起了客人小酌的桌子;花坛边洋瓷面盆里游着一群蝌蚪;秋夜各个房陇亮着夜读的灯;冬天炭炉上的普洱茶,廊下的一堆芋头,屋角的两瓮新米酒,火炉上烘着的年糕,都散发着袅袅香气……我听见他的笑声混在孩子们的笑声里,如同大提琴混在童声合唱里,忽然,笑声听起来有点吃力，是他在太阳底下吃冬舂米饭出汗解了衣裳，正从秋千上抱下老三或老四，说，在面盆里，小蝌蚪永远不会长成青蛙的，来，我们送它们回家！

这些场景，是他——缘缘堂的主人——中国漫画之父、现代著名画家、文学家、教育家丰子恺先生（1898-1975）漫画里的场景，也是他《缘缘堂随笔》里真实的生活场景。京杭大运河在浙江桐乡石门镇形成一个120度的大湾折向东北，栖息在转角旁一幢坐北朝南、雅洁幽静的宅院，就是缘缘堂——丰子恺曾经的现实家园和精神乐园。

我将目光收回，落到了桌面隐隐发亮的木纹理上，肘关节与桌面接触的一小片肌肤上，有一丝隐隐的温暖。这是错觉，错觉还牵引着我闻到了他略带烟味的呼吸，一个高鼻亮眸、眼神睿智、端庄平和的白发美髯公立在了我的眼前，寒风轻拂着他的长髯，他身穿黑棉长袍，头戴黑棉帽，棉帽上趴着一只黑白色小猫。

民国大师无数，而丰子恺是公认的、难得的一位人格健全、德才兼备的艺术家、教育家。沿着他一生的脉络探寻，你会发现，他是一个在爱与慈悲里成长的幸运儿。丰子恺出生于一个有染坊有良田、有六个姐姐、对男婴望眼欲穿的大户人家。阳光雨露没有宠坏那个叫"丰仁"的孩子，反使他成长为知书达理、谦恭好学的十六岁少年，入读浙江省立第一师范学校后，正式更名为丰子恺，也遇到了生命里如父、如母的两位大先生——图画与音乐老师李叔同（弘一法师）、国文老师夏丏尊，他们之间长达一生、直抵灵魂的情缘，给了他最为深远的影响。他的婚姻虽是媒妁之言，夫妻竟一生恩爱、生死相随，育有七个子女。这一切因缘，造就了他"光风霁月"般的完美人格。在同时代挚友们的记忆里，他的人、画是这样的：

与他相识于1924年的巴金说他是"一个与世无争、无所不爱的人，一颗纯洁无垢的孩子的心"。

叶圣陶说"子恺的画开辟了一种新的境界"，"有非凡的能力把瞬间的感受抓住"。

郑振铎说自己为丰子恺所"征服"。第一次见面，"他的面貌清秀而恳挚，他的态度很谦恭，却不会说什么客套话"。

朱光潜在《丰子恺的人品和画品》里说："最喜欢子恺那一副面红耳热，雍容恬静，一团和气的风度……而事情都不比旁人做得少"，"他老是那样浑然本色，无忧无嗔，无世故气，亦无矜持气"。

丰子恺的画，全是身边平凡事，如姐姐缝衣，弟弟上学，大人醉酒，娃娃捉迷藏，燕子做窝，蚂蚁搬家，儿子瞻瞻用两个蒲扇当自行车骑，也有描绘将一个个孩子从同一个模子里刻出来的《教育》等针砭时弊的题材。人间万物，在他的笔下是小可爱、小情趣，又是大悲悯、大气象，深得人心。

他的代表作《人散后，一钩新月天如水》仿佛就是他人画合一的写照：简洁，平和，澄静，深邃，阔远。

我听见了楼上脚步的移动。和我一起来参观的中外文友们，与我刚才一样正瞻仰他的卧室和书房，当目光一一抚过他500余件遗物、180幅遗作时，一定也会抚过他书桌上那只旧烟斗，会闻到他来自1927年初秋略带烟味的呼吸。

1927年初秋，29岁留日归来在上海教书的丰子恺恳请李叔同为寓所起名。李叔同让他在小方纸上写上许多他喜欢而又能互相搭配的字，团成小纸球撒在释迦牟尼画像前的供桌上抓阄。奇妙的是，丰子恺两次都抓到了"缘"字，便取名"缘缘堂"。后来无论迁居哪里，他都把李叔同写的"缘缘堂"匾额挂在家里，"犹是形影相随，至于八年之久"。1933年春天，在母亲的心心念念下，丰子恺用稿费在故乡的梅纱弄里自家老屋后建好了一幢三开间砖木结构的高楼，加之前后两个小院，一个极具深沉朴素之美的缘缘堂诞生了。

搬家那天，热闹如戏场。丰子恺在《缘缘堂随笔》里充满深情地写道——"我们住新房子的欢喜与幸福，其实以此为极！"而全家人中，唯有老母亲"静静安眠在五里外的长松衰草之下，不来参加我们的欢喜。似乎知道不久将有暴力来摧毁这幸福"，"民国二十二年春日落成，以至二十六年残冬被毁，我们在缘缘堂的怀抱里的日子约有五年。现在回想这五年间的生活，处处足使我憧憬。"除了偶尔往返于沪杭等地，他大部分时间都与全家老小住在缘缘堂，完成了近20部著作。神奇的小院见证了天真烂漫如孩童、深邃如老者的一代大师生命里最幸福的时光。让人痛心疾首的是，短短五年后，幸福和缘缘堂一起，在日寇的炮火中化为乌有。

颠沛流离、九死一生，是抗战时期丰子恺一家辗转逃难于江西、湖南、广西、贵州、四川等地的写照,而一个个噩耗追随着他的脚步接踵而至——1938年1月,他在江西逃难时,缘缘堂被炮火夷为平地;1942年他在重庆避难时,"慈父"弘一法师在泉州圆寂;战争结束的次年,战乱中一直与他通信在精神上支撑着他的"慈母"夏丏尊辞世,未能见上最后一面……

头顶上一个迟疑的脚步声告诉我,有一个人和我刚才一样,将脚步停在了那张只有一米五左右长、丰子恺一直睡到去世的棕绷床前,我的心更痛了起来。新中国成立后,丰子恺受到了应有的尊重和优待,然而,他永远不会想到会经历一场十年浩劫,经受比外敌入侵还要凌厉的侮辱——被剪掉胡须,被人用滚烫的糨糊浇于背上,被批斗、劳改、折磨。

"暴力并未使他精神颓废,却使他奋起,于群小嚣嚷之中恬然自若,你批你的,我写我的!"

棕绷和其他大多遗物一样,从他上海的故居日月楼搬来。"文革"中,他因散文《阿咪》获罪,一家人住的日月楼被安置进了四五家人,丰子恺只得睡在连接阳台的走廊上,用棕绷搭个小床,棕绷太短,便在脚那头放个凳子,蜷缩着睡。小床边摆一张小方桌,就是他的书桌。无数个不眠之夜,唯有一钩新月静静陪伴一团蜷缩的身影。如此境地,他却说"天于我,相当厚"。怀着一颗赤子之心,怀着对苍生的大爱,他完成了弘一法师的遗愿、师生间灵魂的相约——历时四十七年的《护生画集》。

多年以后,在巴金的脑海里还刻印着一个画面——有一天,他去牛棚上班,看见丰子恺腋下夹了一把伞,急急地在前面走。

他没有像以前那样拄手杖了，胡子也没有了。见他安然无恙，巴金有点小高兴，想，没胡子倒显得年轻了，他倒是闯过生死关了。然而，"文革"结束的前一年，丰子恺在一家医院的急诊观察室溘然长逝。寂寥巷子里似有似无的脚步声，震痛着巴金的心，也震痛着无数后人的心。

当楼梯上响起文友们下楼的脚步声，我离开了方桌，穿过庭院，走出了这座重建的缘缘堂，立在漫画馆他的一幅照相前。再一次端详他的容貌时，有一种第一次与他真正相遇却一见如故的强烈感觉。是心性相近？是冥冥中的缘分吗？此行我因领受"全球首届丰子恺散文奖"而来，获奖文章《执灯人》便是一个关于器官捐献、爱与缘的故事。我想，这份缘，不仅是天意，还源于我与他同样的"二重人格"吗？善与爱，真性情，刚柔相济，端庄平和，是他的人生哲学，亦是我的。

关于人格，他这么说："我是一个二重人格的人。一方面是一个已近知命之年的，三男四女俱已长大的，虚伪的，冷酷的，实利的老人"，"另一方面又是一个天真的，热情的，好奇的，不通世故的孩子"，"在中国，我觉得孩子太少了。成人们大都热衷于名利，萦心于社会问题，政治问题，经济问题，实业问题……孩子们……弄得像机器人一样，失却了孩子原有的真率与趣味。长此以往，中国恐将全是大人而没有孩子，连婴孩也都是世故深通的老人了。"

时光隧道里传来的这一段话，振聋发聩。

下雨了，南方细密的寒冷让人感觉时间不是往前走，而是往深处走。1975年清明，年迈多病的丰子恺重回石门专程凭吊缘缘堂遗址，像是冥冥之中预知了这最后的告别。此刻，除了大门旁玻璃后半块烧焦的门板是原缘缘堂的唯一遗物，丝雨、墙垣、芭蕉、地上的蚂蚁、孩子们的笑声，都不是从前的了。我站在南方的冬雨里默默想，还有多少人知道缘缘堂和丰子恺？一钩新月，能护佑普天下像瞻瞻、一吟、阿宝一样天真的孩子们，来保全他们的赤子之心，健全他们的人格，成全他们也许并不辉煌、但让人尊敬的人生吗？

种满庄稼的花园

"我有一所房子

面朝大海

春暖花开"

这是诗人海子写于1989年1月13日的诗句,曾令无数人心动,铭记,包括我。

那时,海子是个男孩,他想要一所房子。那时,我是个女孩,我想要一个花园———一个长满庄稼的花园。于是,我把他的诗篡改了一下,变成这样:"我有一个花园/坐落在海边或山下/面积不用很大/能种草种花/还能种庄稼/玉米西红柿豆荚/还有各种各样的瓜/他不是农夫/我不是农妇/我们忙完工作/再忙忙庄稼/锄草施肥捉虫乘凉聊天喝茶画画/实在的庄稼每天在长大/朴素的日子每天有新绿发芽/这就是我理想的家"。

随着岁月的流逝，我渐渐淡忘了这个梦想。因为我从来没有看到谁住在一个长满庄稼的花园里，做着一个真正幸福的人。也许，庄稼和花园原本就是矛盾的，所以，拥有那样一个理想的家是不切实际的，不仅仅是买得起一个花园那么简单。

不料，时隔多年后，我却在无意中发现了一个真的曾长满庄稼的花园。

这座两层西式花园别墅位于杭州灵隐路3号，建于20世纪30年代。是它的主人亲手设计建造的。小巧玲珑的花园顺势依偎在平缓的马岭山坡上，满天明明暗暗的香樟叶，满地郁郁葱葱的萱草，错落有致地点缀着芭蕉、棕榈等花木。小楼是朴实无华的青砖黑瓦、木纹板材结构，底层用作客厅、卧室、餐厅等，二楼则全部用作画室，一张画案上摆着文房四宝和各种颜料，一张单人床靠在墙边。

三只淡黄色的蝴蝶迎上前来，无声地轻啄着我裸露在外的肌肤。一切都很安静，仿佛已在多年前进入了长眠，连同一个响彻中国艺术之林的名字——林风眠。

林风眠是我国融合中西艺术最富成就和启发性的画家之一。林风眠生于1900年，广东梅县人。他原名林凤鸣，后来自己将"鸣"改成了"眠"。17岁时，林风眠赴法留学，进入当时法国最著名的哥罗孟画室，被称为"中国留学美术者的第一人"。1928年，年仅29岁的他在蔡元培的邀请下，带着法国妻子来到杭州，创建了中国现代绘画史上举足轻重的艺术学院——国立艺术院（即中国美术学院前身），为首任院长、教授。

和历代文人墨客一样，林风眠爱极西湖。他曾在《美术的杭州》中说："春季则拾掇到处都有的殷山红，夏季则摘莲花采荷叶，秋季则满觉陇闻桂香簪桂花，冬季到西溪看芦花；离此地，则购一切可以纪念杭州的零星东西归遗亲友，并向他们述说杭州的美丽……"初到杭州时，林风眠住在葛岭山下的招贤寺，后来和好友兼同事林文铮、蔡威廉夫妇、吴大羽等人，在离西湖不远的马岭山坡买下几块地，亲手设计、构建了他们的家园。除了日本侵华战争爆发后带着全校师生离开杭州转移到了重庆嘉陵江畔那几年，他在此，一住，就是十七年。

能在自己热爱的山水间拥有属于自己的清静之地，无疑是幸福的。林风眠满怀欣喜地描绘道："南面隔湖可望南山诸胜，与湖心亭、三潭印月为比邻；东依平湖秋月，可望六公园；西趋西泠桥，可望北山诸名迹；中夹白堤马路，为游湖者必经之途；北靠孤山，而隔湖可见初阳朝暾及保俶塔……"

在这个花园里，林风眠度过了生命中最重要的十余年。一开始，他身体力行"社会艺术化"主张，轰轰烈烈开展了艺术运动，后来，他和古往今来无数文化精英一样，意欲改造社会，却被社会所摈弃，无奈地放弃了"艺术救国"、"美育代宗教"的理想，转而隐身于纯粹的艺术象牙之塔。在凤凰涅槃般痛苦的日日夜夜里，就是这个长满庄稼的花园给了他无限抚慰。

他在花园里种植了梅、桂、棕榈、南天堂、紫荆、凌霄等花木，还在空地上种满了草莓、玉米之类的蔬果。

每天清晨,他从清脆的鸟鸣声中醒来,在晨风里贪婪地呼吸着庄稼的芬芳。除了上课,他每天最喜欢做的事就是锄地、浇水、对着花木庄稼画画。就像晚年他说的"无论鸡冠花还是苞米我都喜欢种一点,它们都是我作画的模特儿,有的画完了还可以吃,自己种的东西吃起来特别香。"

每当夕阳西下,他走出孤山山脊,走出那个寄托着光荣与梦想、孤独与惆怅的艺术学院,慢慢沿着湖往家走。可以想象,当他走过俞楼、放鹤古亭、平湖秋月,走过小桥、岸柳、远山、流云、孤鹜,走进家门的一刹那,就像一只搏击得很累的船终于靠港,心里该是怎样的温馨。

从小楼的窗口望出去,隐约可见远处的湖光山色和国立艺术院的旧址。当年,也是在这幢房子里,他写作、画画、沉思。也是在这个窗前,他终于了悟到了什么,从此渐渐趋于沉默,而把所见所思所感全部倾注在一张张美丽绝伦的画作上,倾注给优雅的仕女、独立不羁的孤鹜、暮色苍茫中的古寺山林、古典神秘的瓶花静物……每一幅画,分不清是水墨、水彩、水粉还是油画,却凝聚着让人难以释怀的美,迅疾凌厉的笔锋,让人难以言道的空灵、肃穆、清冷、宁静的气息,摄人心魂。这独具一格的"风眠体",极大地丰富了20世纪的中国美术,也使林风眠成为中国现代绘画艺术的启蒙者。

故居的走廊里,挂着一幅幅年代久远的画面,仍依稀可见花园曾经的音容笑貌——

这幅作于1936年的纸本彩墨《鸡冠花》,是林风眠对"中西调和"画法研究的代表作。透过明快、鲜艳的色调，仿佛能看见画家置身于花园中的怡然神情，还有他心中和鸡冠花一样鲜红的热望。

这幅《豆花与黄蜂》作于1944年，仿佛将我们带到了多年前某个春天的早晨，豆花开了，黄蜂嗡嗡地叫着，就像画家妻女的欢声笑语轻轻萦绕在他身旁。

这幅《猫头鹰》，一定是他难眠之夜的收获吧？世界都睡了，唯有他和它在黑暗中各自醒着。

……

在这短暂而又漫长的十余年里，这个长满庄稼的花园对林风眠而言，是给了他欢乐的孩子、给了他安慰的爱人，是给了他力量的朋友、给了他新生的母亲。

1951年，林风眠退职迁居上海，将小楼移交给了某机关。离开杭州的林风眠命运急转而下，先是在上海卖画为生，后妻女出国离散，他一个人在上海南昌路里弄里生活，白天像一个老头一样坐在门口，晚上9点以后开始画画，画他的孤独。十年动乱，他亲手将自己的两千幅画放在浴缸里泡，用脚踩，沤烂了再一勺一勺舀到抽水马桶里冲掉，以免遭迫害，却仍然没有躲过牢狱之灾，在牢里，老人曾被迫跪在地上，像狗一样舔食。直到七十二岁出狱，出国探亲后定居香港，直到1991年8月12日以92岁高龄在香港辞世。可以想象，在那些孤苦的岁月中，西湖以及那个长满庄稼的花园曾时时在他梦里萦绕。曾经，他告诉傅雷："我在杭州西湖边过了十年，然而在那些年里，竟一次也没有画过西湖。"

但在离开西湖之后，西湖的各种面貌却自然而然地突然出现在我的笔下。"而在书画家黄苗子的记忆里，"我总是把西湖同林先生联系起来，把孤山的林和靖和林先生联系起来。"去世前，他告诉义女冯叶："我死后，火化当肥料种花也无妨。"

蝴蝶依旧纷飞，故人却踪迹难觅，花园也再不见庄稼。不知道当年林风眠离开它时怀着怎样的心情？他是否想过还会回来？在这个花园里，林风眠完成了从一个入世的文化精英到出世的纯粹画家的华丽转身，可是，他心甘吗？

不知为何，心里怅然。在中国历史长河里，有哪一个文人真正拥有自己最理想的家园？真正实现了自己的梦想？有哪一个文人最后含着幸福的微笑长眠？

夜里做梦，梦见一个消瘦的身影，慢慢穿过林风眠故居的长廊，立在一幅《孤雁图》前——在他久久地凝视里，恍惚间他成了孤雁，孤雁成了他。他们的魂魄合二为一，穿过黑夜，叩响了那个曾经种满庄稼的花园。

所有的安如磐石

据说,从太空往地球看,中国东部有一块最绿的地方,叫"磐安"。

当我以"生态"的名义,踏进那片古幽的绿,融入它原始的呼吸,像突然摆脱了一个魔,什么都不一样了——呼吸,心跳,步履,思考,一切。

是一种从容不迫、安如磐石的幸福感。

一、那些醒得最早的眼睛……

这是磐安的乡下,没有比露珠睁得更早的眼睛了。

如果在城市里,这时候,加夜班的、泡电脑的、泡夜店的、失眠的,都还未曾合眼,双眼红肿,浑浊。

而在这磐安乡下的清晨，所有的眼睛都如露珠一样清澈。人的，牛的，羊的，庄稼的，花的，草的，叶的，还有一汪汪碧水……到处都是初生般纯净的眼睛。

这些眼睛的主人，都在晨光中自然醒来，起身，开始一天的平常生计。晨雾慢慢散去，阳光慢慢亮起来，水慢慢流过来，火慢慢旺起来，炊烟慢慢升起来，饭慢慢焖熟，庄稼慢慢拔节长高，牲畜慢慢长大……不急，不燥，安常，处顺。

仿佛，所有的一切，都在同一种亘古不变的舒缓节奏里，在负氧离子含量比城市高150倍的空气里，一起做"深呼吸"。

而城市一旦醒来，便会被一个"魔"控制、驱赶——快快快！忙忙忙！效率！效率！无论大人、孩子，都有太多事要做，实在累极了，急喘几口气，却忘了，可以慢下来，停下来，深呼吸一下，把肺里的积垢呼掉，把心里的积垢排掉。

快一点，是能得到多一点，却不知，无数更为宝贵的，已随风而逝。

而在磐安的乡下，时间的概念已完全不同，时间，掌握在他们自己手中。

站在晨间的田野上远望，视野的左边，隐约可见晨雾里修旧如旧的老村，炊烟袅袅升起；视野的右边，新建的一排排三层小洋楼，筑成另一个崭新的村庄。有着几千年历史的磐安，名副其实的首批国家级生态示范区，无论新的旧的村庄，都没有任何污染，没有乱扔的垃圾，没有边拆边建的工地。

如果以为，古老的就是陈旧的，腐朽的，那就错了。磐安的身体很古老，它的血液却很通透，它的呼吸很清新。

如果以为，这儿没有贫穷与艰难，那也错了。也有沉重，也有困难，有"保护"与"发展"永远的矛盾，有要不要"快"的困惑。它有时会是一滴有点苦涩的泪，却绝不是一滴污浊不堪的地沟油。

一丛野菊花，无比的鲜黄，一声婴儿啼哭般照亮了整个初冬的田野。

时光恍惚回到了三十年前。我也曾是这山野中的一员，上学必经的山间小径，处处开着野菊花，一个小女孩独自走着，唱着歌，即使有时饿着肚子，有时冒着雨雪。她和她的父母，从不像现在的家长，担心会碰到什么坏人，少学了什么，吃了什么亏，落下什么好事。

多少年了，多少人，和我一样，在城市这个第二故乡里，仍然从未习惯那一个个急促错乱的节拍。

此刻，我在已三十年不曾走过的、带着露珠的田野上，慢慢走，深深吸气，轻轻呼气。

眼睛映照着露珠，眼睛也变得清澈透明。

露珠映照着山野，身体和灵魂也变成了一颗露珠，映照出一个世外桃源，离尘世无比远，忘了自己是谁，身边有谁，头皮贴着天，脚心贴着地，脸贴着空气，一个最简单的灵魂，契合着大自然最简单的节奏。

路旁，一头老黄牛，慢慢咀嚼着草料。它抬起纯洁的眼睛，像一颗巨大的露珠。眼一眨，睫毛上一串露珠"吧嗒吧嗒"落进土里。

农夫过来看看,并不催它。他的手里没有牧笛,也没有鞭子。

我忽然觉得,这粗壮的农夫,是几千年前的孔孟,用无言诠释着"五谷不时,果实未熟,不粥于市。木不中伐,不粥于市。禽兽鱼鳖不中杀,不粥于市"这一"取物顺时、合乎礼义"的自然法则,他懂得,在满足生存需要的同时,爱护自然万物,合乎自然法则。

"走吧。"许久,农夫孔子或孟子站起来,说。

"走。"我听见牛答应了一声。

"走。"

大家继续走,慢慢悠悠,散散落落,炊烟般舒缓,自然。

二、那杯千年前的茶……

上午九点半的阳光。

海拔五百米的泉水。

三五片来自晋代的"婺州东白"。

四合院,白墙青瓦,精雕细琢的两层木楼。

天井砖石缝隙里苔藓的绿意……

全部一起,注入透明的玻璃杯底。

绿茶,在汩汩的水声里翻飞,我忽然听见千年前的喧嚣。

这是中国茶文化史上的一座丰碑——全国罕见的玉山千年古茶场遗迹。

这儿的茶,晋代开始声名远播,唐代开始进贡朝廷,宋代实行榷茶制度和茶马交易两项重要国策起，这灵秀之地，便有了"榷茶"之地"玉山古茶场"。

春秋两季，茶农们来此祭拜茶神、兜售茶叶，官家在此征税、专卖，五湖四海的茶商来此住宿、品茶、买茶卖茶。

那些已然作古的人们，曾经坐在二楼的雕花椅子里，一边看戏，一边谈笑风生，一边细品一杯杯新茶，定出等级、价格，交与伙计。

楼下的人们则侧着耳朵，盼着伙计走下楼梯一声吆喝："贡茶——马路茶——文人茶——"

有的脸瞬间苦了，有的脸瞬间灿烂，如同千年后九点半钟的阳光。

假如下雨呢？

雨淅淅沥沥下着，蓑衣斗笠的茶农，任凭雨怎么下，都不言不语地等候着他们的生机。家里人在家等急了，便冒着雨，送饭过来，正好听到伙计报的自家茶的价位。夫妻俩隔着雨，对望一眼，笑了。卖完茶，他们挑着空篓，踩着泥泞一起回家。

雨从古代一直下到现在，那份幸福也是。

我听见满足，虽然只是贫贱的山里夫妻。

我听见茶香，在他们说出的私语里。

最陶醉的，是我听见了最真实、最自然的风雅，在这山野之间，在平凡、地道、自然的每一个生活细节里。

我们一干人，各自手捧一杯热茶，靠着，坐着，听着或什么也没有听。不知谁偷拍了一张几个人闷声不响喝茶的镜头，包括沉浸在某种声音里的我。同行的龙一看见了,说,真像地主婆啊。

是啊,多么享受。

如果没有人叫醒我,我愿意一直捧一杯热茶,窝在太阳底下,一坐一千年。

三、那些古村的王……

从一个长着千年古树的村庄,嫁到另一个长着千年古树的村庄,该算是一个新娘最好的归宿吗?

当我远远看见屹立在古村头的它,我觉得,它,就是古村的王。

这棵七个人才抱得过来的银杏树,已有1400岁。它看见庄稼青了又黄,黄了又青,看太阳月亮交替,看村里的屋子破了又建,建了又破,看芸芸众生悲欢离合。雷劈电闪过,风吹雨打过,牛啃过它的根,鸟在它头上拉过屎,女人上吊过,金榜题名的文武状元和十八位进士,在它脚下玩耍过,世界在它面前新,在它面前旧……

一切都是浮云,唯一不变的,只有天空、大地、它——古村的王,时间的王。

当我走近,像一只蝼蚁,匍匐在它裸露在地表的黑色根茎,匍匐在满地的绚烂中时,我觉得,它,是我的王。

是我最爱的银杏树,是我见过的最古老、最美丽的银杏树。它的美,不仅在它参天覆地的树干,古老而娇嫩的叶子,雍容而素朴的气质,还在它身后斑驳的石墙,黑色屋背上覆盖着五分之四的金黄，它脚下那满世界静谧的、纯粹的金色。

最美的，是它站在村头，在天地之间、万物之上那王者一样的气势，却与它周围一切的相依相傍，惺惺相惜。仿佛所有生命，随时愿意与它一起，旋转轮回，上天入地。

我也愿意。

远处传来沸腾的鞭炮声，整个古老的村庄，正为一个姑娘送嫁。嫁妆从刚刚修旧如旧的石屋里抬出，大卡车上，已堆满大红大花被子。

她会嫁到哪儿？

在村的另一头，我们又遇见了很多古树，好几棵同根生的，像"两口之家"、"三口之家"，最有趣的是，其中有两棵树合抱在一起，树根像极大腿，像在合欢中的男女。

大家都笑了，多么祥和，连树也是。

我们行走在一个又一个长满古树的村庄，拜谒着那些沉默的王，傍晚，我们栖息在王的脚下。

沸腾的鞭炮声突然又在不远处响起，村长说："走，带你们闹洞房去！"

真巧啊，白天出嫁的那位姑娘，嫁到这个村来了。新郎和她一样，都在青田打工，雕刻石头的。

多么般配，同样的土生土长，乡里乡亲，同样的古树，是他们无论走到哪儿，一生都不会变的相同的乡望。

我们一个个像孩子一样把衣角兜起，兜回一大捧喜糖、花生、香烟、膨化米棒。

走在初冬的冷风里，嚼着一颗生花生，在别人的故乡，我忽然闻到自己故乡暖暖的味道，不知道为什么，眼眶慢慢热了起来。

在越来越洋气、越来越亮丽的故乡，我已经很久没有闻到这样的味道了。

我们有几个人，还能嫁娶乡里乡亲、知根知底，每天与故乡相拥而眠？

四、那份真诚劳作的香……

磐安的每一口食物，新鲜得像直接从土里到嘴里。印象最深的，是两顿早饭，以及"顺"来的一堆野食。

"吃早饭啦！"主人纯农村的大嗓门，是绝美的引子，引出一大海碗鸡蛋猪肉青菜香菇蕨根粉，热气腾腾，香气腾腾。

我似乎看见，鸡蛋刚从还热着的鸡窝里掏出来。生它的鸡，可能就是昨天引起我们围观的那群土鸡，它们自己排着队，亦步亦趋走过一座架在溪流上的石桥，觅食，闲步，吵架，交配。它们不会被关在暗无天日的地方，像上班族一样拥挤，按钟点吃规定的饲料，打抗生素针，被催肥，催长，催生。

我似乎看见，猪早上还在跑，它临终前的每一天，都很快乐，不用吃掺了什么精的饲料，不用接受人工授精，不用站在大卡车上痛苦地长途跋涉，它们的一生都没有被谁摧残过。

我似乎看见，青菜刚从地里挖起来，还带着露水，泥巴，菜虫。

我们曾经在暮色中看见，一座大桥下，一对夫妻在两个大得像谷仓的木桶旁劳作,我们隔着河问他们在干什么。他们笑说,在做蕨根粉,要挖地三尺,挖出蕨菜根,再晒干,打成粉,在溪水中一遍遍过滤,再晒干,再做成粉条……

这碗蕨根粉,像直接顺着河水流进碗里。

油是菜油,自家轧的。

水是山水,后山接的。

仅仅是一碗面,所有的来龙去脉一清二白,那么直接,那么新鲜,没有危险,没有污染,真实得让人落泪。

我把面汤都喝了个光。

几天后,我们在另一村庄吃过一顿极为丰盛的早餐。我们寄宿的几户主人,将自家做的早饭全部集中到一户——玉米饼、蕨菜饼、野猪肉炒香菇、雪菜炒笋、炒野菜、酱萝卜,还有羊杂蕨粉羹、玉米羹、白稀饭、烤番薯、烤芋艿、烤馒头……没有油条,也没有任何其他油炸的东西,整个房间里浓香馥郁,吃过早饭的每一个人,呼吸里都散发着新鲜食物的香气。

主人们非等我们离席了,才接着吃,几个女人抓着饼,端着大碗,站在门口吃,吃得很香。其中一个女人,见我看她,粗糙黑红的脸,突然绽开一个笑,散发出被阳光晒透了的干香。

多么知足啊,此刻,仿佛我不是客人,而是她们中的一个。

每一天,我和同行邹园都形影不离,走着走着,总想"顺"点什么。在一个门口有水车的屋主人那儿,发现了生栗子,偷吃了一个,出乎意料的甜!主人见了,硬往我们兜里装,还硬塞给我们大半袋葵花瓜子,奇香无比,是我们这辈子吃过的最好吃的瓜子!

我们一路还"顺"了几根农民晒在野地篾竹排上的番薯丝,很甜,刚出炉的香榧,很脆,还有漫山遍野的野草莓,酸甜后的回味是不可思议的鲜。据邹园交代,她还"顺"过农民晒的干菜,特别鲜美,可惜我没吃到。

当我们不得不以那些来路不明、成分暧昧的食物为生时,这里哪怕粗茶淡饭,都显得格外香甜、珍贵,不仅因为,它们直接来自田间地头,还因为,每一个环节,都渗透着真诚劳作的芳香。

五、那座长满药的森林……

从太空往地球看,最广袤最深邃的葱茏,就是我们祖先的老家。

早在五万年前,人类在森林中横空出世,"树叶蔽日,摘果为食,钻木取火,构木为屋"。他们在土地上最大的生态系统中孕育,诞生,成长,繁衍,壮大。

依赖它,崇拜它,爱它,感恩它,懂得保护它。

后来,人类走出了森林,带着森林赋予他们的一切——

森林之美,绿,香,氧气,还有至今未找到答案的特殊刺激物,给人类肉体和精神的双重享受,以及梦想。

森林之品格,大气,坚忍,固守,包容,无私。

森林之智慧,吐故纳新,自然从容。

人类从森林出发,一路挥毫泼墨,画着丝绸蚕桑、男耕女织,画着江南丝竹、黄钟大吕,画着琴棋书画、铁马金戈,画着人类历史文明的壮丽长卷。

从太空看,中国东部那块最绿的地方,就是磐安的森林,覆盖了磐安近百分之八十的土地。和所有的森林一样,它拥有无数珍稀动植物和风景名胜,但最独特的,是它举世闻名的中药材。

自宋代起,磐安便因中药材而蜚声中外,有"药花开满若霞绮,万国皆来市"之说,这片神奇的土地,得苍天独厚,山水土质和气候条件特别适宜中药材生长,动植物药材1200多种,品种多、门类全、产量大、质量好,享有"中国药材之乡"、"千年药乡"美誉。

然而,再丰厚的宝藏也经不起无休止的挖掘。有一天,一个磐安人意识到什么,停下了采药的手,第二个磐安人,停住了上山砍伐的脚步。紧接着,一个个,一户户,一村村,一镇镇……都停了下来。

不上山采药,靠什么过日子?

自己种!

于是,"家家户户种药材,镇镇村村闻药香"。从此,磐安的中药材种植成为传统优势产业,产量占全国五分之一,在国内外市场举足轻重,悠久的历史还积淀了丰厚的药乡文化、养生文化。

森林也终于缓过了元气。

儿时,最喜欢闻的,就是中药味,悠悠药香,袅袅热气,带着母亲的体香,喝了,人就舒坦了。

"大德无言",一碗沉默的中药,是磐安对世人无言的爱,也是森林母亲无言的乳汁。

森林,这个巨大的生命体,永远像母亲眺望着、守候着远行的孩子,看着自己的孩子累了倦了回来歇歇,即使无尽地索取,也从无怨言。

自然科学伦理学家图尔明说:"在宇宙中有在家的感觉。"

当"啃老族"们变本加厉盘剥着大地母亲时,磐安是个孝顺孩子,没有忘记自己的老家,老妈。

六、那些过去和现在的他(她、它)……

理想与生存,几乎永远矛盾。无论是时间深处,还是当下这一秒。

淅淅沥沥的冬雨,落在榉溪村孔庙黑色的瓦檐,飘下一线线银色游丝,仿佛飘忽不定的时光。

我想,世上有几个人,能像孔子四十八世裔孙孔端躬那么幸运,来到磐安这福祉宝地,既能继续他繁衍生息的幸福生活,又能实现传承儒家精神的美好理想呢?

八百多年前,北宋被迫南迁,孔端躬背井离乡,挈族避难。他携带一株来自孔林的红豆杉苗,行到婺州榉溪时,因父亲病重不能再行,便在这灵秀之地,种下了红豆杉,弃官为民,从此以山水为伴,日出而作,日落而息。但是,他没有忘记他的理想与责任,他兴办学堂,教化民众,传授儒家文化。

其实,磐安,本就不是乡野磐安。早在南梁,昭明太子萧统曾隐居大盘山编写文选并种药救死扶伤,唐朝诗人李白曾漫游好溪,宋朝诗人陆游、明朝文学家屠隆都曾到磐安旅居,留下千古诗文，为磐安的山水增添了无限神韵。

如今，20个乡镇，363个行政村，随便哪个支书、村长，几乎都能出口成章，对历史文化、天文地理娓娓道来，对庄稼地里的事，更是熟络得如家常便饭。

这儿随便一个并无书生相的人，却出人意料地写得一手好字、好文章。

这儿随便哪个山丘，都有可能葬着文人进士。

这儿路边普通的一座坟墓，墓碑上不刻名字，而是"山水知音"。

这儿随便一个村，几乎都有庄重肃穆的祠堂。人们供奉祖先，不仅用仪式，还用自己的一言一行。

那些逝去的人们，享受着比生前更隆重的尊敬，即使，他们只是平凡的农民。尊敬，便意味着，活着的人，是清醒的，知道什么是对的，什么是错的。

当我们无数人，将"欲望"误读成"理想"时，走在磐安的古村古道古巷，浸淫在它隔世般缓慢古老的节奏里，我常想，这儿的每一个平凡人，会有什么样的"理想"？

假如，他们从小生在这儿，长在这儿，从来不曾离开，从来不曾去过外面的世界，一定不会有所谓的"理想"，一定每天很知足，很充实吧？

像她，那个坐在门口削着番薯的老农妇，在我们一干城里人的众目睽睽之下，怡然自得，旁若无人。

像她，那张照片里的百岁老人，照相前将头发梳得溜光，笑得那么美。

像那只狗妈妈和它的三只小狗,太阳下,尽情亲昵嬉戏,一点不怕我这个陌生人。

像她,两岁的小女孩,在挂着红灯笼、堆着稻草和柴、码着大缸酸菜的进士府邸,并不懂得曾经的荣耀,捧着半碗没有菜的煮粉条,一边挑到嘴里,一边和两个小男孩玩得起劲,他们空着手,没有玩具,却那么开心。她突然抬起头,笑,叫我"阿姨",像叫一个每天都来他们家的亲戚,又顾自玩。我掏出包里所有吃的给他们,他们接了,也不抢,也不说谢谢,继续玩。

像他,中年木匠,在傍山傍溪的街旁,听到我们赞叹花雕椅的精致和圆润时,露出雪白的牙,笑说:"不是我刻的。我油漆。"神态相当自豪。

……

这里,没有人为掌声而活。

也许,只为内心而活,也许,从来没有想过为什么而活。

多么简单,又多么智慧。

最后一晚,我们住在一户山里人家。

不知道为什么,墙上冒出很多黑色的小飞虫,我们奋战了好半天才消灭干净。后来想,大概是房间里开空调热,山里的夜太冷。

这年头,连虫子也喜欢空调,明知那是不真实的空气,明知是赴汤蹈火。

我们又何尝不是那些虫子?人生和虫生是一样的,无非两种选择:

一是老老实实做不要空调的虫子，山野村夫般自由自在，自给自足，自生自灭，知足常乐。

二是做有空调的虫子，为所谓的"理想"努力奋斗，地沟油得吃、废气得吸、压力得扛，哪怕头破血流，都是平常正常。

选好了，是好是坏都认了，何必患得患失？

这样想，心就开阔多了。

七、所有的安如磐石……

两天后，我去了香港。车子飞驰过青马大桥，进入灯火璀璨、高耸摩天的钢筋水泥的森林，感觉像穿越梦境，不由叹：反差真大啊。

人类的进步发展，说到底是从森林到"森林"，这对于人类，对于地球、宇宙，到底是福是祸呢？

我一直不懂。

有一个网站，可以看到世界各名牌大学的视频公开课，我第一次打开，便被《幸福课》吸引。"我们来到这个世上，到底追求什么才是最重要的？"被誉为"最受欢迎讲师"和"人生导师"的哈佛大学心理学讲师TalBenShahar无比坚定地认为："幸福感是衡量人生的唯一标准，是所有目标的最终目标。"

此刻，当我以"生态"的名义，重新回望磐安，我想起，磐安县名出自《荀子　富国》："为名者否，为利者否，为忿者否，则国安于磐石"，多么不简单啊，一个小小的王国，任世界变幻，始终磐石一般，坚守着自己那份最深的"绿"，让无数颗心灵，安如磐石。

但我深知，为此，它不仅付出，还在失去，"生态"背后，一定是"生计"之艰难，是贫穷，落后，还有沉重，伤感。

歌里说，"从未感到过孤寂，就算这尘世颠翻天地……光阴逝去，命运点滴，唯一不变的是一起。因为坚信，我们敢去，哪怕远方看不清"。

磐安，你慢慢走，做你自己。我和你一起，你所有的子民，也永远不会弃你而去。

时代与时代相连，历史与历史轮回，仿佛是个圆，你看似走得很慢，其实，也许，你正走在最前面。

夜渡莲岛心染香

莲,自一亿三千万年前已然褪尽铅华,它,还可能再淡?

此时,在江南富阳的香莲岛上,一注沸水、一朵干莲花、一个玻璃壶,三分钟后,一缕极幽的清香引路,一朵极淡的莲花轰然盛开。

莲没有迎面朝我们盛开,而是顾自垂首向下。当我将玻璃壶高高捧起,仰脸细看,正热烈聊天的三五好友突然噤声。

透过玻璃壶底,我们与莲面面相觑。片片花瓣,比宣纸更薄,更透,更淡。细软如珊瑚的白色花茎花蕊,随着水的微流齐齐摇曳。一朵莲,仿佛一条绝世独立、自在游弋的鱼。

平时所见的莲,已然最高洁脱俗的了,却原来,还可以再褪。褪尽一切一切的铅华后,便有了鱼的魂魄,有了真正的自由、自在。

香莲岛上的莲,是有些来历的,名"九品香莲",五六前来自台湾,有金、黄、紫、蓝、赤、茶、绿、红、白等九个颜色,花朵直径很大,花瓣重叠繁密,有"千重莲"之称。爱莲人将九品香莲遍植岛屿,香莲岛便成了一个名副其实的莲的世界。每年五六月间,花开时,随手采一朵新鲜的莲花蘸着蜜生吃,唇齿之间清香回味无尽,亦可以泡茶、入菜,还可酿酒。

莲最常用来作为宗教和哲学象征。传说佛祖诞生时,下地走了七步,步步生莲。佛教六字真言"嘛呢叭弥吽"中,"叭弥"的意思便是莲花。而在中国传统文化中,"莲"与"联"、"连"谐音,"荷"与"和"、"合"谐音,台湾友人相赠莲种,寄托着一个多么深切的愿望啊。想必,台湾宝岛上的莲,也快开了吧?

香莲茶让人思绪游离,香莲酒却会让人沉醉其间。入口,先是一股醇香,感觉酒是烈的,热的,回味却是一缕甘甜,如转身后一个温暖的目光。配上岛上自产的农家菜,如香椿头、水芹菜、野荠菜、野兔、山鸡、山菌类等野味,效果却是清火的,似乎,几口过后,感冒已久的鼻息也通畅多了。

在茶与酒的冰火交织里,香莲岛的夜,随着湖面上的薄雾蜿蜒而来。零星的灯火,清冽的空气,无边的寂静,已看不到向晚时分看到过的湖水,水里的鹅卵石子,湖心一动不动的船,一层比一层远的水墨般的山,远山那边隐约可见的油菜花田,水杉林,水潭,廊桥,小木屋,还有我想象中的杜鹃花。天地只一岛，我一人。

此时，茶与酒换掉了我的血液，使我恍惚间成了此地的原始岛民。此时，我眼里，油菜花只是农作物，而不是城里人为之雀跃的观赏花。我种粮食，种莲花，也种时髦的巴西桑果、日本樱桃、七彩番薯、油桃等等，吃自己种的养的东西，住自己造的小楼，一群鸡鸭、几只土狗承欢膝下，日子散淡而厚实。

城里人一定喜欢极了这里，热闹着他们的热闹，割蜂蜜、喂山羊、磨豆腐、挖地瓜、烧烤、钓鱼、攀岩、打牌，我一边在心里善意地嘲笑仿佛从牢里放出来的他们，一边深深地理解和同情……明天，一离开，我就是他们。

这一夜，我是浮在水上睡的——茶里，酒里，湖水就在窗外。这些水，一波一波漫卷着梦的边缘，"出淤泥而不染，濯清涟而不妖"，"人来间花影，衣渡得荷香"，"留得残荷听雨声"……一句一句、一阕一阕，先是波光闪现，再是顺势蔓延，荡涤了脑海里占据已久的俗事俗物，留下一片澄明。

这一夜，我是浮在香味上睡的，整座岛，像一朵浮在水上的巨大的绿莲花，吸收着天地日月精华，倾吐着缕缕暗香。我的呼吸、酣眠，都随着这朵花吐纳，自然，舒缓。

这一夜，我是浮在空中睡的。真静啊，连风声都没有，如同太空，偶尔有几声夜鸟的低鸣，才像人间。晨起时，居然能听到隔壁小楼里的人语声。

这一夜，我经过香莲岛，像经过一个渡口，像一朵干莲花经过一场沸水，滤下铅华凡尘，带走一颗余香缭绕的心重新上路。

这种香，就是香莲茶的味道，居然是一种出人意料的，略带青涩的，最本真的谷香。

一只叫西溪的眼

如果西湖是杭州善睐的明眸

西溪则是她另一只没有化过妆的眼睛

醉 梦

人有时不用喝一滴酒,吃饭也能吃醉。国外科学家研究过,很多人都有这种自酿的特异功能。

一日午饭后,浑身发软,只好躺着翻翻书,翻到了这些文字:

"松木场入古荡,溪流浅窄,不容巨舟,自古荡以西,并称西溪。""一片芦花,明月映之,白如积雪,大是奇景。""明清时期,居民大量培育梅花,以梅为业……本极大而有致,又多临水。早春花时,舟从梅树下入,弥漫如雪。"凡尘俗界里,居然集这些绝美的意境于一处，而且就在近在咫尺的杭州西郊，可能吗？

午后的阳光透过百叶窗，洒落在我裸露的脚背上。些微的暖意，啄醒了我的足尖，踏进了一个梦……

轻舟托着我，从千万棵依水而立的梅树下穿过。早春的第一阵微风吹来，十八里西溪顿时落英缤纷，花瓣如雪，飘上我的发，拂动我整齐的刘海和微蹙的眉。我问一株龙钟老梅：几百年前，曾在你跟前轻吟"记取飞尘难到处，矮梅下系庳篷船"的厉鹗先生魂归何处？我问凛冽的清香：这儿，真的是曾与灵峰、孤山并称杭州三大赏梅胜地的香溪吗？我到哪里才能找回和我一样爱梅、爱蒹葭、爱自然、爱归隐人生的他们？

梅无语，水无语，只有轻舟如梭，花飞如电……而时光已经停住，不让我回到现实，不让我老去。

寻梦

梦终归是梦，只是我的幻想而已。世事沧桑，如今的西溪已经不再是明清最盛时期的那个西溪了，梅不在了，人也不在了。但最不经意的时候，梦里似曾相识的情节，会突然出现在眼前，让你恍然不知身在何处。初秋，我真的坐上了小船，走入了我梦里的西溪。

"桥门印水，幻影如月，舟行入月中矣。"小船离开蒋村的水产市场码头，走在铺满水菱和紫色水浮莲花的水巷里，穿过一座又一座拱桥，仿佛从一个开满鲜花的月亮到另一个开满鲜花的月亮。

和任何水乡一样，西溪是典型的小桥流水人家，还兼山水和田园风光，正如明朝陈赞描绘的：

"山色当窗好，溪流绕屋斜。襟怀付鱼鸟，生理在桑麻。"

不一样的，是来自鼻子、耳朵和皮肤的报告。

淡绿的水，没有想象中的清澈。船被船夫慢慢摇着走，手可以随意搭在水里，轻溅起很小的浪。很小的浪在初秋尚有余热的空气里，蒸发出西溪水特有的凉意和体香，像青草割过以后那种血的馨香，带了点淡淡的腥气。这馨香里还有别的味道，可能是沿岸繁茂的枝枝叶叶和尚未成熟的果子散发出来的，似乎还有农舍里淡淡的家畜的味道，想屏气躲一躲，又忽然没有了。

眼前是很生活的画面，耳朵里却异常清静。婆婆蹲在自家门前洗衣服，捣椎声渐渐落在我们身后，一下比一下轻。立在岸边钓鱼的人只拿眼睛瞟了我们一下，顾自享受他缄默的乐趣。两条船交会了，船主相互打了个招呼，"咿呀"的摇橹声却未停下，听得人昏昏欲睡。

又穿过一座拱桥，船折了一个大弯，进入西溪的南樟湖，眼前豁然开朗，连水巷那比都市的喧嚣安静百倍的喧嚣也不见了踪影。难怪郁达夫在《西溪的晴雨》里说："一味的晴空浩荡，飘飘然，浑浑然，洞贯了我们的肺腑！"

这是一席眼睛的盛宴——

薄雾掩映下的一泓碧水，是初醒的少女的眼，流转着宁静、纯洁、空灵的波光，黛色的远山，如淡而有致的眉，湖边的青苇，如睫毛，随着风温柔的节奏颤动。没有一丝浮华与粉饰，那一点点未谙人世的惺忪，让你感叹这是怎样一只宠辱不惊、与世无争的眼！

三五只白鹭呼啦啦飞起来，犁开碧蓝的天，沾了云的轻盈，分别落在远处一棵芦苇或一朵水浮莲上。我们靠得近了，它们又飞起来，给我们引路，殷勤而又矜持。我猜，它们是把自己当主人，把我们当客了。

蝴蝶和蜻蜓，路过船的左右，用乡下孩子看城里人的眼光作几秒钟好奇的关注，便管自己疯去了。

不甘寂寞的，是时而跃起的鱼。一湖涟漪随之慢慢、慢慢地绽开，一直波及你内心最深最深的某个记忆。

与西溪对视，我深深垂下了眼帘。我愧对这只天使般的眼睛，这自然而又动人心魄的美。我知道，世间有无数只这样的眼，唯有它离我最近，一直在我身边，而我从未发现。

而今，我与它的缘，仍然只是惊鸿一瞥。它来自太湖源头，经过这里，汇入钱塘江，最后归流浩瀚的东海。多少年前，它就在走，多少年后，它还在走。所以，一介凡人，哪里能真正了解它与生俱来的冰清玉洁，它一路走过多少风景，饮过多少风霜雨雪，看过多少人来人往？哪里能真正读懂这深深浅浅的水里，蕴含着怎样的情怀？

中午，该轮到在水汀的芦雪庵款待嘴巴。竹林茅舍，更添野趣。一只公鸡和三只母鸡在竹丛中觅食，忽然，屋后传来一只母鸡下蛋后咯咯的叫声，只见公鸡闻声飞也似的跑了过去。我不知道它能为母鸡做点什么，却忽然联想起一句诗："黄橙红柿紫菱角，不羡人间万户侯"，便一个人傻乎乎地笑了。

续梦

西溪给了我很多惊喜，主人却说，你们来得还不是最好的时候。我记着，深秋，芦花怒放的时候，我还会来。

回来的船上，我顺手采了一朵水浮莲，权当在家里养着一个青翠的梦。据说它很容易养活，在玻璃缸里也能开出淡紫色的花。

看见它，我就在心里问，西溪，我踏舟寻梅的美梦何时成真？

没有月色的丽江

我觉得很累了。

在丽江古城短短的一天,就像经历了春夏秋冬四个季节。当我把自己扔到席梦思上的时候,脚上,还套着从江南穿过来的凉鞋,指间,沾着玉龙雪山的温度,呼吸里,进进出出都是高原草甸上春雨的气息,眼前,晃动着古城湿幽幽的青石板路。还有,纳西古乐——中国古典音乐的活化石,优美而古朴的旋律,若有若无地飘在我的耳边。

"真美啊!"我的心由衷地赞叹着,却忽然泛起了空落落的对远方的思念。

这时,手机响了起来。同行的几位,争先恐后地在电话里,叫我去当地一个朋友开的小酒吧坐坐。

我说太晚了。

五分钟后，手机又响起来，还是他们。

当同样的号码第三次闪现在手机里时，出现了一个陌生的声音。

他说："你好，我就是刚才他们说的丽江人王家卫。我们很想请你一起到我朋友那儿坐一坐。夜里的丽江，也很美的。他们说你一定会喜欢。我们在大厅等你。不见不散。"

我心存歉意，只好说："好吧，我马上下来。"

出了门，发现夜色比我想象的还要深。

天已经晴了，没有月亮，却透着湛蓝的天光，倒映在玉水河里，天也流动起来，发出潺潺的水声，成了地上最为明亮的色彩。

玉水河分成几支溪流，像树根一样，紧紧缠绕着整座古城。又像血脉一样，日夜浸润着这片神奇的土地。

都将女人比做水，古城的水却很阳刚。它从黑龙潭直泻而下，披荆斩棘，驰骋而去，坦坦荡荡，清澈见底，容不得水里的半点尘埃。

而柔情无限的，是水里碧绿碧绿的水草。她们寄生于水底的卵石间，柔美的长发般，每一丝每一缕，都一心一意地朝着同一个方向——水流的方向，在淡淡的天光里翩翩起舞。

我忽然有点感动。都说"落花有意，流水无情"，其实，水流去，水也无奈。如果流水无情，流水不会生生不息，不会在遇到水草的时候，显得格外温柔，在与水草缠绵的身姿里，迸发着爱的力量。我相信他无论走到哪里，灵魂始终陪伴着她，这就是本质。如果水草不懂，心生哀怨，水草便枉负了流水的心意了。

我感动于水的无悔，草的无怨。更感动于自然的和谐，尽在这不语的默契里。

转眼间，我们像一群沉默的鱼，游过夜的河，游到了街的尽头、溪流的拐弯处。

这依水而立的小木房，是古城无数小酒吧中的一座。它的名字叫"COOL"。它的墙上挂着一面五星红旗。

我们五六个人围着蜡烛。

白酒是自家做的，很辣。炸薯条也是自家做的，很粗，很香。

王家卫（后经正式介绍，才知是谐音，但我们仍然这么叫他）的老板朋友病了，没来，他便算半个主人。

漂亮的芹，就住在隔壁，是新城一家公司的白领，长发披肩，还挑染着一抹棕色，一点也不像本地人。她酒量奇好，而且豪放，一杯一杯地喝着干红。可她的谈吐却少见的优雅，一聊便知读过不少书，居然还读过我的散文。

羞涩的梅，是酒吧的准老板娘。她打发着三三两两的顾客，抽空就坐到我们身边，也不说话，一直抿着嘴微笑。谁饿了，便像吩咐自家小妹一样让她去做点心。

王家卫，一个典型的丽江英俊男孩，祖孙三代都是纳西古乐的忠实使徒。我惊奇地发现，丽江的男人，是世上最幸福的男人。他们无须为生计发愁，柴米油盐，都是如花似玉的女人们的事。他们的一生就是琴棋书画诗酒茶的一生，并因此而受到无上的尊敬。

梅终于开口说话了:"要是他们出门在外没钱花了,人家不会看不起他,倒会看不起他的女人呢。"

我说:"天哪,那女人也太累了,男人怎么这么忍心呢?"

他们便笑了,大概觉得我对这种天经地义的事情提出质疑实在有点好笑。

王家卫说:"现在和以前有很多不一样了。"

其实我还有话不好意思说出口——琴棋书画诗酒茶,应该是我这样一个江南小女子才会向往的生活啊,作为一个群体的男子汉都甘于这种生活吗?如果是,丽江古城岂不成了男人的天堂、女人的炼狱?

可是,这儿的一切分明那样的和谐,宁静,这儿的男人和女人看上去都那样知足。也许,这就是世外桃源神奇的力量使然吧?一个俗人,自然是无法理解的。

几个酒不醉人人自醉的人,就这样有一句没一句地说着话,有一口没一口地抿着酒。

我本来想好,我只来体会一下丽江之夜的别样风情,任他们怎么劝,我都滴酒不沾的。可是,在这些和自己一样不善言辞却诚恳的人面前,我早早破了例。

几口酒下去,大家更不拘小节起来。王家卫吹起了萨克斯。我以为会是最时髦的《回家》,居然是久违的《何日君再来》。

芹好像若有所思,突然对王家卫说:"你继续吹,我唱。"

说完,便和着他的拍子唱起来。她的嗓音有点哑,却很有味道。唱完了,她神色黯然地自饮了一杯干红,说:"我和男朋友分手后,老喜欢唱这首歌。唱着唱着,就会哭,哈哈。"

我惊奇于她的坦率,心里涌起了对一个同龄女人的惺惺相惜。她背后的伤感故事告诉我,一个人,无论身在何处,无人能躲得过"烦忧"二字,哪怕在这个被世人称为"世外桃源"的丽江古城。

所以,人生在世,真正的世外桃源总是在梦里、在别处。

于是他们听见我莫名其妙地说:"杭州也很美,秋天来杭州吧。"

突然,门外传来"哗啦"一声巨响,紧接着又"哗啦"一声巨响。

大家赶紧出去。只见湿透了的王家卫正将一个同样湿透了的人从溪水里捞起来。原来是同行的王君醉了酒,出门没扶住小桥的栏杆,下溪捞月亮去了。

这时,他还高叫着冲水里扑:"我的眼镜!我的眼镜!"

我们笑他:"眼镜值几个钱?差点自己都被水冲走了!"

他虽然醉了,又像很清醒,沉着声音说:"是人家送的!"

我们嘻嘻哈哈地追问他是谁送的,居然比命还要紧。

估计他们还得闹下去,我执意先走。还是王家卫,把我送回了宾馆。后来听说,他赶回去,和同行的一个朋友,半夜三更点着蜡烛,钻进一米多深的冰冷的溪水里,将冲出去老远的眼镜找了回来。

我来不及想象那一幕就睡着了。我很累,心也装得很满很满了。

灵魂私奔的地方

覆卮山,念fuzhi山,意思是倒过来的酒杯,因东晋山水诗人谢灵运"登此山饮酒赋诗,饮罢覆卮"而得名。而我更喜欢它的谐音,"福祉","福至"——我轻轻念出声,又把它慢慢咽了下去,像咽下一口酒,然后拾级而上,去拜访那些住在酒杯里的人。

其实,我对上虞的山毫无期待,最高的山只有八百多米,会有什么呢?车子离开市区开了半小时还没到,我已经有点烦躁,大热的天,爬山是不可能的,看寺庙?看风景?酷热的天里,看什么都没有诱惑,此刻,我只想找一个清凉的地方,躺一躺,静一静。

我问陪同的当地人,我们去看什么?他说,如果不爬山,是没什么好看的。

我愕然。我知道覆卮山有一个很特别的地方,是"石浪"——石头像浪头一样层层叠叠蜂拥而起,对于喜欢攀岩登山的人,其乐无穷。然而,不爬山呢?

终于抵达山顶一个叫东澄的村庄。天蓝得很通透,太阳和羽毛似的白云都静止不动,却有山风吹到皮肤上,凉凉的,显得特别善意,仿佛一个主人,应该是个农妇,看懂我心里的烦躁,轻柔而无语地迎上来,让我顿觉内疚。我迎面向风,像端过一杯她递过来的凉茶,端过一座山、一个古村的好意。

这是一座石头村。石头垒的台阶一直蜿蜒向上,链接着整个村庄,所有的房屋也都是石头垒的,特别整洁,藤蔓交缠,古树婆娑,很有一种味道。来自远古冰川遗迹的溪水从石阶和房子的缝隙间顺流而下,很细,但很清,能想象春天哗哗奔涌的样子和声音。

一排巨大的石臼,散落在村的高处,积了前些日子下过的雨。目光从雨水出发,沿着倒映在水里的一根树梢往上,再向远处,能穿越层层叠叠的千年梯田,望得很远,是望,不是看,还能听到从春天传来的千亩油菜花灿烂开放时蜂蝶的嗡嗡声。

石头垒砌的墙头冒出各种结果的树,橘子树,樱桃树,桃树,梨树,李树。

一位黝黑瘦小的大爷,光着上身慢慢劈着柴,看我们走近,坐到木桩上,点燃了一根烟。

喃喃的念佛声由远而近,堆满木柴的门内,一位老妈妈在念佛,她穿着曳地长裙,显得格外端庄,据说这儿所有的女人只要念佛都要穿上长裙，有一种仪式感。她回头看了我们一眼，继续念。

有很多狗，几乎和我们看到的人一样多。年轻人都出去了，狗成了陪伴老人的年轻人，几声欢叫，成为宁静山村里跳跃的音符。

一根粗毛竹被劈成两半，架在一座正在修建的寺庙的上下层，两个民工正用它来运砖头，砖头从楼上滑下来，直接落到地上的车斗里，他们一边干活儿一边说笑，是此时无比静谧的山谷里唯一的声音。看到我们走过，他们停下手里的活儿，给我们让路，说，这么热的天，你们来看啥？还是你们自己漂亮！

为什么身在其中的人们都说没什么好看的？为什么我觉得这儿每一步一扭头一转身全是美景呢？

为什么我很想住下来？住在这个倒着的酒杯里长醉不醒呢？

为什么当年的梁山伯祝英台，不来一场私奔？住进这个世外桃源？

从玉水湖畔祝家庄的英台楼远眺，应该能遥望到覆卮山。这座山，也许她从未去过，也或许去过。此刻，我站在英台楼上眺望远山，想象着一场从未发生的私奔——假如梁山伯不是文弱书生，他闻听英台被许配马文才，第一反应是愤怒，第二反应却不是气急攻心吐血而亡，而是一把抓过祝英台的手，说，英台，跟我走，咱们私奔，随便去哪里，就去对面那座山也行，我们砍树，搭屋，种杨梅，种樱桃，打猎，生孩子，苦日子也罢，穷日子也罢，有我在，不要怕。走！

然而，两个书生能干什么？怎么谋生？就算马太守的官兵们不会搜出他们，他们能在山里自食其力生存下去吗？假如可以，一对家庭背景迥异的贫贱夫妻，能幸福一辈子吗？

梁祝无法私奔。我们呢？都说城市的脚步很快，其实不是的。城市很慢，因为远——从一个地方到另一个地方，从一个人心到另一个人心，从一句话到另一句话，都那么远，那么堵。我们无时不在奔波，抵达幸福的速度却很慢。

而乡村里什么都快，人与人说话，人与牲畜说话，人与空气，与白云，与水，与庄稼，与日月精华，与祖先，都那么近，于是，一个灵魂抵达幸福的速度，也快。

覆卮山下，一坛高粱酒刚刚打开，新采的二都杨梅被投入五十二度烈酒的一刹那，整个山真的变成了一只酒杯，浓香四溢。我们无法和谁私奔，但这是个适合灵魂私奔的地方，适合它放肆一下，休憩一下，并且养养伤。

德清是一个人

　　二十多年前的盛夏，我们四个人，两男两女，在浙江北部德清莫干山顶一幢很破旧的别墅里，点着蜡烛，听着大雨捶打竹林的声音，一起度过了我二十岁的生日。天蒙蒙亮，我们搭了一辆拖拉机，从山顶呼啸而下。年轻的脸，很长的黑发，在呼啸声中与绿色的风剧烈摩擦，如同我们的内心，准备与这个世界来一场快意恩仇，速度那么快，如今想来，却觉得当时时光那么慢，那么快乐。

　　二十多年后的公元2015年6月初，梅雨季节即将来临，我们一行八个写散文的中年人，在莫干山脚下采风。我们佯装散漫，徘徊溜达，无所事事，节奏像一群老人般，我们日益衰老的脸不再与风产生剧烈摩擦，如同我们的内心已与世界达成和解，表面上,一切都显得那么和缓安宁,内心却听到时光嗖嗖嗖的声音。

不应该啊,这是多么好的地方啊,德清。

据科学试验,人的眼睛看世界时,你看什么,只有什么是清楚的,周围都是模糊的,因此,我们看到的,只是世界的百分之一,否则,你的大脑根本无法接受巨大的信息,你的脖子无法支撑你的巨大脑袋,这是造物主的仁慈。此刻,我坐在离德清不远的杭州的梅雨季节里,翻看在德清的一张张合影,却看到了另一个人的影子——德清,它是一个人的样子——一个从旧时光里穿越过来的穿布衫的人,无处不在。

他在虞村的老火车站。虞村有一条颇具民国风味的街道,接近老蚕丝厂的一个拐角处,有两块木头牌子,一块刻印着沈从文的句子"在小羊'固执而且柔和的声音'与乡民平常琐碎的对话之间,存在着一种和谐;这河面杂声却唤起了一种宁静感。"再转一个角,另一块刻着"到了乡村住下,静思默想,我又觉得自己的血液里原来还保留着乡村的泥土气息。"是茅盾的句子。我没想到在这里会遇到他们两个,但这两句话在此时此地却无比贴切。还遇见一个人,名字忘了,大约也是民国时期的某个文人,在火车站古色古香的墙上,印着他的一段文字,说的大约是他要坐火车出门旅游,夫人叮嘱他说,要慢,要安稳。我仿佛听到了来自民国的那班即将发出的火车慢吞吞的鸣笛声从远处传来,而这位先生,正坐在前往火车站的马车上,听铃铛叮当作响,他的行李里,一定有一只竹藤箱子,里面一定有几本线装书,是读书人应该有的样子。

我们站在老火车站前合影，请当地朋友用我的手机拍。奇怪的是，不知怎么回事，拍摄模式自动变成了怀旧功能。于是，照片微微发黄，一群文人仿佛回到了民国，每个人在那种色调里，突然温婉而宁静，四周亦变得宁静，仿佛我们穿越从前，与沈从文茅盾他们在一起，一起看废弃的旧火车枕木上钻出嫩绿的草，一起看空寂无人的一个咖啡吧里长得像猪一样的两只小白猫。我站在街角，用手机拍它们时，从玻璃窗的反光中看到了无数德清故人的影子——游子孟郊、一代词宗沈约、才女管道升、山水画家沈铨、经学大师俞樾、红学家俞平伯、民国总理黄郛……还有那些曾与莫干山有过神秘纠葛的外乡人苏东坡、赵孟頫、毛泽东、梅滕更……

我气喘吁吁爬到黄郛曾经的藏书楼、如今的陆放版画展厅前时，朋友几个已经坐在巨大的樟树下，架起二郎腿闲聊。雨前天色灰暗，空气无比清新，几百岁的巨大树冠，让我想起释迦牟尼得道的那棵菩提。他们三三两两散落在绿色的大伞下，与我仿佛隔了很多个世纪，大树，天空，积雨云，蚂蚁，蚊子，茶几，藤椅，茶，聊天，看手机，无比的淡而闲。没有领导讲话，没有紧锣密鼓的行程，亦没有非谈不可的主题。从雨前到一场淅淅沥沥的雨下下来，他们在脑海和对话里，也遇见了一些与德清有关的故事和故人，感叹着地杰人灵和民风依旧……我认识他们很多年，从来没有见过他们这么无所事事的样子，这么像从前的文人，这么像一群志同道合的人。而这时候，德清，就是一棵樟树，默默罩着我们，像一位老友，默默给我们递上一盘瓜子，一盘笋干豆子，一杯茶。

然后，乐声响起。第一次，是在裸心谷。四面环山的绿谷，空旷幽静，很多人在一起，你却错觉只有你一个人在，真想把心裸露出来。怎么裸呢，大吼一声？大唱一顿？还是喝茶吧，还能怎样？这时，同行的陆布衣先生到车上把萨克斯、音响等一套乐器搬了出来，事前，我们曾力邀他把萨克斯带来，不料他带来的却差不多是一个"乐队"。悠扬的乐声在山谷里低空盘旋，如同那几枚莫干山绿茶，以为自己是鱼，在透明的玻璃杯里上下游弋，在没有夕阳的暮色里，映照着对面的满山竹林、懒步行走的两匹马、一条溪流、藤椅脚边一堆五颜六色的杂粮，盘桓成一种极美的意境，让人忘记一切，只想喝酒，喝红酒，想大哭，或大笑。第二次，乐声在一个叫云起琚的地方又一次响起。那是山坳里的一个小饭馆，一个农家的小院子，我们在楼上轮流讲笑话，萨克斯在楼下的雨声中，一丛翠竹前。我们的热闹，它的寂寞，强烈的反差，黑白照片般摄魂，那时，我觉得德清变成了一个民国穿布衣旗袍的女人，妩媚而善解人意。

在新市古镇的一幢古宅楼前，一位韦姓先生站在长满杂草的廊檐下，指着一块石头说，这是世界上最长的条石。我不懂，假装懂，一直点头。他什么都懂，对这个水乡古镇了如指掌，如数家珍，当他将自己编写的书一本本送到我们手里，就知道他有多么爱这个地方。让我想起我的老家，也有一位老先生，他什么都懂，镇子里的杂志稿子都是他负责编，也让我想起同行的安峰对古运河研究的执著，百忙中已经出版了十来本书，还要继续。似乎，每一个古老的地方都应该有这样一个人，但几十年后呢，还会有吗？几十、几百年后的德清，还会是一个自然、人文都得天独厚的清凉美丽世界吗？

这个念头让我低落，直到我走进德清图书馆，遇到一直倡导裸心阅读的慎馆长和年轻的朱炜时，才放下。朱炜还是学生时，就给我写过信，我们在微博和微信上均有交流，但此时我才知道，他如此年轻，却已出版过关于德清人文的好几本书，他还是德清历届最年轻的诗词学会会长，每一个端午节，德清的上空，会一直回旋着他和同伴们的朗诵。

德清，取名于"人有德行，如水至清"。从新石器时代至今，从人德到自然之德，德清也前行也奔波，但始终坚守，不离不弃，因此，在德清短短几日，总有一种错觉萦绕——德清不是一个地方，而是一个中年人，他玉树临风，儒雅智慧，他气色很好，脚步很稳。

2015年6月5日，离开德清前，我们一行八人——陆春祥、马叙、赵柏田、海飞、周维强、安峰、邹园、苏沧桑借用德清钢琴馆的会议室，召开了浙江省散文学会第一次筹委会，没有寒暄和客套，聊得完全忘记了吃饭时间，忘记了两位先生还要赶火车，也忘记了应该留个合影。不过想起这几天已经与德清有很多合影了，每一张合影都沾着他的月明风清，仿佛是个好兆头，也就心安了。

把油灯点亮

在雨声里,水碓声并不清晰。我先是看到了它的样子,静静躺卧在南方冬天依然青绿的田野中,石桥下,芦苇岸边。溪流卷起巨大的水轮,带动碓木和碓锥一起一落,捣在青石臼里,发出"咿-呀-咚——"的声音,混合在细密急促的雨声里,像古琴声在贝多芬田园交响曲的高潮部分里泅渡,低沉缓慢的音符,不细听是听不见的,听见后,听觉便跟着它走了。古人描述的"碓声如桔槔,数十边位,原田幽谷为震",显然是很从前很从前的情景了。

若有若无的水碓声中,我与善根不期而遇。这是2017年初,江西上饶东阳乡龙溪村空无一人的村口,我从村外的农耕馆出来,打着伞走在通往村里的石头路上时,看到他也打着伞,迎面向我急急走来。

远远看见他时，我满脑子还都是农耕馆里堪称浩瀚的农具和生活用具，几百件之多，比百度歌谣里的还多：

犁杖耙耱镢锄镰，叉刮锨锤斧夯铲。

绳索套项驴安眼，驮笼驮架马骑鞍。

桶笼箱筐加水担，升斗口袋和褡裢。

刃镰麦耙苃麦秆，杈杖扫帚推刮板。

扬场晒籽用木锨，石槽铡刀碨子碾。

锅碗瓢盆瓮坛罐，壶杯钵匙筷碟盘。

刀擦杖刷与风函，尺镜针锥钳镊剪。

桌椅板凳床柜案，簸箕面渠箩笸篮。

麦耧秋耩播希望，板锄露锄抡得欢。

手头家具样样全，人勤春早仓囤满。

但是百度上找不全它们的样子，我用手机一张一张把每一件物品都拍了下来，包括菜籽、松果、玉米种，我想随时翻看无数村庄们正在远去的日常。曾经被视为神器圣物的农耕器具，正在被岁月抛弃，尽管上一秒还沾着泥土和肥料的气息，汗水或鲜血的咸味。龙溪村姓祝的村民们捐赠农具时，心里是怎么想的？舍得吗？还是无所谓？甚至因为手头有了更便利的电动工具而高兴？我想应该是后者，假如我是一个村民，或这个村民的亲人，也会高兴。

石头路上，唯有我和他。初冬的田野像初春那么清新，大地盛开着无数绿色花朵，是一些蔬菜和一大片即将在两个月后开花的油菜。唯一的一座水碓响在石头路的左侧，然而大地上一切播种发芽、丰收加工，都已与水碓没有任何关系，它不再是工具，而是作为一道景观存在，水轮像一只巨大的眼睛，看着田野上蓬勃的农事，它成了局外人。离它不远的农耕馆，灯光下陈设的农耕器具、生活用具，也像一只只眼睛，隔着玻璃与游人、与孩子们对视。镰刀锄头已经生锈，像老人黯淡的目光，与泥土、稻谷再也无缘了，像绝大多数村庄一样，再也听不到水牛背上的牧笛了。

他花白的头发很短很齐，也很硬朗，像他的身板。他大约六七十岁，中等个子，古铜色的皮肤，端庄的五官，气质不像一个农民。我抬头看看他，他也看看我，又低头走。即将碰面时，我又抬起头看了他一眼，发现他也抬头看了我一眼，我笑了，他也笑了。此时，薄暮已经笼罩村庄，应该是做晚饭的时辰了，匆匆往村外走的老人，是去农耕馆吗？他去干什么呢？

擦身而过时，我说：老人家，你好！

他马上说：你好你好！

天都快黑了，你去哪儿呀？

我到农耕馆去锁门，再到祝家祠堂给你们讲解。

在田埂上，我们停下来攀谈了几句。我刚刚恋恋不舍离开的农耕馆，和他果然有关系，他是看门人兼讲解员。他叫祝兴华，七十多了，是村里唯一的管理员，负责祝家祠堂、文昌阁、江浙社、农耕馆这四个地方。每个月五百元工资。他干过农活，教过书，当过铁道工，染过布，老了回了村里。他还有一个名字叫"善根"，是奶奶取的。

我也就是帮帮忙的。没有人管了，年轻人都出去了，就剩下老人家了。

那些农具有你家捐的吗?

有啊,那个装线的箩筐就是我捐的,我祖母用过的。那个书箱,是我太公用过的,他乾隆年间考上过进士。其他都是一百多个村里人捐的。

你每天都要来吗?周末不休息吗?

每天都要来,不来不行的。

老伴呢?

老伴在家烧饭,我工作还没完成,不能回家。

他的语气里,有捧着烫手山芋扔不得的焦急无奈,又明显有一份自豪。

与他道别后,我沿着溪流往村里走,水碓声在我身后渐渐消失。自汉朝起,南方北方,几乎所有有水的村庄都会有水碓声,加工粮食,碾纸浆,捣药、香料、矿石……夜深人静时,水碓房的油灯下,总是晃动着一个个劳作的身影。不久前,我去过千年纸乡温州泽雅,看到竹林间掩映着四个连在一起的水碓,是人们用来捣竹浆造纸的。水碓房里席地而坐一位白发老人,溪水在长满青苔的水轮间跳跃,汨汨有声,飞散的水珠在阳光下叮咚作响,水碓轻捣着石臼里的竹片,发出"咿—呀—咚——"的声音,山谷里回荡着无限诗情画意。然而那位老人只是在展示,而不是生产。此刻,我脚下的东阳曾是三省交界加工粮油的首选地,集舂磨碾榨功能为一体的大型水碓方圆百里首屈一指。而此时,石臼里并没有作料,近听,就能听清一声声空捣声,粗砺、坚硬,像一个空巢老人冬夜里的干咳,听起来有点痛。

一个金黄色的大草垛，立在农耕馆外，应该是刚刚收割后的稻草堆成的。刚才，我把整个身子都靠了上去，果然闻到了浓浓的湿湿的稻草香，那一秒，我觉得回到了记忆深处的村庄、想象中的村庄。龙溪村以血缘关系聚族而居，自古诗书继世、耕读传家。一个古老的村庄，一座桥，一条溪，半面断墙，一棵樟树，一个草垛，一大片油菜，两间青砖灰瓦的矮屋，一个美轮美奂的祝氏宗祠，一个气势不凡的文昌阁，一个仍然萦绕着喧哗声的江浙社，一个静谧的观音阁，田野间响彻着水碓声声，人们的血脉里浸染着翰墨书香，这是我梦想中的桃花源的模样。

可是，我不想怀旧。真的。假如我是一个农家妇女，像善根媳妇那样地道的农家媳妇，我为什么要怀旧呢？如果回到从前的从前，我和大多数女人一样，天没亮就得起床，蓬头垢面，挑水烧火做饭，忍着饥寒将谷子挑到村外的水碓房碾米，顶着烈日扛着笨拙的农具去田里劳作。上树采摘的皂角怎么都洗不尽衣服上的油垢，头发里长着虱子，没有擦脸油，甚至没有手纸，要在爬着蛆的粪坑上排泄，忍着蚊蝇叮咬。一场微不足道的小病就会轻易夺走自己或亲人的生命，怀胎生子更是过鬼门关。没有动车飞机手机微信，丈夫、孩子出远门了，思念很痛很长很绝望，而不是远隔万里也能随时视频、语音。任何一个极细微的享受，比如洗个热水澡，都要付出繁重的劳作。

在遥远的美洲，生长着一种外表极美的箭毒蛙，只有指甲那么大的母蛙担心蝌蚪在快干涸的水洼里死去，会将蝌蚪背在背上，开始史诗般的迁移。它从水洼出发，爬行一公里后攀爬到一棵大树上，找到凤梨植物叶子形成的完美的小水池，把蝌蚪放下，又回去背第二只蝌蚪，直到将六只蝌蚪一一安放在不同的小水池里。没有食物，它向水里排一个未受精的卵作为食物，隔几天就回来排一个。日日夜夜，它在马拉松式的漫漫长路上奋力攀爬，废寝忘食，让我想起自古以来乡野中的一代代母亲，如同箭毒母蛙一样，在无比艰辛的漫漫时光里攀爬，花容月貌迅速枯萎，脊背早早弯曲，指甲里总是藏着黑黑的泥垢……都说从前慢从前好，其实错的不是现代科技的进步，而是人心不古——忘本，贪欲，不耐心，不实诚，不再信奉一分耕耘一分收获。

水碓声在身后消失的一霎，我听到了一个乡野女子如释重负的叹息。每一个农人，都希望日子是轻快的，美美的，也想住高楼、装空调、开轿车、去旅游，有什么义务为我们城里人保留贫穷落后？保留所谓的诗意呢？时光的钟摆亘古不变，叫我们安常处顺，不必为一些注定消逝的事物伤感，并非只有通过水碓声，人才能接得上地气，记得住乡愁。有时，只需把心里搁置已久的油灯擦一擦，点亮。

2017年的第一场雨里，我与善根挥手告别，去跟同伴们汇合。善根说，快点跟上他们哦，村子很大的，不要迷路了。

从前所有的村庄外都响彻着水碓声，假如我是一个迷路的人，顺着水碓声，就一定能找到农家。坐在竹篱茅舍前，喝着他们递过来的粗茶时，一定能听到鸡犬相闻，听到"咿——呀——咚——"的水碓声，多么美好。但我也只是试着想象一下而已，我不想农人们回到所谓的美好。因为他们是我自古以来的亲人。

秋窗风雨夕

井水其实不是黑色的,但因为在深井里,看上去像一块墨,奇异的是,这块墨能反照天光,也能清晰地映照出我白亮的脸,以及我身后正蓬蓬勃勃的春天。八十年前的春天,井水也映照过他的脸——忧郁,文气,像他最初的名字——郁文。

这口半平米见方的老井,位于杭州大学路场官弄63号。"风雨茅庐",一个不太吉祥的宅名,仿佛预示了它的主人——一代文豪郁达夫注定颠沛的人生和爱情。

"儿时的回忆,我所经验到的最初的感觉,便是饥饿;对于饥饿的恐怖,到现在还在紧逼着我。到了我出生后第三年的春夏之交,父亲也因此以病以死;在这里总算是悲剧的序幕结束了,此后便只是孤儿寡妇的正剧的上场。"1896年12月7日,郁达夫出生于浙江富阳县一个没落的书香家庭,凄惨的童年,天赋的异禀、坎坷的境遇,成就了他极其复杂的个性——浪漫细腻、大胆豪放、勇往直前而又有些歇斯底里,也成就了他的多重身份——中国现代著名小说家、散文家和诗人,中国左翼作家联盟的发起人之一,民族解放殉难烈士。

八十多年前的一个春天,"明眸如水,一泓秋波"的杭州名士之后王映霞随丈夫郁达夫回到了故乡。此时,离郁达夫留日归国、代表作我国第一部白话短篇小说集《沉沦》发表已经过去十二年,离他上海初遇王映霞一见钟情穷追猛打终成正果已经五年了。此时回来,一是为避国民党当局的政治迫害,二是为还她回乡心愿。他买下了玉皇山后30亩山地,又置换地皮,亲自设计,在离西湖不远的地方,建起了他理想中的家园。

"1935年年底动工,熬过了一个冰雪的冬季,到1936年的春天完工……足足花掉了一万五六千元。"王映霞写道。可以想见,1936年的春天,无论对于他和她,都是特别明媚的。她的脸庞映照着崭新庭院里初春的雪,因欣喜而更加动人。

这座日式风格的东方建筑,"涂上了朱漆,嵌上了水泥",古典,精致,华丽,衬得上这对"富春江上神仙侣"。然而,郁达夫给它取了一个名字"风雨茅庐",王映霞觉得不吉利,不喜欢。

当时的风雨茅庐是这样的:院落坐北朝南,分正屋和后院两个部分。临街是两扇大铁门,一排二层楼。前院是一个高台,高台上三间正房,围绕着木柱回廊,正房当中一间为客厅,挂着著名学人马君武所书"风雨茅庐"横匾,西壁挂的是中国画,东壁则是鲁迅亲笔手书的七律《阻郁达夫移家杭州》。客厅东西两边为卧室。正屋往东,是一个月洞门,五六间平房连接着后院。后院是一个幽雅别致的小花园,葱茏掩映着三间客房和郁达夫最爱的书房。书房三面沿壁排列着落地书架,摆满了数万册各国文字的书籍。

对这个"蜗庐",郁达夫在《移家琐记》中表达了由衷的喜爱:"好得很!好得很!"尽管鲁迅先生对于他移家杭州一事,之前之后都好意劝阻,他仍发自内心地希望新建的家园成为趋避乱世的世外桃源,全家老小能长长久久平平安安地在此生活下去。

"谁家秋院无风入,何处秋窗无雨声。"红楼梦林黛玉一首《秋窗风雨夕》仿佛映照了那个风雨萧瑟、政治阴晦的年代,即便如郁达夫这样的名人,又如何能驾驭自己的命运?

错误的时代,遇见错误的人,悲剧开演。

正式入住后,风雨茅庐不再是安静写作之地,因女主人的非凡魅力和一些无可奈何的原因,成了杭州社会名流官僚政客的交际场,整日推杯换盏、歌舞升平,让郁达夫心躁不安无所适从,只想逃离,短短几个月后,便南下福州谋职参加抗战活动。杭州沦陷后,王映霞带着孩子和老母在漫天烽火中逃难,最需要丈夫共渡难关时,他却不在。然后,她听到他与富阳的原配孙荃藕断丝连的消息,他听到她与第三者许绍棣关系不正常的流言。截然不同的性格,诸多的真相或者误会,裂痕已无法愈合。暴风雨终于如期而至——一次争吵后,王映霞离家出走,郁达夫气急败坏地在她的旗袍上写下"下堂妾王映霞改嫁之遗物"几个大字,后来又公开发表《毁家诗纪》,毫不保留地暴露了自己的私隐与"家丑",包括他对王映霞"红杏出墙"的怀恨之意,让她彻底寒了心。我想,他的激烈,其实是不舍,不甘,是想挽回。但即便如郁达夫这样的情种,也关心则乱。

"已觉秋窗秋不尽,那堪风雨助凄凉。"风雨茅庐,他们只住了短短两年,十二年的婚姻便走到了尽头,劳燕分飞,走向了不同的人生——郁达夫辗转香港、新加坡、印尼等地办报并从事宣传抗日救国,并再婚生子。1945年8月29日晚8时许,日本宣布无条件投降后两周,流亡至苏门答腊的郁达夫正在家中与几位朋友聊天,忽然有一个土著青年把他叫出去讲了几句话,郁达夫回到客厅与朋友打个招呼就出去了,从此再也没有回来。后据史料证实,他于当年9月17日遭日本宪兵秘密杀害,终年50岁,而他的第十一个孩子在他遇害后翌日出生。而王映霞终于遇到了生命中"对"的那个人钟贤道,得到了"许多温暖安慰和幸福",直至2000年2月在上海病故,终年92岁。王映霞晚年在自传中这样评价:"我想要的是一个安安定定的家,而郁达夫是只能跟他做朋友不能做夫妻。所以同郁达夫最大的分别就是我同他性格不同。""历史长河的流逝,淌平了我心头的爱和恨,留下的只是深深的怀念。"儿子郁飞也诚恳地描述了自己眼中的父亲:"我的父亲是一位拥有明显优点,也有明显缺点的人,他很爱国家,对朋友也很热心,但做人处世过于冲动,以至家庭与生活都搞得很不愉快。他不是什么圣人，只是一名文人，不要美化他，也不要把他丑化。"

2015年初春，午后，阴。我们站在锁着门的风雨茅庐前，等待维修指挥部的小伙子取来钥匙开门。时光早已将它淹没在一大片居民小区当中。之前，在离它大概十米远的地方，我问过好几个路人和店里的人风雨茅庐怎么走，居然没有一个人知道。我们——我，小营街道干部小卉，消防员老王，来自连云港的保安，一个六十多岁的扫地大爷，还有维修工程部科长——站在故居前讨论着2014年杭州居然有200个雾霾天这个话题，每个人都情绪激动，发言热烈。故居前的巷子很狭窄，只容一辆车通过，车开过时，我们暂停讨论，贴着墙根站，等车过了，我们再走出来继续讨论。没有人聊起那一场隔世的风花雪月，更没有人讨论文学。

推开黑漆浇注的"原版"铁门，像翻开另一个年代的书页。一棵巨大的老梧桐树扑面而来，秋天般落叶纷飞，一棵姿态优雅的红皮树，还沉浸在过往的冬季里不动声色。屋檐瓦楞间蓬勃的草，珍珠般闪烁着低调的光泽，提醒我这是2015年的春天。

都还在。高台，正屋，偏房，书房，后院，甬道，水井，青石板。从任何一个角度看，这儿都是静的，美的，出世的，仿佛交响乐中一小段暗哑空灵的竖琴。八十年前，他或者她，无论站在或坐在这个宅子的任何一个角落，都是惬意的。然而，短短两年，属于他们的窝，还没有被焐热，就被雨打风吹散。此刻，屋顶上很多瓦片已掉落，屋内一些地方还在漏水，天花板和柱子上长出了霉斑霉点,他生前用过的十几件红木家具包括一张床、一个画桌、一个衣橱、几张椅子,都只好暂时收起来了。但所有的房屋里,都散发着红木的异香,书房的地板下传来脚步空洞的回音,我仿佛听到了一声暗泣,风雨茅庐像一个弃儿,没有年轻过,就已经年迈了。

扫地的大爷跟我们进来后,一直在扫着满地的落叶,自始自终没有说过一句话。我想,并没有人要求他扫地,他也并不懂,他是否只是简单地在心疼着,这么好一个地方,怎么就这么凄凉?据说,这儿曾经装修过,文化公司租过,相关单位正在加紧维修,但怎么维护是否开放如何管理以后有谁来看等等问题,和全中国很多名人故居一样,不知道何去何从。

2015年春天,我在如镜的老井里照见了自己,也照见了一群鸽子正从屋檐上呼啸而过。它们世世代代在此筑窝,执著,长久,一脉相承。八十多年前,他每天在这里洗漱,每天能望见井里的活水,也一定望见过一群鸽子呼啸来往,那会不会是他最孤独的时刻?也是他最清醒的时刻?

忽然觉得,看似有点破败的故居,其实一直盘旋着一股精气。他的文和人,给人印象是颓废的,忧郁的,浪漫的,文弱的,偏激的,甚至有点傻的,于是,一个活生生的真实可爱的他,如多年不见的一位故人,站在井底与我对视。我看出来了,他喜欢日本,那里留着他一生中最好的年华和初恋,风雨茅庐的日式风格可见一斑,但他选择了抗日,抛妻别子,甚至生命。他讨厌官场和政治,但他选择了去福建谋职入仕,投明救国。八十年前的天空上，一群鸽子掠过苍穹，见证过他比它们飞得更高远的目光。八十年后的今天，有多少人愿意为了内心认定的理想豁出身家性命？恐怕一点名利、一份安逸都不肯。

风雨茅庐，中国文化地图上的一个点，千千万万个文化地标中的一个，中华浩瀚文风中的一缕，此刻，它在走近，还是走远？

在井水倒映的天光里，我试图打捞一个答案。

居然隐者风

富阳庙山坞,黄公望结庐隐居处。站在2016年第一场冬雨里,我叫了声:"黄……"未及出口的后半声,如一滴雨从竹梢无声地落入我的棉帽,如更远处苍茫的雨雾,无声地溶入大地。

黄什么呢?大师?先生?老伯?公望兄?大痴?……被尊为"元四家"之首的黄公望(1269-1354),以那幅令人叹为观止的《富春山居图》和他本人在中国绘画史上的地位,无疑该称呼他为大师。可是,79岁的他,喜欢人们称呼他什么呢?还是根本无所谓?

当我沿着他当年走过的竹林幽径,走向七百年前的他,我的想象总停留在至正七年(1347)他的79岁,也是我父亲此时的年龄。我看见一个蓬头长须、不修边幅的老人,背着一个皮囊,皮囊里装着画具和酒，和好友无用禅师正兴致勃勃地走在我的前面，也是这样的冬日，也有这样的细雨，他们已经走遍了富春江两岸所有的山水。竹林深处，传来无用师的声音——你给我画一幅画吧，才不辜负这好山水。黄公望说，好！无用师又说，我不放心，恐被人夺爱，你得在画上写上我的名字，说这画是我的。黄公望抬头看了看近在眼前的家园，说，好！

推开柴门，踏进这个叫"小洞天"的家园，他们不会想到，这幅被后世称为《富春山居图》的旷世绝画，自他动笔至去世，整整画了四年。他们不会想到，这幅画辗转流离250年后，被藏者欲焚烧殉葬又火口余生却断为两截。他们更不会想到，多年后的乾隆无限痴迷此画竟至真假不辨，而侥幸留存的残卷被后人分别名之为《剩山图》和《无用师卷》，各藏于浙江博物馆、台北故宫博物院隔海相望，直到分隔360年后才合璧重逢，又继续隔海相望。

我尾随着他们的声音，在冬雨里拾级而上，看见自己沾染青苔的皮靴渐渐化成了一双古代女人的绣花鞋，在冬雨里缓缓拾级而上，走进了黄公望"偕无用师回家于山居南楼援笔作长卷《富春山居图》"的前一日黄昏。我是他的次子德宏之妻毛氏。我掌着一盏油灯，撑着一把伞，将他们迎进了家门。我在他们身后，看他们穿过院门两旁在雨里闪闪发亮的竹，踏过青苔斑驳的鹅卵石地，穿过护翼般笼罩着三间小屋的两棵大树，走上廊前的石阶，走进了灯火深处。然后，我走向厨房，吩咐厨娘将炖了很久的炭火炖鱼起锅，我拔下簪子拨了拨炭火，红亮啄了一下我的眼睛，一场酣饮正拉开序幕，山里的天色一下子暗了下来。

酒过三巡后，我穿过细雨，来到院子右侧临溪的南楼画舍，帮他再整理归置一下画具，因为我听说，明天起，他要画一幅很大的画。我在廊檐下站了一会儿，看细雨在竹叶凝结，再慢慢滴下来。我在想一个问题，一个我百思不得其解的问题——公公长期隐居在此，痴心作画，家中老小很是担心挂念，夫君德宏便携母亲叶氏和我，追寻至此陪伴他。可是，隐居，到底是什么？隐居于我，仿佛是个牢笼，幽暗的山坳困住了我，几乎见不到人。而对于公公，隐居为什么如此快乐？公公并非富阳人，他本名陆坚，江苏常熟人，后过继给温州苍南黄氏为子改名黄公望，可他为什么选择了富阳作为他的隐居终老之地呢？

我听说，他曾是"松雪斋中小学生"，他一开始不是画家，更擅长的是书法、诗词、散曲，曾为很多名画题咏。中青年时代的他是个读书人和落魄官人，当过中台察院椽吏，蒙冤入狱，出狱后看破红尘，浪迹江湖，在江浙一带卖卜为生。50岁左右，公公才开始山水画创作。已是知天命之年的他仿佛一棵幼苗，把前人当作阳光雨露，见风就长，他广采赵孟頫、巨然、荆浩、关仝等众家之长，最心仪顾恺之、王维、董源、李成等，学的不仅是诗风画风，更多的是胸襟气质。当然，他不是一棵幼苗，他已脱胎换骨成一个笔力老到、风格独特、遗世独立的黄公望。66岁时，他和画家倪瓒同时皈依主张儒、释、道三教合一的"全真教"后，更是崇尚自然自足，成了一个超凡脱俗、自称"大痴"的道士。

也许是对故土的怀念吧,公公晚年回到了浙江,富春山水的奇特魅力让他痴迷流连,便选定了江北大岭山白鹤墩,隐居在村后的庙山坞,从此"焚香煮茗,游焉息焉。当晨岚夕照,月户雨窗,或登眺,或凭栏,不知身世在尘寰矣。"一个人的精神自在了,一个人的艺术才能自由翱翔。一幅幅画作,描绘的是风景,也是心境,他的人"精严逸迈",他的画"浑厚华滋",可谓珠联璧合。

一大滴雨滴到了我的棉帽上,发出了沉闷的声响。我从雨声中醒来,发现自己正站在黄公望画舍的屋檐下发呆。同行的人们已陆续往院子外走,人声在竹林后隐隐约约渐行渐远。突然有一种被他们抛弃的感觉。假如我一人留下,我憧憬了无数次的隐居就此实现,我愿意吗?仔细一想,有点可怕。作为一个女人,我并不真正羡慕古人的生活,尤其是古代女人的生活——可以忍受不能每天洗热水澡,不能随便穿着打扮,没有牙刷,没有电,没有煤气,没有卫生巾,没有空调,没有止痛片,没有消炎药,没有眼镜,等等,但如何忍受因身为女人而与生俱来的禁锢、不公和暗黑?

曾多次探寻三百年前明清文人的隐居地杭州西溪,也向往当代隐者聚集地陕西终南山,还想去黄公望杭州隐居地走走。我写过西溪九个隐居故事,那个"舟从梅树下入,弥漫如雪"的地方,那些真正的隐者,有的为保护《四库全书》等万卷藏书避居西溪,有的"功成名遂身退",有的逝去前两个月来此养病却邂逅爱情,有的探望老友却遇红颜知己从此生死相伴,有的同好诗文结伴而居,有的同名同姓同龄同志趣隔河而栖,诗酒相对,风雅相应……他们在世外桃源里,不是虚度年华,而是做了这辈子最想做的事。其中有一个园子叫"泊庵","泊"的本意是漂着,暂时停下来歇一歇,而到了西溪,暂时的泊却成了永远,这是隐居者最好的归宿。可是最近,当我看到终南山一个年轻的隐者将他的生活和他拍的美图晒在微信朋友圈里并且很火,我就想,他拍一朵花、一只鸡的时候,他的目光还是一个隐者的目光吗?还是变成了替读图者看花看鸡的尘世目光?

我循着人声急急往外走,仿佛真的怕被他们抛弃了。当我的身影消失,这座山坳的这户人家,就只剩下他们一家人了。他们一家人,在并不遥远的七百年前,喝着酒聊着天。黄公望喝下一大口温热的米酒,同时在心里展开了一幅富春山水图——江水、远山、村落、草坡、亭台、渔舟、小桥……他喝的酒是富春江水酿的,看似淡,却容易醉人,如他画里的富春山水,看似淡,却浑厚阔远,恣意汪洋。

在我的印象里,古往今来的艺术珍品,大多缘起于情,爱情、亲情、友情、家国情,而绝非名利,《富春山居图》亦是。耄耋之年,黄公望在画中题款说:"兴之所至,不觉 "——"兴"是热爱所致,就像此时陪同我们的当地人蒋金乐,戴着雷锋帽,穿着皮衣、牛仔裤、登山鞋,一副随时准备上山的样子,他曾花了几年时间一个人疯狂寻找山居图里的实景,雇船拍了两百多张照片,拼成了一幅实景图。" "的意思是无止无休、孜孜不倦,如泉水汩汩,余音袅袅,而我看到的,是一位真名士、真隐者的最高境界——心无杂念。

估计很多人和我一样,有一颗隐居的心,却有一付贪恋尘世的皮囊。贪恋就贪恋吧,人和动植物,说到底都是俗物,就连美丽的鸟兽鱼虫,身处绝美的南北极,依然互为食物链、互为江湖。并没有什么世外桃源,在心里挖一个"山坳"吧,随时空一空,静一静,隐一隐,那么,从"山坳"里流出的泉水,必定更加清远。

南方冬天的雨很湿冷,容易沁入骨髓。在富春山脚下的龙门古镇,一个女人拿着一枚古墨,在酒精灯上蘸一下火,在我额头及眼睛周围摩挲着,说能驱赶头痛,能美颜。墨蘸了火,却透出软软的凉意,凉意传达给肌肤的,却是中药般的暖,特别奇妙。抬眼,雨雾深处,已不见远处那个幽暗的山坳。对比玻璃框内的《富春山居图》,我觉得那个山坳更美,一个文化理想与栖息之地完美结合的双重空间,多么静啊,淡淡的一笔一墨,轻轻的一呼一吸,都让人震撼。

神仙的日常

脚尖碰到云,云像被犁开的土地,翻滚起很多比喻——一个人走进五月的仙居,像一根银针刺进一幅锦绣,一片落叶惊动静湖,一个声音跌进树的年轮……脚尖带起的气流,涟漪般慢慢扩散,一幅叫"仙居"的巨画也慢慢醒了过来。

我已经厌倦走一个地方,就讴歌一个地方,厌倦眼里只有PS过的美丽而故意无视种种缺憾。诗人荷尔德林说,做一个诗人,你要忍受那些必须忍受的,歌唱那些应该歌唱的。此刻,我不想歌唱仙居,但站在这个"仙人居住的地方"、李白梦里的天姥山,却很想大声唱歌。

"上河里的鸭子下河里的鹅,一对对毛眼眼照哥哥……"差点脱口而出的这首西北民歌,与此时此景完全不搭调,然而就是这么奇怪，可能因为这是我唱得上去的音调最高的歌了。唱什么不重要，就是想大声唱，因为此地的神奇，也因为它的日常。

后退，是仙居给我的第一印象。我是躺着进入仙居地界的，腰部不适，便将车座放平，车身平稳，躺在车上就像躺在船里，我的整个视野，便是车窗上方越来越明净的天空。云朵在头顶上后退，路在往耳朵后退，盘桓于脑子里的诸多杂事杂念在往身后退，仿佛整个世界都在往后退。我想，平躺的姿势并非主要原因，不同寻常的地名"仙居"本身就具有强大的蛊惑力。何况，它是"沧海桑田"、"一人得道，鸡犬升天"等成语典故的发生地，有距今七千多年的下汤文化，有皤滩古镇，有蝌蚪文、春秋古越文字，有理学家朱熹送子求学的桐江书院等等。

真正做神仙的感觉，从脚尖踏上"神仙居"的第一个石阶开始。我们遇见预料中的负氧离子极高的空气，遇见预料中的溪水、瀑布，遇见预料中的南方红豆杉、香果树、长叶榧、浙江楠、杜仲、厚朴木、金刚大、八角莲，还遇见一位石将军和一位睡美人，一个气拔山河，一个恬淡悠然，如果说神仙居是一部长篇小说，他们俩就是意味深长的引子，一左一右，一阴一阳，一文一武，一张一弛，在山脚迎着你，将你带入一个预料之外的深处。

出乎预料的，不是没有遇见传说中的金钱豹、穿山甲、五步蛇，而是那些神出鬼没的奇峰、断崖。远处或者近处，会突然出现拔地而起、巍兀独立、险峻无比的山峰、悬崖，它们有时隐在云雾里，有时骤然闪现，当你左右环顾时，会有草木皆"峰"的感觉，一座座都像是活的。这些奇峰、奇山、奇石、奇崖，让人惊艳，又让人匪夷所思，因为，仙居群山迤逦西行，绵延不断，唯独神仙居周围的山峰如刀切斧削，耸然独秀。

其实也不是特别高，一千多米，但当你和群峰一起在云雾里行走，便觉得离人世很远了。云雾缭绕着山峰，也缭绕着你。山峰俯瞰着大地，你也俯瞰着大地。山峰静默，你也会不由自主安静下来。你会觉得，自己成了其中的一座，自己在这里已经站了很久很久，几千几万年那么久。然后，她出现了，确切地说，是她一直在——观音峰，静静背对着你，双手合十，眉眼低垂，俯瞰苍生。在民间，人们总是将"快乐逍遥"与神仙相连，总是将"大慈大悲"与佛菩萨相连。站在高山之巅，我既没有快乐逍遥的感觉，也没有大慈大悲的念头，我只是觉得，站在这个"神仙居住的地方"，遥望着她，心里特别特别静，特别想多呆会儿。

没穿袜子，裸露的脚背时不时会碰到野草，碰到树根，岩石，青苔，碰到阳光，溪水，云雾，我觉得是它们在叫我，所有的生命，都在跟我打招呼，让我多留会儿。我也想叫住它们，用我不成曲调的歌声，叫住云雾，叫住这个清晨，然后叫住黄昏，叫住一切美好的时光，一点一滴都不让它们溜走。

飘飘欲仙的感觉，最后被山顶一碗极其普通的浇头面带至高潮。清汤、笋丝、肉丝、鸡蛋丝、豆腐干丝以及柔滑的米粉，热气腾腾地摆在面前！这么一碗极富当地特色的浇头面，居然能在山顶吃到，加上一咸一甜两块麦饼，又累又渴的身体从生理上油然而生感恩之心。偷偷想，不食人间烟火的神仙恐怕也无福享受这份舒畅吧?

终归是俗人。生活的美好,本就由琐碎的日常与偶尔的神奇构成。只是在仙居,这两者的反差特别强烈。

飘飘欲仙的脚步离开山巅,踩上山脚的皤滩古镇时,千年盐运码头的日常以一种令人猝不及防的"亲热"汹涌而至。

"亲热"来自我脚后跟一阵细微的疼痛,极其细微,像被谁用牙齿轻轻玩似地咬了一下。随即,小腿被一团什么缠住了。一只白色的小土狗,很胖,绕到了面前,仰着脸笑着。我知道它在笑,它轻轻地抬起身子,想趴上来,果然就趴了上来,无比真诚的目光,不断摇晃着尾巴,所以我知道它在笑,对着我们这群突然闯入的陌生人笑。它来自古镇挂满灯笼又少有人迹的某个深处,它想玩,它喜欢热闹。它在人群里绕来绕去,又轻轻咬了我的小腿一口,湿湿的,像一个吻。

我有点相信,它是来自千年前的一只狗,它的前辈的前辈,一定见惯了这个古镇的繁华和热闹,它们的基因里,没有冷漠,没有警惕,只有友好,这多好啊。假如所有的乡村,假如所有的人与动物,所有的人与人,都这样,多好啊。

过了一会儿,当我在一个敞开的院门里看见一只黄猫和它刚出生不久的两只小黄猫,任凭我走近,隔着一丛野雏菊的距离对它们一顿乱拍,它们全体依然静静地看着我,更坚定了我对它们古老基因的判断。

然后,我们在鹅卵石铺砌的龙型古街闲逛时,流连于唐宋明清及民国遗留下来的气势宏伟、布局精美的"三透九门堂"时,在来自大唐的针刺无骨花灯和九狮图的魅影里迷离时，想象赌场当年的喧哗时，一块块把玩街边小店的彩石时，买蓝印花折扇时，在绣楼前自导自演连续剧时，小白狗一直跟着我们，像一个欢天喜地的孩子。我听见它来自千年前小声的追问：我很快乐，你快乐吗？你们快乐吗？

卖石莲豆腐的大姐，坐在看不出年代的老屋门前，隔着窄窄的小巷，和我叙起了家常。她住在城里，周末来镇里陪陪老母亲，父亲88岁时过世了，母亲89岁了，喜欢自己在后院菜地里种点吃的。她每个周末都来，子女也会跟着来。这里水好，空气好，人长寿，他们喜欢来，很多外地人也喜欢来。我不忍心问她，母亲过世后，你还会来吗？你老了，会回来住吗？将来你过世后，你的子女，还会来吗？

一杯石莲豆腐，让整个古镇更加接近它本来的味道。它是用一种植物做的，清凉解毒，我在老家常吃。走时，我跟大姐说，石莲豆腐里再加点薄荷水就更好了。她就笑，说，好的好的。

其实，我本来想说，再加点薄荷水生意就更好了。我把"生意"二字咽了回去。

在一个被我忘记了名字的村庄里，一位大姐正蹲在溪边洗衣服。流水，捣衣，已经是很少遇见的场景，况且是雨后，有一只黄土狗，有古戏台和盛开着黄花的仙人掌。她专注地用捣衣椎捣着衣服，偶尔抬起头看我们一眼。我不知道她在想什么，但我忍住了用任何矫情的问题打扰她。溪水流过她的手，她的衣服，然后流过整个村子，流向远方。我甩掉拖鞋，将一只脚浸入了从她那里流过来的水里。溪水包裹上了我的脚尖,脚背上翻滚起细小的浪花,像送了我一只水晶鞋。清冽顺着脚尖爬到脑门,让我忽然又想起了"仙人"两个字。

仙居曾名乐安、永安,于东晋立县。一千年前,宋真宗以其"洞天名山屏蔽周卫,而多神仙之宅",诏改"仙居"。能感觉到山水依旧、世事沧桑,但也能感觉到一种由日常和神奇组合而成的美好,始终贯穿着这个千年古城。当溪水送我水晶鞋,我突然想,这一路走来冒充"仙人"最强烈的感觉,就是一路想"放弃"——披上了云,就想放弃衣衫。沾上溪水,就想放弃鞋子,放弃赶路。看到观音山,想放弃尘世,工作,写作,新闻,朋友圈。看到古镇花灯,想放弃手机,包,帽子,眼镜。喝到石莲,想放弃荤腥,放弃高速公路,放弃车子,城市。俯瞰群山,想放弃抬头的姿势……如同每一个"容颜未老,心已沧桑"的中年人,面对人世间与山水截然相反的丑与恶,常觉无力,想出走,想做神仙,甚至,想试着把自己逼上绝路,与某种食物断交,与某种习惯断交,与某种人断交。

然而,终归是俗人。生活的美好,本就是无数的琐碎、无尽的劳累、无涯的苦楚之后那一点点甜。既然"爱有万分之一甜,我宁愿葬在这一点",不如好好呵护每一个日常。

仙居一行,谁都不可能真正成仙,但可以肯定的是,来过这里,回到原处,我一定轻了很多。

那么,我能做点什么才对得起那个湿湿的吻,经得起来自千年前那个小声的追问呢?我不想讴歌,但我写下这些真诚的文字，我的文友们写下发自内心的赞美，一定会诱导更多的人来此。这是我的矛盾。作为"江南的香格里拉"和国家公园试点县，今后，会有越来越多的"我"，用身体、脚步、声音，像一把把犁，犁开这片神奇的山水，一定会打扰到它们和他们弥足珍贵的日常。只是，每个人出来时，最好像神仙一样悄然从画面里消失，让那个被"我"犁开的点轻轻合上，不留一丝痕迹。

远去的书香

1924年秋，一个天高气爽的午后，杭州孤山脚下俞楼年轻的女主人许宝驯和往常一样走上楼台，凭栏远眺。远处的山、远处的水、远处的雷峰塔也和往常一样安详、澄明。忽然，随着一声闷雷般的轰隆声，南屏山方向瞬间腾起一股黑烟……

雷峰塔倒了！

许宝驯不由惊呆了，一时以为自己在做梦，第一反应就是转身去找丈夫俞平伯。咚咚的心跳声中，她想起，难怪前些天雷峰塔上的宿鸟时时惊飞而散，原来，那就是预兆。而与雷峰塔一湖之隔的俞楼和自己，正好目睹了这惊天动地的一刻。

时间的抛物线落在九十年后的春天，和一缕午后的阳光，无声地落在我的鞋面上。我穿着布鞋，从孤山南麓的西泠印社出来，靠右走几步，看见一块很大的草坪，中间有一棵很高大的香樟树。在树下坐一会儿，再往前走几步，路边有个小院，院里有座两层三开间的中式楼房掩映于绿荫丛中，便是一代国学大师俞樾以及他的后人著名诗人、学者、红学家俞平伯的故居，人称"俞楼"。

一个人走进幽静的俞楼时，仿佛仍能听到遗落在时间里的轰隆声。真静啊，似乎这儿不是一个门庭若市的名人故居，而是普通人家居家过日子的地方。

对于俞楼的主人，这儿的确曾经是居家过日子的地方。

俞楼的第一位主人是清末独步江南的国学、书画篆刻大师俞樾。俞樾(1821—1907)字荫甫，浙江德清人。30岁中进士后入翰林院，因直言考场营私舞弊，惹得龙颜大怒，被罢官后，携家南归，主讲苏州紫阳书院和上海求志书院。他在苏州造了一个"曲园"，筑了个"春在堂"，取"曲则全"和"花落春仍在"之意，自号"曲园居士"。俞曲园在经学、史学、诸子学、文字学以及音律、训诂、书法等方面都有很深造诣，讲学影响很大，不仅深得国内学界重视，而且声名远播东瀛日本，因此，当时的浙江巡抚马新贻亲赴苏州，敦请俞先生出任江南著名书院——杭州诂经精舍山长并兼管浙江书局。

1868年，俞曲园来到杭州，在诂经精舍著书讲学三十余年，前后受业门生多达三千人，其中不乏许多很有成就的学生。在这些学生中，有一位特别体贴入微的弟子徐花农，官至兵部侍郎。他见老师一家老小都还在苏州曲园，而先生孤身住在孤山精舍，便发动众同学捐资,于1877年在孤山西泠桥旁、六一泉侧,建造了一座中式二层楼房,这就是俞楼。

俞楼,从此成为俞曲园在杭州的家,也成了文人雅集的著名场所。也是这座不起眼的俞楼,走出了无数举人,走出了章太炎、吴昌硕,还走出了著名词人俞陛云,著名诗人、学者、红学家俞平伯,而后两位,一个是俞曲园的孙儿,一个是曾孙。

俞平伯是俞樾最疼爱的长曾孙。俞平伯在苏州出生时,俞曲园已80高龄了。俞平伯儿时爱拿笔东涂西抹,俞曲园便自制描红纸,诱使他涂抹三字经。有诗为记:"娇小曾孙爱如珍,怜他涂抹未停匀;晨窗日日磨丹砚,描纸亲书上大人。"

1919年,毕业于北京大学的俞平伯投身"五四"新文化运动,以写新诗、白话散文而被誉为"五四俊才",是中国白话诗创作的先驱者之一。当年,他和朱自清共游南京秦淮河,曾以《桨声灯影里的秦淮河》为题,各写一篇散文,轰动文坛。此后,俞平伯转向了对《红楼梦》的研究,著有《红楼梦八十回校本》、《红楼梦研究》、《脂砚斋红楼梦辑评》等重要著作,和胡适同为"新红学"的代表人物。五十年代,他遭受猛烈的政治围攻,得以平反后,便一直致力于文学创作和红学研究,直到1990年以90高龄逝世。

雷峰塔倒掉的那个日子,是年轻的俞平伯携夫人许宝驯在俞楼居住后不久。他与俞楼,有着一段短暂而深远的情缘。1920年4月,俞平伯从英国留学回来,受聘于杭州第一师范学院,和夫人客居杭州。当时的俞楼因俞樾晚年回到苏州而荒置。由于种种原因，直到1924年，俞平伯才得以入住俞楼。入住后的第二天，他就无比欣喜地写下了这样一段文字："这是我们初入居湖楼后的第一个春晨……今儿醒后，从疏疏朗朗的白罗帐里，窥见山上绯桃花的繁蕊，斗然的明艳欲流……今朝待醒的时光，耳际再不闻沉厉的厂笛和慌忙的校钟，唯有聒碎妙闲的鸟声一片，密接着恋枕依依衾的甜梦……"

1925年，俞平伯离开杭州，回到北京任职燕京大学。虽然在俞楼只呆了短短的九个月，俞楼却带给俞平伯无限惊喜，激发了他强烈的创作欲望，留下了《西湖的六月十八夜》、《竹箫声的西湖》、《忆江南》、《眠月》、《春晨》、《西泠桥上卖甘蔗》等一篇篇美文：

"……轻阴绯桃是湖上春来时的双美……它们固各有可独立之美，但是合扰来却另见一种新生的韶秀……无论浓也罢，淡也罢，总像无有不恰好的。"——《绯桃花下的轻阴》

"我住楼上，其上之重楼旁有小台。我就登临一望啊！这一望呀……"——《楼头一瞬》

朱自清说：俞平伯是与西湖"粘"在一起的。回到北京后很多年，俞平伯对俞楼、对西湖，总有"一种茫茫无羁的依恋，一种在夕阳光里，街灯影傍的依恋"。

春日午后，我穿着布鞋，一个人慢慢走在俞楼里，闻到了一种遗落在时间里的馨香——"斯文一脉，累代相传"，那是俞楼日夜浸淫在袅袅书香中的女人们，为俞楼注入的一种别样的馨香。

俞樾的结发妻子文玉，是他青梅竹马的表姐，两人情深意重,辗转流徙,不离不弃。得知丈夫部考第一的喜讯后,文玉在信中回了一首诗:"耐得人间雪与霜,百花头上尔先香。清风自有神仙骨,冷艳偏宜到玉堂。"既是恭喜,又警醒他。俞樾被罢官回乡永不再用时,文玉又温言软语,极尽安抚。多年的漂泊艰辛,使文玉很早就开始掉牙,俞樾心痛不已,将妻子的落牙细心包好。文玉先逝后,六十一岁的俞樾也开始掉牙,他把落齿与那颗珍藏了多年的文玉的牙齿收到一起,一同埋在俞楼后面,取名为"双齿冢",并写下了"他日好留蓬颗在,当年同咬菜根来"的动人诗句。

俞平伯的夫人许宝驯,是俞平伯的母亲许之仙的侄女,也是杭州书香大家出身,自小受过良好的文化熏陶,唱起昆曲字正腔圆,还能填词度曲,1922年,俞平伯创作出版的第一部新诗集《冬夜》,就曾由夫人亲手誊写过两遍。在漫长的岁月中,他们夫唱妇随,唱曲吹笛,填词谱曲,神仙眷侣般,给幼小的外孙留下童话般的印象:"外公租了人工摇的乌篷船,带了笛师,带了吃喝的东西,把船飘在后湖上唱曲子。一群游客围着听,都觉得很惊奇。"结婚六十周年之际,俞平伯写下一百句七言长诗《重圆花烛歌》纪念"婉婉同心六十年"。

就连俞家的小孙女,也被一脉书香耳濡目染得格外聪慧伶俐。杭州灵隐的冷泉就有一个有趣的典故:当年俞曲园偕同家人游冷泉时,见亭上原有一联:"泉自几时冷起?峰从何处飞来?"俞老夫人说:此联问得有趣,何以作答?

俞曲园应声答道:泉自有时冷起,峰从无处飞来。

俞老夫人说，不如改为："泉自冷时冷起，峰从飞处飞来"。

小孙女听了，笑道：也可答为"泉自禹时冷起，峰从项处飞来"。

俞曲园问：项处是何出典？

小孙女答：项羽"力拔山兮气盖世"，若不是他把山拔起，山安得飞来？

众人开怀大笑。

春日午后，我穿着布鞋，一个人在俞楼里慢慢走，仿佛还能听到遗落在时间里的笑声。几经翻建的俞楼，故去的生活气息已荡然无存，俞樾一生最重要的著作《春在堂全书》250卷还整整齐齐地码在玻璃柜里，隔着玻璃，仿佛仍能闻到一缕袅袅书香，就像依然飘荡在俞楼的一脉相承的精魂——简朴、平静、凝重，还有，温暖。

假如，可以像俞楼的人们，一生都埋头在挚爱的书香里，同声同气，相濡以沫，这何尝不是一种最美好的人生？

水上的洞箫

其实,西湖平常的月夜,是很冷清的。

二十多年前一个平常的秋夜,我们几个大学生参加完诗歌朗诵会回来,夜已经有点深了。经过湖边,看看月色撩人,正巧有一个船家摇过来一只小船,便随口问他能不能带我们去三潭印月。船家很爽快,一口答应。几个人便凑了钱给他。

船走在湖上,大家先是很兴奋,不停地说着话,大叫着"啊!西湖!都是水!"我默不作声地靠在船沿上,真正明白苏东坡为何会有"水枕能令山俯仰,风船解于月徘徊"的吟诵。

直到船停了,才知我们已停在三潭印月。仿佛商量好似的,大家在岸边就地坐了下来,齐齐地哑口无言了。

三潭印月是月亮的一面镜子。镜子映出月亮银盘似的脸,洁白无瑕，没有一丝皱纹，倒比仰头望去的月亮，更多几分清澈，仿佛一支清朗悠远的笛——

"月亮"从一道堤埂爬过另一道堤埂，从一口湖塘淌进另一口湖塘，在楼台亭阁、曲桥假山、绿树粉墙的倒影间流连，轻快的脚步不惊起一丝涟漪。

一阵风过，几点桂花飘下来，像雏鸟的啄，轻叩着水里那个银白色的饼。"月亮"一闪身，躲进一片荷叶下。荷叶摇落了一滴露珠。映在露珠里的"月亮""叮咚"一声，掉进了水里的"月亮"。

几只水鸟正停在石塔上打磕睡，忽然被一种声音惊醒。湖面上开来一条夜游的画舫，张灯结彩，人声鼎沸。水鸟懒得飞，睁着睡意蒙 的眼，对着人傻看。不一会儿，船远去了，留下湖水拍岸的"啪啪"声，和草丛里秋虫的鸣叫此起彼伏。

鱼跃出水面，惊醒了桥畔下含苞欲放的睡莲。莲看见一片孤舟无声地剪开"月亮"，顿时碎银点点，荧光满湖。

孤舟上的人抬头看看月亮，低头看看"月亮"，小声吟道："碧天清影下澄潭，万顷金波镜里看。惊起蛟龙眠不得，冰壶秋色夜光寒。"

夜渐渐深起来。如果说水中的月亮是一支清笛，入夜后，湖上的月色则是幽渺的洞箫。

夜是没有岸的湖水，青色的月光一层层渗透了整个夜。

第一层青是黛青，沉甸甸的，凝重的，静止的，真实地沉淀在湖面上，是远处连绵的山的剪影、白天在太阳下闪闪发光的现代建筑、高低错落的仿古亭台、几只晚归的船、岸边纹丝不动的垂柳,都被伶俐的月色修剪成了一个柔和的轮廓,依稀又见千年前的宋都临安,还有那些走得很远的人和故事……

第二层青是苍青,是洗尽铅华后的西湖水,安详地仰卧在苍穹之下,与月色交欢。粼粼月光,粼粼波光,如一团团蓝色火焰,燃亮了整个青色的世界。轻触月光,很清凉,掬一捧湖水,也很清凉,却感觉有一种缠绵的温度轻灼肺腑,如万籁俱寂中的一声耳语。

第三层青是淡青,轻薄,飘逸,动感,虚幻,是月光本身的颜色,是水气和雾岚,是远处朦胧的灯火,是隐约的潮声,是诗人的一声浪笑,是一个经不起推敲的典故,是发黄的旧报纸上一个清代年轻女子站在石塔边的留影,是远去了的曾经,是尚未来临的一个个深不可测的日子,是所有的深邃与童真,离与合,悲与欢,爱与恨……

一切的真真假假、虚虚实实,都被月色重新赋予了一种极致的美。

包括心情。

西湖的月色,如水上的洞箫,带着竹的青涩和清香,空灵,哀婉,含蓄,淡和,悠远……

西湖的月色之美,如洞箫的难言,只适合一个人在夜里静静地听,独自沉醉……耳朵是听不到的,心才能听到。当心听到时,明月清风就从天上来到了心间,两袖一甩,天地间再没有大不了的事了。

凌晨二三点钟的时候,湖上、湖边都已看不到人了。船带着我们往稀稀落落的灯火中归去。大家心里都盘算着怎样骗过学校的门卫和宿舍楼管门的老太太。

月光一路陪着我们,穿过这座被西湖水滋养得平和慵懒的城市。在城市死一般的寂静里,我忽然想,西湖连着钱塘江,钱塘江奔向大海。那么,今晚的箫也会在大海上响起么?

去山里看海

这里的每一朵莲,至死都保持着盛放的姿势。

这是2016年深秋的径山,径山寺所在的径山。一壶鹅黄色的香莲茶递给我们一行七人第一声问候。我想起多年前第一次见它时的情景:"透过玻璃壶底,我们与莲面面相觑。片片花瓣,比宣纸更薄,更透,更淡。细软如珊瑚的白色花茎花蕊,随着水的微流齐齐摇曳。一朵莲,仿佛一条绝世独立、自在游弋的鱼。"

午后的阳光照进枯败的荷塘,大部分用来做种的莲藕已经被起出来,去海南过冬了,到了春天,会被运回来,种下去。最后几朵不动声色盛开着的莲,紫色的,黄色的,与这个叫千花里的地方所有花卉一样,淡定而诱人。我们努力牢记着那些陌生的花名,比如粉黛乱子草,比如醉蝶香,瞬间又遗忘,又去问。如同人到中年，穿梭在所谓的重要场合中，努力记住重要的面孔和名字，转身又忘了，记住的总是一些无用的感觉、味道。

在荷塘水面的反光里，我想象那些莲藕种子，带着泥土，圆滚滚地倾泻进千里之外同样大小的荷塘，安静如一群离开母体的胚胎，蜷缩进临时胚胎管。冬天过后，它们回到母体，春分时节抽出第一枚新叶，新叶在水里亭亭玉立，蜻蜓在新叶尖尖角上亭亭玉立，像诗里写的那样。然后，它们开出了绝美的一朵莲，两朵莲……然后，它们被一双手两双手采下，送进机器，烘干，定格，保持了最美的颜色和姿态。最后，在一注热水里，它们活过来，盛放如初开，释放被定格的所有部分，成为此时此刻我们七个人眼前的这七杯香莲茶。

这是径山递给我们的第一道茶。空灵，绝伦。

径山递给我们的第二道茶，叫"水丹青"。黄昏五分之四轮月亮照见径山脚下一个叫"径茶"的地方，一位未施脂粉、一身铁锈红微旧中式对襟衫的女孩，为我们分茶。没有音乐，没有絮叨，她慢慢地、默默地做着茶，仿佛忘记了我们七个人正眼巴巴盯着她把一小盏抹茶分给我们。但她用茶筅搅动茶沫时，速度极快，手机都无法捕捉。最后，她捻起一枚新牙签，在茶碗里作起了画，一枝梅树，两只飞鸟。大家都说，第一次见。

"水丹青"，是古代茶道的一种，自宋代由径山传到日本，又传了回来，让我想起那些辗转千里的莲花种子。我问她，每天都有表演吗？

她说，不是表演，是切磋交流，以茶会友。越好的"水丹青"消失得越慢。

晚餐时,我共起身三次,舍下无比美味的农家菜,去看隔壁茶桌上那碗"水丹青",淡了没有,消失了没有。趁四下无人,我拿起牙签,学着她的样子,蘸上深色抹茶,在画上加点梅花。第一下,没有点上,第二下,有了,我点了七下,为每一个人,不知道为什么。

后来她说,你把屋檐也点成了一树梅花的样子。哦,原来那是屋檐。

向来对一切博大精深、繁复精细敬而远之。我总觉得,世间万物,原都有属于它们自己的日子,我们人,是否介入得太深了?对于茶道,我也是极抗拒那种正襟危坐、煞有介事,不如一个玻璃杯、一把茶叶、一壶热水,随便一靠、一躺,多简单自在。径山茶道尤其是国家级非物质文化遗产"径山茶宴"起源于唐朝,盛行于宋元时期,具有禅文化、茶文化、礼仪文化等多方面价值,有击茶鼓、张茶榜、设茶席、礼请主宾、煎汤点茶、分茶吃茶、谢茶等十数道仪式程序,想想都繁复得要命,而此时此刻,径山茶道因为一个朴素的女孩、一群相投的文友、大半轮月亮、我偷偷点上去的梅花,却有一种可亲近之感,觉得它与你是不隔的,它像天空那么深,像大海那么大,但它离你很近。

两道茶之后,我想,任何领域都藏着千山万水,没有深入,你便永远不解它的美,而介入太深又不好,怎么办呢?

第三道茶,海拔八百米,耗时爬山一个半小时,耗能一碗稀饭一个小馒头一个鸡蛋十几粒山核桃肉,以及爬山时的微喘、微汗，以及等待径山寺一位年轻法师用斋后迎向我们的五分钟。终于，他坐定，我们也坐定。唐玄宗天宝元年（742年），江苏昆山高僧法钦遵师嘱"乘流而行，遇径即止"，行脚至径山，于喝石岩畔结庐修行，是为径山禅脉开山之祖，南宋嘉定年间，径山寺被钦定为江南五山十刹之首(五山即径山、灵隐、净慈、天童、阿育王)，并日渐成为儒释道三家精神融汇之处，源远流长。此刻，我们坐在法钦、宗杲、无准、紫柏等大德僧人坐过的地方，坐在日本名僧俊芿、圆尔辨圆、无本觉心、南浦昭明等坐过的地方，坐在"茶圣"陆羽、苏东坡、李清照、徐文长、吴昌硕等坐过的地方。坐在瓶子里开着三朵茶花的屋檐下，仿佛坐在云海之下、竹海之上。

苏东坡与径山有着不解之缘，他临终前作的最后一首诗，就是《答径山琳长老》，参透生死、物我两忘的他两日后便驾鹤西去。他一定很爱径山茶，但他喜欢绿茶？还是和我此刻一样，更愿意紧紧捧住一盏红茶的暖意，去抵挡人间的寒凉？

我问眼前为我们泡茶的年轻出家人，是否去过很多庙宇，为什么在这里落脚？有什么不同吗？

他说，也没有去过特别多的地方，但这里静。

他说话时，语调很静，正往茶盏里续着的茶水也如他的语调，没有一丝一毫晃动。

我低下头，盯着他刚刚为我续的那盏茶，看到的是一道牵山绕水、缠古绕今、海一样宽广深邃的茶。

海，是心海。

茶足饭饱的七个人，从径山寺一路逛到千岱山居时，天阴了下来。在云雾渐起、翠竹环绕的巨大露台上，大家高低错落地拍了一张合影，两男五女，春祥伍斌袁敏鲁敏向黎陆梅沧桑，取名"七闲图"，以作分手后的念想。径山绿茶在一个通透的玻璃杯里，收拢了整个山林，影影绰绰的，让我想起去年春天，也是五女两男——母亲舅妈姨妈姐姐和我，父亲和他的学生——时任家乡玉环龙溪书记的施明强，在他一手打造的极富人文气息的村庄"山里"，也这样错落有致地坐在一个巨大的露台上喝茶，也这样错落有致地拍了合影。那个叫"山里"的地方，能俯瞰浩瀚的东海，还有万亩盐田，还有比海平面更远的远方，那里有来自五湖四海的音乐人聚拢而成的"放牛班"，以山里为家，创作、演奏、唱歌，看萤火虫，看一整条银河从海平面冉冉升起。

那个春天前更早的深秋，我回家乡待了十天，刻意体验了一次故乡的"劳作"——我十八岁离开家乡前和离开家乡后均从未做过的事情：和渔民们一起剥虾，补渔网，烧土灶，挖红薯，酿桂花酒，做番薯圆，我还想出海捕海鲜、晒盐。这所谓的"寻根之路"，让我不由想，家乡还有多少人在从事着古老的劳作呢？如果不离开家乡，作为一个女子，我的人生本来应该是什么样子呢？大概是这样吧：到海涂上捡海螺丝、抓弹涂鱼，剥虾不会半小时手指就发白；在海岸边补网，时时向着海平线眺望，右手穿网孔，左手用拇指压住网丝不让它逃掉，穿孔两次，锁住，把重叠的部分展开，周而复始，而不会织了两眼网就手痛；还会在太阳下山后用小铲铲下晒在篾席上的鱿鱼干，然后一个人或一家人吃晚饭，然后在灯下继续补网。我应该会有一个皮肤黝黑、酒量惊人的丈夫，他们叫他"酒雕"、"酒缸"、"酒棺材"，或者"酒刹"。只要没有遭遇不幸，日子虽苦也甜。

但我现在是什么样子呢？一个在城市生活浸淫了三十年的女子，笑容里还有最初的一丝纯真和羞涩吗？我们像不像繁复茶道里的那一盏茶，永远失去了最初的野性和自由？

在老家的沙滩上，躺着一条老死的野狗，看上去很可怜，但我想，至少它没有被去势、没有被豢养，并老死在自己的家乡，而飘泊的人常常如落叶般扭曲，不知最终会落在哪里。人本来应该是什么样子？径山的每一朵莲花，至死都被定格为盛放的姿势，的确绝美，而人非莲花，还是自然地开放，自然地枯萎，像火一样慢慢暗下去，最后熄灭在土里的好吧？

那一晚，我们住在径山稻田中央的一幢民房里。稻田刚刚收割完，斜阳与它相视而笑，如两位老人。夜深了，茶凉了，民房的主人回家了，狗不叫了，围坐在并未生火的炉前的一行七人互道晚安，鱼贯上楼。我自国外回来后整整两个月的失眠，终于沦陷在大海般浩瀚的稻秆子气味里。

采菊东篱下

2014年初冬，东欧克罗地亚。与其同纬度的北京尚未入九，早已花叶凋零，哪怕是菊花，也在一夜寒风后荡然无存。这是克罗地亚的一个小村庄，清晨，收割过后的大地应该已经休眠，却给人以春天的错觉，唯有篱笆间开败的菊花提醒我们，这是冬天。

这是冬天一个普通的早晨，炊烟告诉远方这里的人们已经醒来，鸡鸭牛羊也已经醒来。

一只雄鸡昂首、低眉，始终如王，它呼唤另几只母鸡，母鸡不理，它视察它的土地，特别像一只中国鸡，尤其是它停在一丛菊花前，在篱笆下啄食的时候。这个晴好的初冬早晨，太阳慢慢出来，村子里的人们慢慢多了起来，人声慢慢响了起来。

九点多的样子，她出来了。四五十岁的样子，头发蓬乱，显然还未梳洗，胖胖的身材裹在一件灰色棉衣和红睡裤里，脚上趿拉着一双棉拖鞋，没穿袜子。她拿着一把剪刀，从篱笆那头慢慢绕过来，掰下那些几乎败了的玫瑰花枝叶，仔细找寻稍微好些的花朵，然后连枝叶剪下。她转了一圈，手里已经拽着五六支玫瑰，都是蔫蔫的耷拉着脑袋，但比留在枝头的好多了。她没有看天上那些让我们这群老外惊喜万分的孔雀开屏一样的云，也没有看用手机四处拍照的我们一眼，也没有看鸡一眼，趿拉着拖鞋进屋了。这大概是她每天起床后的一个习惯，无数个清晨一样，她过她自己的。

我想，隐没她身影的那座低矮的房屋里，一定还慵懒地躺着一个她很爱的老男人。

这个村妇的模样，这个村妇家里的篱笆和菊花，篱笆下的鸡，太眼熟了，像极了中国随便某个村庄某个清晨的场景，除了远处的山峦、大片绿色的草坡、积木般的红顶房和教堂尖顶，提醒我们这是在欧洲。

然而，我想了想，还是不一样的。遥远的中国村庄的某个清晨，会有农妇起来，不忙着梳洗，不忙着活计，却不急不慢地趿拉着拖鞋去剪一把将谢的菊花或玫瑰，插进一个新鲜的清晨里吗？"采菊东篱下，悠然见南山"，仿佛只存在了诗歌里，如果有，那又该是多久以前的事了？

孤山不孤

孤山的孤独,是一种充盈的寂寞。

一、从冬天说起

在孤山的时间深处,彳亍着一个人。

这个人大约四五十岁,很清瘦。胡须在柔韧的西湖风里,斜斜地指着一个方向,衣袂也斜斜地指着同一个方向。于是,他和他身边同样清瘦、同样指着一个方向的柳条一样,看上去非常的飘逸,而且固执。

当这个人从西湖北岸走过来,踏上西泠桥的刹那,如一只光洁的鸡蛋从蛋壳中脱颖而出,一切繁华的背景被他抛在了身后。他走下西泠桥,往左拐,沿着一条小道,慢慢踱到了孤山的东北麓。

孤山是西湖北部的一个岛，因独处湖中而得名。是湖中最低的山，最大的岛，离堤岸最近，仅一桥之隔。就是这一桥之隔，既隔开了喧闹和清静，又使人们在任何时候，都可以随意去孤山走走。

沿着平缓的绿色山坡往上走，踱进花树掩映下的幽深小径，就像走进只属于你一个人的心绪里，曲曲折折，明明暗暗，但终究会豁然开朗。停下来，放眼远眺，烟波浩渺的西湖和你隔着一层镂空的枝叶，感觉很远，又很近。随意找块山石坐下来，吹吹风，叹叹气，心便会慢慢静下来。

多少年来，人们把孤山当作放牧心灵的草原。当然，羊放过风，吃过草，总是要回家的。因而，直到一千年前，这个中年男人出现在孤山前，没有哪个属于闹市的人动了真心要在孤山住下来。

一千年前的那个早晨，一只飞鸟从孤山飞过，看见了这一时刻：一个人走下西泠桥，走进了孤山坦荡的怀抱。

这个人将手搭在已经有些皱纹的额上，皱起眉，朝山后的天色看了看。

孤山南麓的天比北麓的蓝，飘着单薄的几朵云，山顶的枝枝叶叶被八九点钟的阳光刻成了一幅巨大的剪纸。

那么，等太阳照到北麓，该是下午了吧？

他低下头，陷入了思考。

这时，有一种声音渐渐朝他逼近——是孤山南麓的湖水在金色的阳光下耀眼的光芒，是渔船丰收后的欢唱，是游人在错落有致的亭台间笑闹，是文人雅客们落地有声的咬文嚼字，是卷帘掩映后的江南丝竹……

他突然觉得有点烦。这些来自儿时记忆里温暖的声音，他并非不喜欢，但此刻，他却想远远地避开它。否则，他没有必要从更加繁华的远方回到故乡钱塘为自己找一个安身隐逸之所。

就是这儿了！背阳的地方永远比向阳的地方清静。这个人在心里说。

从此，这个人留在了孤山，这一留，就是二十年，一段"梅妻鹤子"的千古佳话也随之拉开了序幕。

这个人就是北宋著名诗人林和靖。他生于钱塘（杭州，隋朝之前称钱塘），原名林逋，从小资质聪慧，立志为学。成学后，游学于江淮间，以诗会友。他作诗填词、书画绘画，造诣精深，但秉性恬淡好古，无视富贵功名，不求荣华利禄，自题："道着权名便绝交"，一生不出仕，连宋真宗都请不动他。

历史的细节果真是我想象的那样吗？

不知道。

当我在一个雪霁的午后来到孤山，在刺骨的寒风里渴望阳光快一点从孤山南麓移到北麓来时，我实在匪夷所思：

生前死后，林和靖都将孤山东北麓作为自己的安身之所，那么，他为什么会对难得一见阳光的孤山东北麓情有独衷，而不是向阳的南麓呢？

他来孤山之前，孤山有梅吗？

他种下三百六十棵梅树，本意是为观赏，还是为生计？

历史永远只记住晦涩的结论，而忽略有血有肉的细节。书无法告诉我答案,我期望在梦里遇见他。

在相当长一段时间里,林和靖是忙碌的。他选了孤山东北麓一块高地,围了一个园子,在云树掩映下结茅为室,编竹为篱,美其名曰"巢居阁"。用他自己的话说:

"绕舍青山看不足,故穿林表架危轩。

但将松籁延嘉客,常带岚霏认远村。"

又临水修了一个水轩,置了一些简朴的家具,便在那儿住了下来。

如果说,孤山是母亲的怀抱,巢居阁便是母亲的子宫,让他终于有了"回归"的感觉。

转眼,冬天到了,下雪了。

孤山仍然是他儿时记忆里的孤山,经历了几十年风霜后,如久违的家人,乍然相见,百分之二十的陌生感融化在百分之八十与生俱来的亲近感里。他一个人,孤山也一个人,孤山的一切,便成了他的伴。他凝视一棵草,草就是伴;他靠在一棵树上,树就是伴;他和一只乌鸦说话,乌鸦就是伴;他仰头看一朵云,云就是伴……不仅孤山,整个西湖山水,对于他,都是如此。

然而,闲放孤舟遨游湖山时,一种时有时无的失落感侵扰着他。总觉得,孤山——这天籁般美妙的乐章里,还缺少一种音韵,是什么呢?

一个雪霁的清晨,他从长夜中醒来,忽觉暗香盈室。他吃惊地推开了窗。一树梅花,正远远地依水而立,如他命里的知音,毫无预兆地猝然来到了他的生命里,并恰恰暗合了他内心深处最本质的秉性。他的眼里慢慢涌起了泪,那颗似乎仍在流浪的心,终于找到了最终的归宿。爱的潮水汹涌而来——是对女人、伴侣、妻子那样的爱。

于是,次年春天,他在屋子周围的山地上开始栽种梅树,第二年接着种,第三年还种……日积月累,整整种了三百六十株。

就像现今的文人,原先把写文章当作玩,后来慢慢当成了谋生的技能。林和靖一开始种梅是喜欢,后来梅竟成了他的衣食来源。他把360株梅子所卖的钱,包成360包,每日取一包,或一钱二钱,用作当日的开支。从此,这个人的生活不知不觉间进入了一种令古人和今人无比羡慕的状态——不富,但衣食无忧、清闲自在——一种特别"小资"的理想生活。有人说他作秀,有人说他是与现实过不了几招,败下阵来才屈身隐退……他不管这些,他喜欢,什么挡得住喜欢?

"水墨屏风状总非,作诗除是谢元辉。

溪桥袅袅穿黄落,樵斧丁丁隔翠微。

返照未沉僧独往,长烟如淡鸟横飞。

南峰有客锄园罢,闲依篱门望却归。"

这首《孤山后写望》,把他从容的生活活生生地展现在人们眼前。

这是平常的日子,而梅花开时,他便经月不出门,饮酒作诗。

是怎样的一个月夜?他来到湖边,站在梅下,吟出了流芳百世的那句诗:

"疏影横斜水清浅,暗香浮动月黄昏。"

梅静静依水而立。

梅听懂了这一千古绝唱。

梅用芬芳的话语回应着他。

梅想,我是多么幸运的一树梅啊。

梅成了他的妻。

他永远坚贞的妻。

后来,他临终时,对满山梅树说:"二十年来,享尔之清供,已足矣。"他死后,梅林似有感应,慢慢荒芜了。到如今,孤山已找不到一棵古梅了。

当然,他还养了两只鹤。

林和靖虽然隐逸了,但名声远播。上至当朝者,下至四方达贵、百姓,对他钦佩有加,当时来造访的人很多。如郡守薛映特别景仰他和他的诗,因而政事之暇,时常到孤山来,与他吟诗唱和。当他外出游玩,或者踏访寺僧时,如果有客人来到家中,家僮就会把客人请进屋,然后把鹤放出去,招呼主人返回。

鹤轻轻掠过天空。

鹤一眼就能认出他。

鹤停在他肩上,默默无语。

鹤成了他的儿子。

他永远孝顺的儿子。

后来,他临终时,抚摸着鹤的身子说:"我欲别去,南山之南,北山之北,任汝往还可也。"但他死后,鹤没有飞走,而是在他墓前悲鸣而死,后人将它们葬于主人的墓侧,取名鹤冢。

他走了,鹤死了,梅也死了,巢居阁也死了,留下空谷回声,如他的来处——母亲子宫里的余音,一绕一千年。

现在,他在时间的深处,睡着。

雪霁的午后,几枝新种的蜡梅在他的坟边,隔着一条小路,散发着难以觉察的幽香。几个少男少女笑着叫着在他的坟边打雪仗。

墓碑上,记载着元代林和靖墓被盗时,发现棺中只有一块端砚、一支玉簪的事。有人说,他死后,便已"夜下玉棺葬湖水"。其实,他已与孤山融为一体,睡在土里,睡在水里,都是一样的。

我伸出手,轻轻触摸了一下被残雪覆盖着的坟头。

我的手冰冷冰冷的,他的坟头也冰冷冰冷的。相隔整整一千年的时空,此刻,我们却已心犀相通,因为这相同的接近零下的温度。

一阵风吹过来,树上的积雪纷纷而落。

我仰起脸,看见高高的雪杉树在下雪,在金色的阳光里下雪。

二、春天里的轻舞飞扬

在孤山,在时间的更深处,徜徉着一个人。

春天,当我一个人沿着北山路,走到西湖边,在西泠桥畔,就会遇见她——一个才情兼备、风华绝代的江南女子。

她旁若无人地与我擦肩而过,小巧玲珑,巧笑嫣然,黑发飘飘,白衣飘飘,步履飘飘,仿佛一个影子。

的确是一个影子。是我心里那个永远清丽脱俗的影子,那个和我同姓苏却离我一千五百多年的影子。

她,就是南齐时杭州著名歌伎苏小小。

春天,当你一个人沿着北山路,走到西湖边,在西泠桥畔,会遇见一座和她有关的古亭——慕才亭。

"金粉六朝香车何处,才华一代青冢犹存。"

"千载芳名留古迹,六朝韵事著西泠。"

两副楹联,将你带回遥远的钱塘——

苏小小出生于钱塘一户儒商之家,是独生女儿,因长得玲珑娇小,就取名小小。她聪明灵慧,又深受家风薰染,自小能书善诗,文才横溢。可怜她十五岁时,父母就相继谢世,怕睹物伤情,便变卖了家产,和乳母贾姨移居到青山环绕、碧水盈盈的西泠桥畔,在松柏间造了几间瓦房。一院梨花,一墙书,一张古筝,几件朴素的家具,陪伴着她远离红尘的闲居生活。

"妾本钱塘江上住,花落花开,不管流年度。燕子衔将春色去,纱窗几阵黄梅雨。斜插玉梳云半吐,檀板轻敲,唱彻《黄金缕》。梦断彩云无觅处,夜凉明月生南浦。"

一个女子,年轻加上才华已经是一种富足,上天又赋予她绝世美貌,让人心里隐隐地不踏实,上天再赋予她一个个自由而寂寞的日子,便注定了她生命的凄丽。苏小小,这位才貌双全的少女，以她的花容月貌和用以遣怀的诗词，令无数仕宦客商、名流文士心醉神迷，纷纷慕名前来造访，哪怕只与她对坐清谈，或远远地听听她的琴声歌声。

对于人们而言，苏小小就是那座孤山，自然、幽深、神秘、美丽、不俗，虽一桥之隔，想离开，却吸引着你，想深入，却婉拒着你。

每当春天来临，西湖边群芳吐蕊，嫩草如金。踏春的人们就会看到一辆装饰艳丽的油壁车，行在西湖边。习习清风里、杨柳碧波间，苏小小缓缓走下车，气定神闲，临风而立。湖山因她而成了仙境，她仿佛一位落入凡间的精灵，刹时照亮了整个西湖，拨动了无数人的心弦，在那个非同寻常的春天里，也拨动了名门公子阮郁的心弦。

他爱上了她，爱她的才貌，更爱她的内心，那种远离平庸和复杂的率真。她从来不在意世人的评说，她觉得，上天赐她美，她把美展示给世人，就像一朵花的开放，是自然的、美好的，而不是罪过的。

他们相遇，相知，相爱，尽情享受因山水而美丽的爱情，因爱情而更美丽的山水。

"妾乘油壁车，郎骑青骢马。

何处结同心？西泠松柏下。"

苏小小放声高歌，毫无保留地歌唱着她的第一次爱情，也唱出了她执子之手、与子偕老的深切愿望。

于是，贾姨妈作主为他们定下终身，选了个黄道吉日，张灯结彩，备筵设席，办了婚事。

不久，阮郁的父亲听说儿子在钱塘与妓女混在一起的消息，恼羞成怒。虽然苏小小并不卖身，但在人们眼里，她终究是"诗妓"、"歌妓"。他立即派人将阮郁骗了回去，严加看管，不许他外出半步。

从此，苏小小失去了此生唯一的爱情，也迷失在万劫不复的命运里。她一天天盼着他回来，却一天比一天失望，一天比一天心灰意冷。她的身边从不缺少爱她的人，但是，她纯净如初的心只装得下一个人。

她的性情变得更加孤傲，因而得罪了朝庭命官，以借诗讽喻、藐视朝官等罪被判入狱，关了数月，生了场大病。而对阮郁的苦苦等待最终换来的是伤心和绝望。

又一个春天来临了，苏小小穿过满院洁白的梨花雨，一个人来到西泠桥畔，孑然独立。她侧耳倾听着，仿佛真的听见了那熟悉的马蹄声。她朝着马蹄声飞奔过去，却被自己顿然醒悟的泪水绊住了脚步。

天下着蒙蒙细雨。孤山与她只一桥之隔，却像隔了一年那么远。春天的往事，虽然只有一年之隔，却已如同隔世，唯有那份伤痛，如同记忆深处孤山的曲径亭台，已经烙在孤山的灵魂里，每一步，都痛彻肺腑。

一阵湖风吹过，银针般的雨丝扎在她脸上，孤苦零丁的水鸟的影子投进了她的心里，寒意浸入了她的骨髓。

小小的风寒，对于一颗枯萎的心，便是一场致命的风暴。

十八岁的苏小小，因这场调治不及的感冒而香消玉殒。临终前，贾姨问她还有什么未了之事，她微笑着说，我能在青春年少最美的时候死去，是上天对我的仁慈。此生别无他求，只愿埋骨于西泠，不负我对山水的一片痴情。

是啊，没有美的生命，仍然可以很精彩。没有爱的生命，即使长过百年，又有什么意义？

但青春年少死去，她果真心甘吗？如果，她仍然拥有阮郁的爱情，她何尝不想与他白头到老，即使老态龙钟，难看至极，即使世人都离她而去？如果他仍然拥有阮郁的爱情，她会忽视那场小小的风寒吗？

"墓前杨柳不堪折，春风自绾同心结"，世人怎知一个妓女的坟里，埋着一颗怎样痴情的江南女儿心？后人怎知西湖水里，凝结着多少江南女子执迷不悔的泪？

我曾经在孤山固执地寻找苏小小的墓。后来在书上看到，其实她的墓早就不在了。如今的孤山是一个真正的公园，谁也不可能来这儿买块地，住下来，或者长眠。幸存下来的几位名人的墓都被修缮一新，成了有名无实的景点。但我知道，她在，在孤山的深处，睡着，"草如茵，松如盖。风为裳，水为珮"。

她在安睡吗？

还是，会时时从梦中惊醒，站在翩翩起舞的月光下，聆听远处那永远不会响起的马蹄声？

春天，我一个人，沿着北山路，走到西湖边，在西泠桥畔，又遇见了她。

她旁若无人地与我擦肩而过，小巧玲珑，巧笑嫣然，黑发飘飘，白衣飘飘，步履飘飘，仿佛一个影子。

定睛看，却是一位衣着时髦的妙龄少女，正轻盈地向着孤山走去。

游人如织，瞬间把我们分隔成了两个世界。

忽然想起在网上不知谁留的一个帖子，开头忘了，只记得让我动容的结尾：

半年之后，他决定启程回国，回来找她。他找遍了西湖北岸的旅馆，最后在孤山对面的香格里拉找到了一点线索。服务台的小姐说半年前的确曾有过一个像她那样的小姐来订过房间，三○六。他按捺着狂跳的心，走了进去。

湖水在一面墙壁的窗户外面，蒙了层水雾，那是中午的景象，平和宁静，苏堤上柳树依旧，白堤上孤山依旧。她应该看到这些，在他所在的位置。

在窗台的角落里，留着一些极细的铅笔字。不会有人注意，除了他。那是她留给他的一首重见西湖的小词。

他呢喃地读过，边读边用食指仔细地擦去，读完后无力地抓过一把白纱窗帘埋首其中。纱帘中陈腐的灰尘堵住了他的鼻息，那些流出的泪水浸出很快就会阴干的痕迹，西湖上的夜灯渐渐地亮起来。

……

多么相似的两个故事，相隔整整一千五百年。一千五百个春天在西湖来来往往，却带不走一滴水，一丝垂柳，一片碧桃。一个一个脚印重叠着,一场一场相似的爱恨情仇还在上演。

我回过头,果然看见,西湖上的夜灯渐渐亮了起来。

三、夏 37°2

六百年前,孤山的古梅花又开了。

爱梅的冯小青却已一病不起。

孤灯下,她呆呆地望着挂在床边的一幅画像。画中的她斜倚在梅树旁,生动逼真,美轮美奂,呼之欲出。画外的她,病入膏肓,憔悴不堪,形单影只。

老仆妇已经无数次端进新熬的药,但都被冯小青拒绝了。老仆妇当然不明白,她拒绝服药,是已觉此生再无甜味,怎么还愿意喝下这一碗又一碗凄苦?

往事如梦。

十岁。广陵太守府中来了一个化缘的老尼,见了太守府唯一的宝贝女儿——秀丽端雅、聪颖伶俐的冯小青,转身对太守夫人小青之母说:"此女早慧命薄,愿乞作弟子;倘若不忍割舍,万勿让她读书识字,也许还可有三十年的阳寿!"

十六岁。朝政喋血,冯家成了新帝的刀下鬼,诛连全族。冯小青恰随一远房亲戚杨夫人外出,幸免于难,随杨夫人逃到了杭州,寄居在曾与冯父有过一回交往的经营丝绸生意的冯员外家中。

十七岁。嫁与冯员外之子冯通为妾,只过了短短一个月甜蜜的日子,从此陷入了无尽的孤苦之中。

梦是什么？是生与死之间的必经之路吗？生命的最后，这个孤独的灵魂一直游荡在半梦半醒之间，一闭上眼，一幕幕不堪的旧戏就自动重演。

是梦，还是回忆呢？

……白梅开了。在广陵旧宅的闺阁前，她和侍女们一起，从梅花枝上扫下晶莹的积雪，烧梅雪茶，猜谜语，对诗……欢声笑语惊落了片片白梅。

……白梅开了。在杭州的冯家小院里，他们相遇了。那天，杭城下了第一场春雪，到处银装素裹，冯家屋外的几树白梅，正迎雪吐蕊，清香溢满小院。飘落异乡的冯小青又见到了熟悉的梅花映雪，忧郁的心空闪出了一片晴朗。于是，她找了一个瓷盆走出房间，从梅花瓣上收集晶莹的积雪，准备用来烧梅雪茶。这时，他——冯家少爷冯通从院门外走进来，走进了那个芬芳的午后，也走进了她的生命里。

他们相爱了，却如同雪与梅的缘分，注定了美丽，也注定了短暂。

冯通是有妇之夫。为了爱情，冯小青作为名门千金，嫁他为妾，毫无怨言。

那是一个多么温暖的春天啊！他们朝夕相伴，天地间再没有了任何苦难和酸楚，只写满了一个字——爱，爱，爱。冯小青以为劫难已过，否极泰来，在西子湖畔重新抓住了幸福的人生。

然而，短短的一个月后，劫难又来临了。迫于原配夫人崔氏的泼辣横蛮，冯小青被赶出家门，住在孤山别墅，只有一位老仆妇相伴,与心上人咫尺天涯。一开始,他还来看看她,但每次都来去匆匆,被大太太派来的人催逼回去,渐渐的,他的踪影越来越少了。

那是一个多么寒冷的夏天啊!葱茏的孤山在她眼里如沙漠一样荒凉。每一片绿荫、每一阵清风、每一声蝉鸣,带给她的不是清凉,而是直逼肺腑的阴冷。

那又是一个多么酷热的夏天啊!每一个漫长的日子,都是一团烈火,烹煎着一个字——等,等,等。

孤山的第一朵花醒来之前,她已经醒了。孤山的最后一颗星落了,她还没有合眼。空寂的孤山,让冯小青如此厌恶。如果说还有什么能令她想多看一眼,让她留恋片刻,就是那两朵刚刚盛开的并蒂莲了。

两朵花,生死相依,一样的幸福,写在两张一模一样的脸上。

……白梅又开了。孤山的梅花看尽人间盛衰,却无语安慰伤心的小青,无声的花瓣雨,和小青两行无声的泪,化成一束悲诗:

"冷雨幽窗不可听,挑灯闲看牡丹亭;

人间亦有痴如我,岂独伤心是小青。"

冯小青知道,人世间,有很多和她一样孤独的女子,从这个角度看,她并不孤独。然而,孤独是属于每个人自己的,世界上没有任何一个人可以分担另一个人的孤独。即使同样孤独的两个人紧紧相拥,孤独仍然在各自的心里,永远在。

也许只有自己才能分担自己吧,像泪,流到嘴里,又咽回肚里。

于是，小青重金请画师为自己画了一幅依梅而立的画像，挂在床边，每天呆呆地望着画中的自己，与她作心与心的交流：

"新妆竟与画图争，知是昭阳第几名？

瘦影自临春水照，卿须怜我我怜卿。"

秋天又来了，画中人光鲜依旧，画外人却已茶饭不思，缠绵病榻，日渐衰弱。看看画像中的自己，再看看镜中的自己，她掩面步出了房门。

多久没有出来看看孤山了？其实，一直默默承受自己所有爱恨悲欢的，是孤山。给她抚慰的，也是她时刻想逃离的孤山啊。

乍然相见，秋光里的孤山，叶落了，荷枯了，草凋了，竟像洗去了一身凡尘，突然变得那么开阔，澄明，安详。

那一刻，冯小青什么都明白了，也把什么都放下了。

从此，她拒绝服药，直到死。

那一年，她还不满十八岁。一个十八岁的女孩，在如今，才刚刚读上大学，刚刚开始风光旖旎的梦幻。而在孤山的时间深处，冯小青却已历经沧桑，受尽世态炎凉，再也不愿意继续一天比一天更凄惨的梦境，决绝地关上了自己的心门。

冯通，那个喝西湖水长大的暧昧男人，在听到小青的死讯后，才不顾一切地赶到了别墅，抱着她的遗体大放悲声："我负卿！我负卿！"还是这个冯通，不但任她孤独地活着，任她孤独地死去，最后还将她安葬在孤山，让她一个人永远孤独地睡在那儿。

如果小青地下有知，她会怨恨他吗？短暂的一生里，她受了那么多苦，有谁比她更有理由去怨恨这个世界呢？

可是她没有。

"稽首慈云大士前，莫升西土莫升天。

愿为一滴杨枝水，洒到人间并蒂莲。"

爱情是一座炼狱，一念之差可以使人变成天使，也可以变成魔鬼。冯小青——这位世俗眼里的怨妇，爱情对她如此不公，她却在爱情的炼狱里超脱了恨与怨，将爱情升华成一种更为博大的爱，写下了如此动人的诗句。她看到的已经不是自己的痛苦，而是人世间夫妇很少幸福美满的事实，因此，她不求死后升天做仙人，而是愿化作菩萨净瓶中的一滴甘露，洒向人间，保佑天下伉俪情深。

是谁给了她这样的胸怀？

是孤山吗？

六百年后，我和朱、许、李坐在孤山对岸的上岛咖啡馆喝茶。

朱说："文革"前，冯小青的墓还没有被平掉。小时候，我们玩得很疯，有一天天黑了，亲眼看到她的坟茔边燃烧着一种蓝色的火焰。我还记得当时我和一位小伙伴打赌说：那蓝盈盈的鬼火到底是热的还是冷的？

我说：结果呢？

他想了想，说：忘了。

我说：37°2。

他说：37°2？

我说：有一部电影叫《37°2》，是法国著名导演雅克·贝内克斯1986年的作品。医学上来说，37°2，是人正常体温的极限，是心脏骤跳的温度，激情燃烧的温度。

也是夏天的温度。

爱情的温度。

四、一个和秋天有关的名字

她来到孤山的时候，是躺着的。

她已经躺在灵柩中长睡不醒。但睡着的她来到孤山，却仿佛唤醒了孤山，它阴柔宁和的眉眼间陡然增添了一股英气。

曾经是一位养在深闺的纯真少女，有一个美丽的名字"璇卿"。

她喜欢春天。柳树刚开始发芽，她便穿上凤头鞋和绣罗裙，和女伴一起去福州郊外踏青，听一听黄鹂的啼鸣，走一走芳草萋萋的河堤，望一望湾湾的流水，感怀水中飘逝的点点落红。她的内心无比明快，春天在她眼里是这样的：

"寒梅报道春风至，莺啼翠帘，蝶穿锦幔，杨柳依依绿似烟。"

她也歌唱夏天：

"夏昼初长，纨扇轻携纳晚凉，浴罢兰泉，斜插素馨映罩钿。"

即使是萧索的秋天，在她眼里也别有情趣：

"夜深小凭栏干语，阶前促织声凄凄。"

冬天更是喝酒、赏梅的好时节：

"炉火艳，酒杯干，金貂笑倚栏；疏蕊放，暗香来，窗前早梅开。"

也曾经是一位满腔柔情的少妇、满怀爱意的母亲。

十八岁，父亲将她嫁给湘潭的富绅王家之子王延钧为妻。新婚燕尔，鱼水和谐，三年中生下一子一女。后因丈夫纳资谋到了一个部郎的京官，便随他来到了北京。作为一个旧时代的女人，她原可以做个本分的官太太，相夫教子，过完平淡而舒适的一生。

然而，她不是别人，她是"身不得男儿列，心却比男儿烈"的秋瑾。

国家都快完了，民族都快亡了，男人们却还在醉生梦死，她的心里燃烧起侠烈和悲悯两团烈火，把从前的秋瑾烧死了，一个叫"竞雄"的秋瑾诞生了。

秋瑾离开已形同陌路的丈夫，抛下一双儿女东渡日本寻找革命同志。出发前，她改穿男装，特地留影，将一张男装的照片赠给来送她远行的挚友。

她说，女子不弱，国势才不会弱。

她说，女子要有学问。

她说，女子一定要自立，不应事事仰仗男人。

她洗去脂粉，并不是不要做女人。生不逢时，她只能像男人一样去拼搏，争一片真正属于女人的天空，让她们堂堂正正地活在自由、平等、尊严的空气里。

于是，她像男人一样，辗转东洋、上海、绍兴。像男人一样主持光复会在绍兴的训练基地，起义，失败，被捕。像男人一样经受酷吏的严刑拷打。像男人一样穿着破旧的白衫,游街示众,被蒙昧的人们唾骂"女匪"。最后,在那个血色黎明,在绍兴的古轩亭口,像男人一样被砍头,结束了她秋天般惨烈而绚丽的一生。

死时,她还不满三十三岁,身边没有一个亲人。

死后,她被抛尸街头数日。她的生前好友吴芝瑛等人冒着杀头的危险,历经艰险,按照她的遗愿,将她的尸骨收葬在杭州西泠桥畔孤山西麓。然而,她仍不得安宁,被平墓,棺木几经周折,送到夫家,又被拒留。直到民国建立后,由秋社发起,还葬西泠,才得以安息。

物换星移,又是一个春天。

孤山的杜鹃花开了。排成一列一列的小学生,冒着绵绵细雨,来到她的塑像前,献花,敬礼,朗诵。也有很多组织来敬献花圈,纪念她,在她面前举行入党宣誓仪式。

撑着伞,站在她的塑像前,我惶惑。

这分明是一位外表柔弱秀丽的江南女子,目光凌厉,却分明透着一丝温柔。那么,在她日夜奔波的年月里,某个夜深人静的时刻,她会突然想念远方的亲人吗?

她也会觉得累吗?

她会哭吗?

她,也需要爱与呵护吗?

生前,她便嘱托好友,死后,将她葬在西泠桥畔。为什么?仅仅因为仰慕岳飞,还是有什么别的缘由?或是,生前,她无缘做一个幸福的女人,又不甘做一个愚昧平庸的女人,因而,死后,她要重做一回无忧无虑徜徉山水之间的璇卿?

料峭的春寒渐渐带走我手指的温度。

没有人告诉我正确答案。

突然,我特别想回家。回家,把手放进另一双手里,那双能时刻给我温暖的亲人的手。

离开孤山,走上西泠桥,我回过头,用目光与她作别。

她,一个人,站在风雨里,很单薄的样子。

我深深祝福她,在另一个世界里,也有一双可以暖手的手。

五、?

轻轻合上电脑,却合不上孤山的烟雨,满怀愁绪久久盘萦不去。恍惚间,印满字迹的纸,仍空冥洁白,若无一字。孤山孤山,也许,从来没有人真正读懂过你,我又如何说得清,你本孤独还是我本寂寞?

还是什么也不说了。

今夜,风月无边。就让我坐在你身旁,与你一起,沉默。

人间烟火

一、蝴蝶停在土豆上

2014年某日下午三点,浙江桐庐的一个村庄。这个时间这个地点,以后会被人们忘记,包括我,但是,我以及一只蝴蝶,一定都不会忘记曾经有属于我们俩的一片金色时光,一片极致的明亮与柔和,像生命中难得的一些幸福时刻,在幽暗的记忆海洋里时时忽然泛起金光。

因为土豆。

这是一个奇怪的地方,我从来没有见过这么整洁干净的农村,一个乡村不像一地方,而像是一户人家。我们走进一个村,就像走进一户人家。相似的院落,人家,人,狗,干净,自在,都分不清彼此,人们在同一个气场里耕作休息。

此刻，一个普通的农家小院里，盛满了一大片金黄的阳光。在长满青苔堆满稻草粮食的角落里，有一大片更深的金黄——一个竹编的圆篾匾上，晒着煮熟的切成块的新土豆。土豆看上去刚晒出来不久，阳光和它的关系，正是初恋般最好的年华。远远地，我能想象它在阳光下散发着诱人的清香，这虚无的清香引诱着我一步步轻手轻脚走过去，捡起一片土豆放进了嘴里。

当舌尖触到绵软与浓香，眼睛已被一只蝴蝶吸引。它是一只鹅黄色的带着黑色花纹的蝴蝶，正和我一样，轻手轻脚地落在一片土豆上，微微扇动了几下翅膀，停住。

那一刻，时光停住。

它纤细如丝的四肢，轻轻踩着土豆，如踩着一团松软的雪，沙滩上的沙，或者云。金色的阳光，于它是什么？柔软芳香的土豆于它是什么？是大地吗？是花香吗？它有鼻子吗？它是那个从天上下来的七仙女，要吮吸人间的烟火气息吗？

土豆，是我童年的最爱，很多人的最爱。现在，蝴蝶停在土豆上，我好像看见，我的灵魂停在童年上，简单，轻盈，幸福。

珍贵的蝴蝶越来越少。不珍贵的蝴蝶也越来越少了。

深夜。走廊的地上，停着一只灰白色的蝴蝶。这是一个奇怪的地方，蝴蝶无处不在。我不相信世上还有世外桃源，但一个村庄的俗世生活中，似有什么深深吸引着它们从天上下来，仿佛董永对于七仙女的诱惑。

二、99岁母亲81岁女儿

她应声从贴着红福字的木门里出来，一整个世纪就站到了我们面前。温柔得排山倒海。

七八十岁的样子，面色光洁红润，眉清目秀，眉眼含笑。短发浓密，梳得干净，头顶雪白，两边黑白相间，身材瘦小，蓝色对襟布衫。她走路时，重心在脚后跟，八字脚一摆一摆。

这是2014年某日下午三点，浙江桐庐的一个村庄。离她出生的时间，已过去了整整九十九年，她的脚步，却一直停留在这个村庄。

女儿呢女儿？

女儿在这儿！

女儿应声，其实就在廊檐下一直看我们笑。比母亲稍胖，圆润，同样的皮肤光洁紧致，除了额前往上梳的头发，一头乌黑短发，她上前扶住母亲，六十岁左右的样子，却有81岁。她是大女儿，她家有四个女儿。十八岁，她生了她。

99岁的母亲、81岁的女儿，像两朵姐妹花，开在下午三点的金色时光里。

我们拍照，询问，她们只是笑，偶尔说几句我们听不懂的方言。母亲始终两手握在腹部，像空姐的标准姿势。她将大家往屋里让，说"来来来，吃茶，吃茶"。屋里的八仙桌上，供着她过世的丈夫的照片——白发，长须，面目俊朗和善，仙风道骨，和她很有夫妻相。她说，是99岁走的。

相由心生，该有多么恩爱与幸福啊，才有这等人才，这等的感觉。这是个什么样的地方，什么样的小村院落，养得出这样的人家，有这样的老人，还有那么多像他们女儿那样的老人家？

很想问问她们的故事，很想知道他们的爱情。可是，有什么好问的呢？还有什么必要问的呢？

当我们走出院落，她还倚在廊柱旁，看着人们散去，脸上依然笑着。她不懂外乡人惊叹什么，她只是活着，像每个日子那么淡。她也会死去，在某一天，无疾而终，然后被晚辈们拉到祠堂停放几日，送上山去。这是很自然的事，不惊不喜，不忧不惧，像她在这个山坳里经历的每一个日子。纵然千转百回，唯一的终点是宁静。

晚饭时，我边回微信边随口问端菜上来的大姐有"wi-fi"吗？大姐说："晚饭？"她诧异的眼神让我明白她的疑惑：晚饭不是正在给你上吗？

这山里，这么干净，没有雾霾，没有污水，没有wi-fi，本来就该这样的。假如所有的人，如最初的人类，从婴儿到老人，哪儿也不去，好好守着一方水土，过自己的日子，男耕女织，布衣粗茶，也挺好吧？至少比现在好吧？

两只蝴蝶

如果生命是一条河流,甲午重阳,我从浑浊的中游逆流而上,回到了娘家的院子,最清澈的生命源头。

母亲将自己酿的米酒热好,把刚采做的桂花糖融到了酒里,满上了三盅花瓷酒杯,摆到了桂花树下的小桌上。阳光从桂花树叶间漏下来,在米色桌布上一毫米一毫米微微移动,假如一毫米阳光是一段时光,我便随着这时光移动到了我的少年。那时,父母还年轻,我还如这阳光般烂漫。

三杯酒静立在明明暗暗的光晕里,琥珀般静默。一阵风过,桂花落下来,与融在酒里的熟桂花相遇,我听到了两个生命的叮咚脆响,如同,我们常常与祖先在梦里相遇。

父亲撑开一把红伞将它倒挂在桂花树枝上,说,这样,我们吃饭,桂花就不会掉碗里了。

桂花落在碗里,是一件诗意的事,可是娘家院子里和我同龄的桂花树太大了,一阵风,一阵花雨,满地满头满桌都是了,可是,搬到房间里吃,又是多么浪费,所以,是要撑着伞吃饭的。

这是2014年重阳节,我小病渐愈后回老家小住。这场病虽有惊无险,却着实让我和家人受了一番惊吓,也惊觉什么才是重要的,什么是该放下的。这个季节我已多年没有回过老家,也就是说,多年没有陪父母过重阳节,多年没有在老家陪重阳节前的母亲过生日,多年没有看到娘家院子里的桂花盛开,忙,总是忙。此刻,我们围坐在树下,喝酒,吃母亲烧的海鲜面——我写过的一碗"乡愁",母亲依然是在厨房里忙好后,一坐下便把自己碗里的浇头都夹到我碗里,堆得小山一样,父亲则说,这个蟹是熟人摊上买的,野生的,那个虾是硬壳的,鲜甜,这个鱼丸是你最爱吃的。我如一个孩子一样被他们宠溺。

三十多年前,在很多人不解的目光里,父亲携全家从日渐喧闹的楚门镇南门街搬来冷清得只有几十户人家的山后浦村,为自己亲手新建的家园做了一副对联:依金山千朵红花似锦艳,面银市万家灯火如画妍,横批:山乡乐园。此后多年,娘家的大门上就总是这幅对联。一家五口常坐在阳台上联诗,母亲起过一句"月移南窗影"。当时的父亲,和我如今一般年纪,真的是不惑了,简单了,慢了,知足了,我希望我也是。又喝了一大口酒,心说,多么幸福。

这时,两只蝴蝶来了。它们总来,但似乎并不喜欢桂花树,更喜欢从墙外伸进来的一棵臭泡桐,在那些淡紫色的花朵上忽高忽低地翻飞。一只黑白相间,红色的喙,一只黑蓝相间,翅膀斑纹冷艳。这两只蝴蝶,我从小认识,我们叫它们梁山伯祝英台,永远是这样的两只,而不会是三只或者四只。它们会忽然飞进来,在草地上低空盘旋,又绕着院子,依次在石榴花、桂花和月季上停留,形影相随,不知道是觅食,还是恋爱,或是交配,却好像故意飞给我们看,又躲着不让我拍。

忽然想,昨晚它们在哪儿?也和我一样酣睡在娘家的院子里?它们有家吗?蝴蝶的生命很短,今天这两只,是昨天前天的那两只么?明天后天的两只,会是今天这两只吗?

时光一毫米一毫米移动,时光是个身怀绝技的贼,会偷一些好东西回来,却也会让一些好东西消逝,反复无常,我爱它,也怕它。

北京朋友在微信里问,这两只蝴蝶的照片是PS的吗?他大概无法相信天还能这么蓝,蝴蝶的花纹能如此清晰可辨。

我说,是真的。你要相信,还有真的。

青山在

公元1405年,钱塘(现杭州)。他7岁。一个和尚看了他的相貌,面露惊异,说:"这是将来救世的宰相呀。"

10年后,他已考中秀才,就读于吴山三茅观,写下了那首名垂千秋的《石灰吟》:"千锤百炼出深山,烈火焚烧若等闲。粉身碎骨全不怕,要留清白在人间。"

陡然见此诗,有谁能想象,这是一个17岁的少年写的,这不是应该历经磨难饱经世事后才可能有的感慨和坚定吗?也没有人想到,一个17岁的少年在象牙塔般的书斋里写就的一首诗,后来果然成了他人格和命运的真实写照。

这个人,就是与岳飞并称西湖"双少保"的明代民族英雄于谦。

在中国浩瀚的历史长河中,有无数大臣,有的是治理之臣,有的是乱世之臣，而有的是救世之臣，于谦、岳飞就是。他们受命于危难之中，力挽狂澜，如果没有岳飞，也许就没有后来的南宋；同样，如果没有于谦，也许大明朝早就灰飞烟灭了。

于谦少年得志，官居高位，大权在握，他为官廉洁正直，平反冤狱，救灾赈荒，既受皇帝宠爱又得百姓爱戴。但一对兄弟皇位的反复更迭，终究连累了他。明英宗时，瓦剌入侵，英宗被俘。于谦拥立英宗的弟弟为景帝，竭力反对南迁，并调集重兵，在北京城外击退瓦剌军，取得了著名的京城保卫战的胜利，使百姓免遭蒙古贵族再次野蛮统治。但是，英宗被释放回朝几年后，景帝重病而亡，英宗复辟，记恨他被俘时于谦居然拥立他的弟弟做皇帝而拒绝向蒙古妥协，在奸臣怂恿下，英宗终以"谋逆罪"诬杀了于谦。

性格决定命运，这话没错。于谦性格最大的特点就是"刚正不阿"，为人称道，亦招人嫉恨。遇到不痛快的事，总是拍着胸脯感叹说："这一腔热血，不知会洒在哪里！"他看不起那些懦怯无能的大臣、勋臣、皇亲国戚，因此憎恨他的人很多。

"绢帕麻菇与线香，本资民用反为殃。清风两袖朝天去，免得闾阎话短长。"

这首写于正统年间的《入京》，很有来历。当时宦官王振专权，百官大臣争相献金求媚。而于谦每次进京奏事，从不带任何礼品。有人劝他说："您不肯送金银财宝，难道不能带点土产去？"于谦潇洒一笑，甩了甩他的两只袖子，说："只有清风。"

从此，"两袖清风"传为佳话。

其实，于谦作为一个臣子，是幸运的，至少，比岳飞幸运。有生之年，他得遇知音，深受重用。他奏对的时候，声音洪亮，语言流畅，皇帝都会用心聆听。于谦自从"土木之变"以后，发誓不和敌人共生存，很少回家。景帝派太监轮流前往探望。听说他的衣服用具过于简单，下诏令宫中专门为他打造，甚至亲自到万岁山砍竹取汁赐给他治疗他的痰症。

当他被诬陷时，连英宗都有些犹豫，说："于谦实在是有功劳的。"但当时的徐有贞进言说："不杀于谦，复辟这件事就成了出师无名。"

于谦被处决，弃尸街头。一个叫朵儿的指挥官，把酒泼在于谦死的地方，恸哭，被鞭打，第二天，他还是照旧祭奠。都督同知陈逵被于谦的忠义感动，冒险收敛了尸体，一年后送回杭州安葬在三台山。此后，陷害于谦的一干奸臣事发，英宗深为于谦之死痛悔。弘治二年(1489)，于谦冤案终于得以平反，孝宗皇帝赐谥"肃愍"，并在于谦墓旁建祠纪念。

杭州三台山麓，乌龟潭畔，草木森森。一个春日的午后，我应朋友之邀前往于谦祠喝茶。

一个很大的幽静的院落，居然"静中取闹"，散落着不少喝茶的人。坐了整整一个下午，我仍然迷惑：这儿怎么会是一个古代英雄的长眠之地呢？直到我看见它——

于谦祠大门往北不远，一块白色牌坊上"热血千秋"四个黑字在满目葱翠之间格外醒目。翠竹掩映中，墓道长长，芳草萋萋，两旁肃立的石神石兽，守护着远去的肃穆与庄严。

一个人也没有。

一个游客也没有。

墓道的尽头,便是于谦墓。墓是圆形的,用石块砌成,但墓的上端拱圆部分,没有砌上石块,而是泥土,泥土上覆盖着蓬勃的春天的野草,娇嫩如花。墓的后面,是一片幽深的林子,阳光从森林般的浓密树干间透过来,仿佛天外透过来的圣光,照亮了墓边矮墙上的迎春花,娇黄夺目,如新生婴儿。

生命与死亡如此亲密。

重读《百年孤独》时,读到了"凉薄"这个词。它形容景物时,有那样一种沁人心扉的凄美,比如夕阳下的芦苇,比如晾晒在记忆里的乔其纱裙,比如眼前这座春天的三台山,埋葬着千年前的热血丹心、两袖清风,那么安宁,如同襁褓给予一个婴儿的熨帖。

可是,它用来形容一个人时,想必是无情无义的代名词吧?把国看得比家重的于谦、岳飞,家人日日夜夜感受到的,必然是亏欠,是凉薄,即使他们的内心是太阳。

站在于谦墓前,我又一次想起了"凉薄"这个词——多么清冷的一个地方,有几个人会来呢?某个清明的早晨,也许会有一群孩子们跟着老师来献花,并不懂什么叫"刚正不阿"。某个午后,也许会有像我这样的成年人,偶尔路过,逗留,"刚正不阿","两袖清风",我们都懂,但更懂它的代价有多么昂贵。如今,一定还有于谦这样的人,但更多的人,运用着狡黠的生存智慧,模糊黑白、善恶、好坏,让绝对的是非曲直之分迷失于安全的灰色地带,让慷慨激昂义愤填膺都归于麻木平静,如我此刻,鞠一个躬,留一个叹息在墓前,转身迎向现实。

  一代一代的人心正在老去,一个一个岳飞于谦们正在被慢慢忘记,惟有青山,怀抱着一腔浩气正气,不肯忘记,不忍老去。

渡心船

农历二月十二,是百花的生日。

这一天,西湖香市也如一朵圣洁的莲花,在江南大地上冉冉盛放。

二十多年前,我还在杭大读书。早春二月,父母和弟弟一起来杭州看我,住在杭大旁边的湖光饭店。我春游回来,发现他们留在寝室门口的字条,就按着字条上写的地址找过去。

未进湖光饭店,就听见里面人声鼎沸,打个不雅的比方,就像几千只鸭子正对着灿烂春光扯开嗓门叫。走进去,只见满世界都是远道而来的香客,大多是三四五十来岁的乡下女人,蓝土布新衣新裤,黄色的香袋,乌黑的发髻,一律别着一朵桃红色的绒花,一个个如孩子般神情天真、兴奋异常,叽叽喳喳排着队。几个年长的男人大概是领队带路的，正在那儿不紧不慢地数着人头。

我站在那儿，耐心地看他们数完人数，成群结队地走出了大门，去赶赴春天的盛会——西湖香市。

而千年古刹灵隐，是香客心中最神圣的地方。

想象中的灵隐，静蔽在古木森森之中，悬浮在薄雾轻岚之上，特别幽静。几个和尚，三两香客，梵音喃喃，鸟鸣声声，冷泉叮咚，与凡尘隔着很远的距离。可是，去过几次灵隐，都很热闹，与想象差得很远，寺里人山人海，香烟缭绕，一不小心，就会被香烛点着衣服和头发。

又一次，等母亲点完香，我擦着鼻尖上的汗珠说，太闹了，我们出去吧。

母亲说，寺庙当然香火越盛越好。这儿又不是玩的地方。你看来这儿的人，个个心里都揣着愿来的，哪里讲究什么闲情逸致？

我们走出来，沿着山道继续慢慢往上走。过了一会儿，身上就凉了下来，五官也恢复了敏感。每一步都伴随着浓浓的绿意和细碎的阳光，每一次呼吸都萦绕着隐隐的植物的清香。掬起一捧溪水到嘴里，甜的。

过了溪，我们找了块草坡坐下来。

这时，钟声响起。随之，从溪的斜对岸，传来了千年古刹无比清澈的梵音。

我们一齐回过头去。

隔岸看人，如同以出世的眼光看世界，看得分外清楚明白——

一群香客，一人牵着一人的衣角，乖乖地走进了灵隐寺大门。进去的脸有的平静，有的带着忐忑。

另一群香客，也是一人牵着一人的衣角，正乖乖地走出灵隐寺大门。出来的脸都很平静，不见一丝忐忑。而且每一张出来的脸，比进去的脸多了一层光泽，眼里多了一丝光亮。是一个犯了错的孩子被饶恕或是夙愿被许诺后的那种神情。

被谁？

被佛，还是被他们自己？

在佛的面前，每个香客都是孩子。孩子并不真正懂佛，也谈不上信仰，却对佛怀着无比虔诚之心，热爱他，敬畏他，依赖他，需要他。月有阴晴圆缺，人有旦夕祸福，滚滚红尘中，谁没有一颗向善之心，哪一颗心没有过孤苦无助、烦躁不安甚至万念俱灰？这时候，这颗心并不是真的看破红尘，而是需要一条渡船，将无望的心带到希望的彼岸，将浮躁的心带到宁静的彼岸。

灵隐，就是一条渡心的船。

阳光下，母亲的脸格外庄严宁静。忽然想问问她：多少年的辛苦劳顿，母亲，你许的什么愿？许过多少愿？还过多少愿？真的灵验吗？

怕亵渎佛祖，不敢问。

想必一定是灵验的，否则怎么时常惦记着要来灵隐呢？

想必灵验的愿也一定都是本份的愿吧？

我决定什么也不问，什么也不想，摊开手脚，在草地上躺下来。

名家点评

莫言（著名作家）："寂寞不是痛苦，寂寞也许是一种耐人寻味的幸福。因为寂寞而写作，不是为了功利。在寂寞的写作中体会寂寞、消受寂寞，这样的寂寞文章必是可读的文章。仅有才华没有寂寞不行，仅有寂寞没有才华也不行，才华加寂寞，味道就出来了，好像一杯清茶，好像一环凉玉。我感到苏家的沧桑就是这样的在细雨天气里躲在小楼上写寂寞文章的人，如果不写文章就一定是撑着油纸伞在小巷里彳亍的人……最让我欣赏的是，高的立意，大的思想，都从小处自然得来，不出狂言，不升虚火，就这样避免了现在流行的空、麻、酸、腐、假的散文病。我很喜欢苏沧桑的这样子的散文……关于散文的写法，说法很多，如果让我说，那就一个'真'字，真心真情真感觉，至于写什么，是次要的。有真乃大，有真乃美，从这个意义上说，苏沧桑的散文并不小。"——《寂寞为文女儿心》，摘自《文艺报》

张抗抗（著名作家）："沧桑天赋异禀，文学感觉异常敏锐。在她细腻深情的描述中，常有发人深思的洞见与剔骨般层层深入的追问。这是沧桑十年笔耕最大的收获——沧桑的散文超越了事物的表象，篇篇都有其独特的思想发现。书中弥漫的，不再仅仅是女性的清新柔美之气，而是敢于直面现实的痛感和勇于回顾历史的幽深感。她赋予语言、画面、传说以理性的思辨，在她始终坚守的文学理想情怀中，充盈着雾气、山岚气、骨气、药气、甚至血腥气……"——《沧桑的痛与梦》，摘自《人民日报海外版》

阎晶明（著名评论家）："当我们说某人是个散文家时，那一定也是依据了某种不必争论、没有定规的标准来确定的，尽管这里面人数不多，各成特色，但他们总还是有一些共同点，让人觉得值得用'散文家'来对待。苏沧桑就是其中一个……极致处可以是目标所在，高峰显现。苏沧桑满怀敬意、亲情和仁爱之心对待笔下人物。她用一种创作者的善意和爱心，去表现人物的善良品格和仁爱行动。"——《在极致处寻求新变》，摘自《人民日报》

孟繁华（著名评论家）："她的这些篇章，充分表达了她对公共事务积极介入的热情，这是一个现代知识分子和优秀作家应该具备的品行和坚持的最高正义……她的文章既有传统中国士大夫的风雅意趣，又有现代知识分子的家国情怀；既有国事家事天下事，又有风声雨声读书声。但是，究其沧桑散文的最大魅力，还不止是书写的对象或遣词用语，最重要的还是她的真情实感，她的这些文字是从心底流出的文字。有幸邂逅《所有的安如磐石》，眼前浮现的作家苏沧桑便是——'休提纤手不胜兵　执笔便下风华日'的形象。"——《休提纤手不胜兵　执笔便下风华日》，摘自《文学报》

叶文玲（著名作家）："我们已经摒弃了把万千作者铸造得如同一个模子倒出的时代，我们也从不要求所有的作品，都笔含锋刃，墨吐烟云。苏沧桑懂得她的所长和所短，她找到了属于自己的栖息之地，痴痴苦恋着清淡的文学梦，坚贞着自己的歌喉和曲调。与其一味大铙大钹地硬充强项，勿宁细弦拨弹自己的心曲。因此，我十分欣赏沧桑的这种自知之明，这种'非必丝与竹，山水有清音'的灵性敏悟。"　　——《山水有清音》

海飞（著名作家）："苏沧桑的散文海，不是以壮美论，不是以秀美论，而是在我们看到的静美表象下，那种词语或者句式所达到的锋芒。这是一种蕴含在水底的汹涌波澜，直接拍打着你的内心。这是一种最柔美的劲道，不刚却烈，不咄咄逼人却字字带威，不霸气却不可冒犯。"——《半是烟岚半沧桑》，摘自《文学界》

李晓虹（著名学者）："她笔下所有的事物，往往承载了远远超出对象本身的深广内容，精神延伸，总之，沧桑的文字柔软却有锋芒、力量。当我们阅读之后，掩卷思之，会透过那些清丽的文字，感受其背后的精神重量。"　　——《何以沧桑》，摘自《文艺报》

刘忠（著名学者）："为她散文客厅方寸之中透出的万千气象感染的同时，也为其细腻熨帖的人事描写而感动，更为其文中深邃缜密而阔远大气的精神对话而震撼。大海，就是她人文关怀的起航点，因此，哪怕视角很小的篇章，都会被她挖掘出大气象，以及大海般安然沉稳的力量。从一条河抵达大海，这就是苏沧桑散文最大的特点。"——《苏沧桑的散文海》，摘自《人民日报》